中 国 少 数 民 族
文 学 之 星 丛 书

喧哗中的谛听

乌兰其木格 著

作家出版社

编委会名单

以民族的情意，打造文学的星辰

——"中国少数民族文学之星丛书"总序

邱华栋　彭学明

"中国少数民族文学之星丛书"是中国作家协会少数民族文学发展工程的一个新项目，于2018年开始实施，由中国作家协会创作联络部具体组织落实。出版"中国少数民族文学之星丛书"的目的，是重点培养少数民族文学中青年作家，打造少数民族文学精品，为那些已经在少数民族文学界和全国文学界成绩斐然、广有影响的少数民族中青年作家，再助一力，再送一程，从而把少数民族文学最优秀的中青年作家集结在一起，以最整齐的队伍、最有力的步伐、最亮丽的身影，走向文学的新高地，迈向文学的高峰，让少数民族文学的星空星光灿烂，少数民族文学的长河奔流不息。以文学的初心，繁荣民族的事业；以民族的情意，打造文学的星辰。

入选"中国少数民族文学之星丛书"的作家，必须是年龄在50岁以下的在少数民族文学界和全国文学界广有影响的少数民族作家。不管是否出版过文学书籍，只要其作品经过本人申请申报、各团体会员单位推荐报送、专家评审论证和中国作协书记处审批而入选的，中国作协将在出版前为其召开改稿会，请专家为其作品望闻问切，以修改作品存在的不足，减少作品出版后无法弥补的遗憾。待其作品修改好后，由中国作协统一安排出版，并进行广泛的宣传推广。

　　中国是一个多民族的大家庭。每一个民族都沐浴着党的民族政策的光辉、感受着党的民族政策的温暖，都在党的民族政策关怀下，蓬勃发展，欣欣向荣。在这个伟大的新时代，我们正创造着中华民族的新辉煌。每一个民族的发展与巨变，每一个民族的气象与品质，都给我们提供了生生不息的创作源泉。我们每一个民族作家，都应该以一种民族自豪感，去拥抱我们的民族；以一种民族责任感，为我们的民族奉献。用崇高的文学理想，去书写民族的幸福与荣光、讴歌民族的伟大与高尚；以文学的民族情怀，去观照民族的人心与人生、传递民族的精神与力量。

　　我们期待每一位少数民族作家，都能够到火热的生活中去，到广大的人民中去，立心，扎根，有为，为初心千回百转，为文学千锤百炼，写出拿得出、立得住、走得远、留得下的文学精品。不负时代。不负民族。不负使命。

2019 年 5 月 18 日

目 录

唯安静的心府能感受一切

——《喧哗中的谛听》序

李建军

文学批评是一种很重要也很有难度的精神创造活动。

它需要一种特殊的精神气质，也需要特殊的修养和才能。

表面上看，文学批评的门槛，似乎并不很高——任何能阅读的人，都可以发表自己的意见，都可以成为一个批评家。

然而，问题并不这样简单。读完一部作品，固然可以发一通议论，也可以写一篇文章，但这议论和文章，要想达到批评的高度，成为真正意义上的文学批评，却绝非一件随便和容易的事情。

批评家需要具备一种独特的精神气质。他不跟风趋时、人云亦云，也不看别人脸色说话。他有求真的热情和质疑的勇气，也有健全的个性意识和自觉的批判意识。他将思考和怀疑变成精神生活的习惯，从来不怕坦率而明白地说出自己的否定性意见。面对杰出的作品，他懂得欣赏和赞美；面对成长中作家，他也懂得理解和鼓励。但是，面对那些不认真的作家和不成样子的劣作，他从来不惮坦率地表达自己的不满和意见，绝不遮掩自己的态度，隐瞒自己的观点。

文学批评是一种复杂的精神活动。它要求批评家要有很高的素质和修养：要有很高的鉴赏力和成熟的判断力，要有广泛的阅读经验和自觉的比较意识，要有稳定而可靠的评价标准。也就是说，面对一个作家和一部作品，批评家必须调动自己的批判热情，激活自己的阅读经验，在一个开阔的比较视野中，深刻地分析其成败得失，而不能满足于在一个封闭的自足结构里，来简单地、封闭地考察和评价作家及其作品，从而得出一些浅薄的结论和虚假的判断。

乌兰其木格无疑具有批评家的气质和素质。她有敏锐的问题意识，也有较为成熟的分析能力；有稳定的价值立场，也有可靠的评价尺度。在她的《喧哗中的谛听》里，一个成长中的批评家身上常见的问题，固亦有之，但是，从她的批评文字里，我们还是看见了清新的气息与活泼的笔致，看见了才华和思想的闪光，看见了一个青年批评家成长和进步的清晰的脚印。

文学批评发端于具体的阅读感受。文学批评的有效性，首先决定于批评家的感受力和鉴赏力。如果没有敏锐的感受力和很高的鉴赏力，批评家就无法分辨出作品的高下，也无法准确地评价一个作家的写作水平和文学成就。乌兰其木格有着良好的感受力和鉴赏力。在《呓语中的轻与重——阿舍散文阅读记》一文里，她这样评价阿舍的散文："作为一名'坚硬的呓语者'，她固执而热切地诉说着对生命、对历史、对文明的智慧发现。她的'坚硬'源于她不同流俗的旷野精神，而她'呓语者'的自言自语，则在蔼然、谦逊中唤起读者隐秘的心灵体悟，在红尘纷扰中得以谛听生命的轻与重，并重新召唤出我们对世间所有善美的惜重与虔敬。"她用"固执"和"热切"、"蔼然"和"谦逊"来界定阿舍的写作态度，用"谛听"和"召唤"来概括她的写作祈向，都是很准确而切合实际的，显示着她成熟的感受力和判断力。

乌兰其木格的阅读范围和批评视野是开阔的，覆盖了那些重要的文学场域。她不仅研究传统样态的文学，也研究新生形态的文学，诸如网络文学、青春文学等；关注女性写作，也关注少数民族文学写作；重视反映现实生活的文学，也重视叙述历史生活的文学；留意当下的如《芈月传》热点文学现象，也留意南翔的《抄家》等非热点的文学作品。但是，无论面对什么样的文学，她都有着观察和评价的稳定的角度和尺度。女性意识、生命意识和历史意识，就是她切入文本的稳定角度，也是她考察和分析作品的稳定尺度。

从《凤城飞帅》等网络作品里，她发现了女性意识的觉醒，得出了这样的结论："在网络文学中，女性在政治生活和社会生活中完全置换了男性，成为公共空间的核心力量。而且通过戏弄和役使男性，消解了男权历史和性别等级曾经的权威感与紧张感，并因为有效地运用了男女置换的方式，致使文本呈现出戏剧性的冲突和反差，客观上起到了对男权历史解构的作用。网络文学中的女性历史小说虚构出的女主角大多用她们的智慧、谋略以及坚韧不拔的毅力实现了治国平天下的理想。改变了男权社会女性的附属身份和卑微情状，这些描写在某种程度上表现出一定的积极意义，折射出现代女性的心理期许和成长奋斗历程。"这样的概括和判断，为人们了解"女尊文"和"女强文"，提供了很有启发性的观点。

如果稍加留意，你就会发现，在乌兰其木格的批评文本里，"向度"是一个出现频率较高的词。这说明，面对当代文学的文化脱序状态，乌兰其木格特别关注文学写作的价值取向和精神高度，重视文学作品的道德意味和伦理状况。她从白先勇的作品里看到了值得积极肯定的"书写向度"——"白先勇以一颗悲天悯人的仁爱之心体恤着他笔下的各色人物，并在佛教的含容博大中寻找到人类的救赎方式和灵魂的安妥之地。白先勇小说的书写向度接通了中国古典文学劝善止恶的精神文脉，彰显出独特的美学意蕴和文化姿态。"在解读《星战风暴》的时候，她将重点放在了爱情主题的分析上，在"爱情的发生与流变"的历史语境中，考察了这部作品对"纯爱与传奇"的再造，肯定了它对当代生活的重要意义："在欲望泛滥、金钱至上的时代氛围里，相信现状可以改变的骷髅精灵在他的作品中重申了爱与善、团结与信赖的力量。他的作品有力地反拨了现实生活功利庸俗的一面，大声地呼唤人际关系的真诚和谐，从而让那些纯洁和美好的观念得以伸张。在《星战风暴》里，作者始终持守着人之为人的底线，讴歌善意的人际情感关系的存留，并对其进行整体性的观照。"

对一个批评家来讲，心存"肯定的指向"，致力于发现作品的价值和闪光点，这固然是极为重要的事情。但是，同样重要，甚至更为重要的，是要有"否定性的指向"。这意味着，批评家要有成熟的"质疑能力"和尖锐的"否定意识"，要有发现问题的眼光和揭示问题的能力，最终准确而深刻地揭示出作品所存在的缺陷和不足。要知道，即便是肯定和赞扬，也需要经过理性的怀疑和考量，才能避免浮桴不实之弊，才能赋予自己的肯定性评价以事实感和意义感。

从"否定性指向"的角度看，乌兰其木格有着敏锐的问题意识，在对作品的质疑性解剖方面，她的文学批评多有可圈可点之处。她尖锐地批评了《三生三世十里桃花》在爱情叙事上的失败，认为这部网络点击量高达三百亿次的"玄幻仙侠剧"的内在品质与它的影响力，并不匹配："无论怎样精心装扮，说到底，《三生三世十里桃花》小说和剧作不过是一场戴着爱情假面的媚俗舞会。狂欢中的人们犹如埋起头颅的鸵鸟，但真正的疑难却并不会因此而隐匿。"她批评《甄嬛传》，说其中"鲜见具有健全人格的人，这些女性呈现出的是人性的褊狭自私与阴险狠毒，是一批迷失自我生命价值、缺乏自主与反思的女奴群体。因此，《甄嬛传》中的女性无论怎样抗争，无论做出何种努力，都一直走不出男权社会的掌控。在一个男性处于绝对主宰地位的时代，作品宣扬和强化的是以女性的绝对服从为特征的两性关系"。更为难能可贵的是，在批评当代宁夏回族文学的时候，她也表现出了同样的严肃而尖锐的态度。一方面，在《论当代宁夏回族作家的意象书写》一文中，她细致入微地分析了当代回族作家在意象书写方面的经验和价值，另一方面，在《论当代宁夏回族文学的书写困境》一文中，她深入而系统地考察了当代宁夏回族文学的问题，并从三个方面指出了它所存在的局限和不足："乡土书写的浅表化呈现"，"现实生活的镜像化描摹"，"文学思想的封闭保守"。如果说，客观的肯定性批评，意味着赞扬、激励和信心，那么，尖锐的否定性批评，则意味着更严的尺度、更高的期待和更大的愿景。质言之，如果没有否定性指向的文学批评，一个时代的文学风气和文学环境，就有可能是不正常和不健全的，而文学的进步和发展，也很难最终达到令人满意的水平。

乌兰其木格将自己的批评文集命名为《喧哗中的谛听》，其用意盖亦深矣，非苟而已也。她用这个书名表达自己的文学态度。面对纷杂的文学，她要求自己学会在安静中谛听和审视，这样，才能听见真实的声音，才能看见文学的真面目；她提醒自己，要保持独立和清醒，不要跟着别人喧哗，不要加入丧失自我的合唱。

她是对的。因为，在一个众声喧哗的时代，思想的深度和批评的有效性，最终决定于你能否独立不迁，保持住自己的个性，与那些热闹的坛场保持距离。

只有在安静处，才能听见真的声音。

只有在安静处，才能看见真的世界。

唯安静的心府，能真切地感受一切。

2019 年 3 月 12 日，北京北新桥

论网络文学中的女性历史书写

　　中国是一个尤其重视历史的国度，历代文人学者普遍具有历史情结，希望书写出具有史诗气度的传世之作。网络文学作为新生事物，虽然只有短短的十几年发展史，但网络作者对历史题材大规模的产出及读者粉丝的追捧阅读却是不容忽视的事实。其中，《琅琊榜》《芈月传》《后宫·甄嬛传》《梦回大清》等成为现象级作品。因不满女性在历史中的长期缺席和男尊女卑性别秩序的设定，网络文学中的女性历史书写通过"穿越"的叙事策略和天马行空的飞扬想象，致力于男权历史的解构、女性王国的虚构及母性家谱的建构。从而赋予女性浮出历史地表的合法权利，彰显出女性企图进入历史和获得历史的热切诉求。

一、传统历史的解构

　　中国古典历史小说遵循"羽翼信史"的叙事准则。在对家国天下兴衰荣辱的描述中，追求气魄恢宏的史诗巨著。但从性别视角来看，女性则必须面对没有历史的尴尬。在诸如《三国演义》《水浒传》等传统历史题材作品中，女性或为被遮蔽的存在，或为水性杨花的祸源。漫长的封建时代，男权文化一直居于主导地位，彼时的女性尚未浮出历史地表，更不可能在文学世界中得到公正客观地呈现。

直至20世纪初期，西方女权思想经由马君武等人的译介进入中国，一时间"男女平等"和"男女平权"的呼声响彻华夏。此时，女性的解放不再局限于思想学理范畴，而是含纳了实践的必要性和紧迫性。在政治与时代的双重召唤下，秋瑾、吕碧城等时代新女性应时迎世而出。作为女性解放运动热情的鼓吹者，她们勇敢地突破了闺阁的拘囿，走向时代的广场中心。在身体力行的实践中，她们用大量的杂文和诗歌写作唤醒女性意识的觉醒，并将女性解放纳入救亡图存的宏大语境中。

由此可见，清末民初的女性写作竭力想要完成的是在历史的公共领域与公共空间内为女性争取到"女国民"的资格。此后，这种女性叙事路径被解放区的丁玲和"十七年"的杨沫所承继。在这些女作家建构的文学世界中，男性不再是唯一重要的中心人物，而是逐渐发出了独属于女性的心音体感。女性作为力量的一级，通过男性导师的启蒙与引领获取到进入历史的权利。此时，女性作家以乐观主义和献身精神完成了对历史极富浪漫化的想象。

但"新历史"书写蔚然成风后，女性书写者开始表现出对"女国民"形象的质疑与解构。作家们逐渐意识到20世纪初"男女平权"的倡扬只是启蒙运动再造国家的应急策略。真实的女性境遇，真切的女性心理及真正的女性历史依然处于喑哑的情状。因此，历史非但不能庇护遭到曲解的女性，反而与男权合谋成为巨型异己力量。无论是铁凝的《玫瑰门》，还是王安忆的《长恨歌》，这些作品在对女性境遇的切肤体恤中都表现出进入历史的艰难。争权夺利而又遍布残酷的血腥历史里没有女性的生存空间，更不可能为健全女性的精神确立提供生长的环境。她们的偶尔在场，或为男性主人公的情爱陪衬，或被男权文化强势蚕食。历史本身便是女性存在的深渊镜像。此时的女作家们勘破了既往历史在男权文化掌控下对"女国民"的蛊惑和利用。面对历史，女作家们悲悼着自身力量的微渺，流露出无可奈何的悲凉之感。在大历史的坐标中，女性的边缘位置如此固定，以至于留给女作家的除了在作品中叹息感伤之外似乎别无出路。

但网络文学中的女性历史书写却可以利用解构主义叙事策略巧妙地消解传统女性作家在历史书写中的挫败感。在网络作家笔下，既然文本的历史不过是一种"修辞想象"，那么历史就不应该独属于男性，而是平等地赋予每个试图叙述和理解它的个体。于是，男权历史的颠覆和女性历史的建构就具有了某种不证自明的合法性。

当历史与女性心灵遇合的时候，女性根据自身的性别经验，改写了男性文学传统中被污名化的女性。譬如笔名为水性杨花的《熟女穿成潘金莲》便将钉在耻辱柱上的潘金莲解救下来。淫荡不堪的扁平化塑造被置换为独特而另类的"这一个"——潘金莲在作者笔下被描述成既有美貌才华，又具备独立自主意识的美好女性；而奕杉的《梦为蝴蝶也寻花》则让现代社会的女性带着情感的伤痛穿越附体在颇具争议性的鱼玄机身上，虽然身处封闭保守的封建社会里，却依然不能掩盖鱼玄机特立独行的个性风采和坚强不屈的抗争精神。

自由往来于时间与空间的"穿越"叙事策略，瓦解了男权历史的"正统"叙事，对传统的历史认知方式形成了有力的冲击和荒诞化的反讽。在这里，女性作者试图通过女性与男性两种叙事视角的比较，来完成对男权意识的解构——这样的解构不仅指向性别，更指向历史。基于此，在网络文学的女性历史写作中，"'穿越'显然已经不能被仅仅视为叙事手段，而更多成为一种企图打破现有时空秩序的、与现有的历史小说观念格格不入的另类历史文化；其作者、受众以及故事内核也越来

'女性化'"[1]，女性作者笔下的穿越文学试图呈现出一个被正史所剔除、被宏大叙事所屈抑的女性历史。

当然，穿越小说并非始自网络文学写作者，单从中国文学脉络探寻，最早以集群式方式出现的当推晚清文学中被王德威归纳为乌托邦幻想写作门类的小说。用现在的文学类型来衡量，晚清的乌托邦小说绝大多数作品类似于穿越小说中的"架空小说"。主人公穿越后面临的世界并不是历史上实有的，而是一个架空和幻想的国度。这些小说"借着一幻想国度的建立或消失，科幻小说作家寄托他们逃避、改造或批判现实世界的块垒，实验各种科学及政教措施"[2]。这些作品贯注着作者感时忧国的历史意识，彰显出晚清文人对国家民族坚定的自信与期许。

网络文学中的女性穿越书写大体上遵循的是从今到古的逆时间穿越，作品中的主人公多为现代社会中平凡普通的女性，在一地鸡毛式的日常生活中陷溺沉沦。比如天下归元的《扶摇皇后》中的主人公孟扶摇出身贫寒，她的母亲患有重病，而她则必须承担起医治母亲、照顾家庭的重任。与之相似，琉璃薄苏的《大清遗梦》中的蔷薇在穿越前也是一个普通平凡的上班族，面对一成不变的生活，她虽然感到不满与疲惫，却没有改变的勇气和行动。然而，当这些普通女子穿越回古代社会后，她们却可以凭借现代知识和特立独行的人格魅力成为掌控生活的强者。由于穿越文学的女作者不愿承担民族想象代言人的重负，所以穿越后的历史不过是女主人公展演生命故事和个人风采的自由舞台。女性站在这个华丽而梦幻的舞台中央，卸去了现实生活的苍白，抖搂了男权历史对女性的种种规训，在个性化体验与个性化表述中呼风唤雨，无所不能。

---

① 董丽敏：《性别、"后宫"叙事与影像意识形态——从〈宫〉看当代穿越文化》，《文艺争鸣》，2011年12月。

② 王德威：《想象中国的方法》，北京：生活·新知·读书三联书店，1998年，第50页。

由此可见，网络文学中的女性历史书写热衷"穿越"的叙事并不仅仅是一种逃避现实的游戏之举，而是时代女性们利用幻想构建起的诗意桃花源，用以抵御现实生活中爱情的缺失和事业的挫败。

女性私人化叙事的逻辑起点决定了网络文学中的女性历史叙事多以传奇爱情故事为小说的核心内容。穿越文学中的言情小说不仅数量众多，而且具有超高人气。如被誉为"四大穿越奇书"的《末世朱颜》《木槿花西月锦绣》《迷途》《鸾，我的前半生，我的后半生》皆以男女主人公令人动容的爱情故事为主。尤其值得注意的是，这些女主人公在追求美好爱情的同时，并没有放弃女性的独立自主精神。比如《木槿花西月锦绣》中的木槿不过是一个地位卑微的婢女，但她没有遵从古代男子一夫一妻多妾制的婚姻制度，而是在精神契合的基础上寻求两性平等的婚恋模式。

穿越小说的作者们消解了男权历史的"庙堂政治"，以戏仿历史的方式解构了男性为主导的神圣历史，以感性的体验和个人情爱的狂欢化叙事回避了历史哲学的审美诠释。但女性的抗争和觉醒仅止于在婚恋欲望层面，穿越小说的作者没有站在历史的纵深处去审视性别政治的根本缺憾，而是明白无误地告诉读者她们书写的意图不过是暂时出离生活的黄粱美梦。这样的梦，与心灵有关，与理性辨别和历史真实无关。

二、女性历史的虚构

如果说传统文学中"新历史主义"女性书写探寻的是渐进式的性别觉醒之路，那么网络文学中女性历史书写中的"女尊文"与"女权文"则表露出狂飙突进式的性别革命意图。在这类小说中，写作者将女性定位为历史的核心形象，这些女性在虚构的历史中披荆斩棘，她们不再是寻求男性保护的贤妻良母，而是冲破闺阁的狭小天地，进入社会公共空间，用不亚于甚至优于男性的智慧和才干去开创基业或引领民众。在历史的坐标中，她们不再需要男性的启蒙和许可，而是带着强者的自信介入历史，成为至高无上的统领者。令她们沾沾自喜的也不再是获救感，而是救世感和创世感的"天赋人权"。

"女尊文"和"女强文"的新异之处是颠覆传统社会男尊女卑的性别秩序。女性作家在对旧的父权伦理和性别秩序感到幻灭之后，重新界定了性别秩序和女性的历史地位。为此，网络文学的女作者煞费苦心地虚构出女尊男卑的乌托邦王国。在这个女性当家做主的理想国中，女性在公共空间和私人空间中来去自如。社会公共空间里，在类似中国古代的社会背景下，这些女性形象有的是国家的最高统治者——当然这些女性的权势地位并不是唾手可得的，天降重任的她们不仅要有出众的智谋才略，还要具备随时化解政治危机的能力（《美男十二宫》）；有的则如花木兰一般通过女扮男装的方式成为沙场上令敌人闻风丧胆的军中豪杰（《凤城飞帅》）；有的在乱世纷争中挺身而出，救民于水火，决胜于千里，最后使国家四海清平（《少男丞相世外客》）；更有许多女性怀抱改写国家历史的胸襟抱负，为了国家民族的未来，她们实行了一系列国富民强的变革之法。如开埠通商、兴办学堂、延揽人才等（《凤穿残汉》）；或者拥有卓绝的商业才能和果决的执行力，成为商业领域的时代弄潮儿（《绾青丝》）。

由此可见，在网络文学中，女性在政治生活和社会生活中完全置换了男性，成为公共空间的核心力量。而且通过戏弄和役使男性，消解了男权历史和性别等级曾经的权威感与紧张感，并因为有效地运用了男女置换的方式，致使文本呈现出戏剧性的冲突和反差，客观上起到了对男权历史解构的作用。网络文学中的女性历史小说虚构出的女主角大多用她们的智慧、谋略以及坚韧不拔的毅力实现了治国平天下的理想。改变了男权社会女性的附属身份和卑微情状,这些描写在某种程度上表现出一定的积极意义,折射出现代女性的心理期许和成长奋斗历程。

而在私人空间里,这些权贵女性的宅院中则生活着一群面容姣好、心怀幽怨的男性伴侣。这些被幽闭在闺阁中的男性以美色和才艺示人,一旦他们找到了自己的爱恋对象,便要恪守从一而终的传统古训。否则便要面临舆论和伦理道德的挞伐。但女子却可以不受羁绊,她们可以同时拥有三夫四侍。在诸如《男人如衣服》等的文章命名中,便可窥见女性的"报复性"和"戏谑化"书写,从而明白无误地传达出男性的卑微地位及女性在情感关系中的主导地位和掌控地位。

有意味的是,网络文学中的"女尊文"与"女权文"在两性情感关系中,与男性作家一样强调"颜值"的重要。譬如男性如要获得杰出女性的情爱,容貌的优劣成为首要的考量标准。在这类颇为另类和激进的网络文学中,男女两性不论从外貌还是内在心理层面都发生了颠覆性的改变——女人置换为男人,而男人则被置换为女人;或者说是女人男性化与男人女性化。女性大都风流倜傥或强悍豪壮,她们在建功立业的过程中,不断地邂逅到令人心动的美男子,而男性则极端重视外表和德行的修为。

例如在宫藤深秀的《四时花开之还魂女儿国》中,凤栖国的瑞珠身边就生活着春航、茹叶等宠侍,这些男性的主要使命是等待瑞珠的宠爱。彼时,女性"将男性当作纯粹的审美物,或欲望化的客体。男人沦为被使用、被观赏、被看的'物'。女性作者和读者可以毫不羞怯地把他们作为美和欲望的观看对象"[①]。瑞珠的男宠"因为被瑞珠抬着脸看得久了,那张瘦瘦的脸上就慢慢透出一层淡淡的红,在红烛掩映下倒也出

---

① 宋玉霞:《网络女性小说研究》,兰州大学硕士学位论文,2012年5月。

了几分我见犹怜的风韵"①。除此之外，在诸如《最鸳缘》《阴阳错》《爱江山更爱美男》《君韵》《一曲醉心》《姑息养夫》《女权天下》等小说中，都曾出现过类似的场景与情节。男性的伟岸和阳刚之气被柔顺和俊美所取代，女性从阴柔姣美转变为阳性十足。在情爱关系模式里，网络文学中的女性历史书写也多从女性视角出发，更多地呈现出女性的身体行为与情感诉求。与之相应，男性则沦为沉默的存在，在被动中丧失了其自身的主体性，将男性放置于依附女性的地位与状态中，女性成为社会的强者和主导者。

性别秩序与男女气质的颠倒互换构成了对历史惯性认知的大胆挑战。在看似荒诞不经的情节设置中，潜隐着女性作者对现存社会性别等级秩序的不满。她们企图回到历史原点，通过虚构与现行社会制度、文化伦理和婚恋习俗全然不同的女权社会，来质疑有关"女性气质"和"女性本质"的传统论定。网络文学中的"女尊文"直截了当地呈现出所谓的"女性本质"不过是被男权文化规训出来的，这是一场停留在文字中的、激烈的性别之战，具有寓言色彩和先锋精神。

为了占据历史的核心地带，网络文学中的女性写作者需要终结男性作为统治者的"超稳定认知"；而另一方面，女性如何获得历史并成为历史主体这个原本十分复杂难解的问题得以轻松化解——女性只需和男性互换位置，或者女性以易装方式进入历史。但对所有女权写作者来说，一个不容忽视的难题是，无论女性多么的男性化，其内在身体构造和哺育后代的任务却是上帝在造人的时候便规定好的。女权主义的代表性人物费尔斯通认为"两性间天然的生殖差异直接导致了最初的劳动分工，而劳动分工又带来了阶级的产生和种族等级模式"，正因如此，女

---

① 宫藤深秀：《四时花开之还魂女儿国》，晋江原创网 http://www.jjwxc.net/oneauthor. php.authorid=51913。

性在社会公共空间的时间与机遇被大大削减，致使女性在与男性竞争时天然处于劣势。而且，女性身体的物质属性同时也决定了她们不能完全排除男性，从而增加了女性掌控历史的难度。

面对这一难题，传统文学中的女性写作者感到了无奈和无力，但网络女作家却在乌托邦的虚构中又一次巧妙地解决了女性面临的困境。大体上，她们采用两种方式：一种方式是让男性改变生理结构，他们和女性一样可以承担生子和哺育后代的任务；另一种方式则是凭借先进的科技手段繁育后代，让女性完全彻底地摆脱生育繁殖的任务。当然，这种惊世骇俗的乌托邦虚构并非网络女作者的独创，早在晚清海天独啸子的《女娲石》中就有类似设定。所不同的是，《女娲石》发明了人工授精，完全彻底地排除了男性。与此同时，女性也罢黜了爱欲和性的本能，但她们的身体却依然没能从生育中解放出来；而在《女权学院》的文本设定中，人们已经发明了人工子宫来繁殖后代。女性的身体不再是生育的器物，而是获得了彻底的解放。网络文学中的女权写作尽管出格而前卫，但她们中的大多数却没有如晚清作家一样弃置身体的肉欲之乐。这一点，反映出现代女性正视本能，享受生活的时代理念。

但在"女尊文"和"女强文"的文本创作中，网络女作者对女性历史的虚构并非是对现实历史的理性介入。她们明白无误地告诉读者文本中的世界不过是建立在想象之上的乌托邦，不过是对几千年男尊女卑历史的压抑性和报复性反弹。她们以游戏的心态或嘲弄男性或幻想女性掌控历史的可能。但她们所借助的语言系统和形象系统依然是男权文化的产出。女尊男卑的二元关系设定具有谵妄色彩，并落入了和男权中心主义一样的狭隘和偏激之中。健全的、合理的、和谐的两性关系及女性如何在历史中寻找到主体地位的问题依然被悬置。面对真实的历史，"女尊文"和"女强文"的写作者缺乏正面探寻的勇气。事实是，无论在写作实践中，还是在作者的创作意旨内，网络女作者都不愿去承担这个过于复杂的重任。

三、女性谱系的建构

网络文学的娱乐性、民间性和商业性的特质决定了其通俗文学的属性。"网络写作常常以平民姿态、平常心态写平凡事态，用大众化、生活化、凡俗化的心态和语言，展示普通人最本色的生活感受，显示出平凡的亲切感。于是，崇拜平庸而不崇尚尊贵，直逼心旌而不掩饰欲望，虚与委蛇和矫揉造作让位于率性率真，鲜活水灵冲淡纯美过滤和理性沉思，便成为网络写作最常见的认同模式。"[①]为满足读者娱乐性和消遣性的阅读期待，网络文学的故事情节需要充分的戏剧化和传奇化；语言风格要尽量做到轻松、幽默和俏皮；叙事线索则要求清晰而简洁，以此来满足读者大众碎片化和轻松化的阅读习惯。基于此，网络文学中的女性历史书写大多采用非现实主义的叙事策略，作品为幻想手法和现实生活的杂糅。

但随着"女性大历史"写作的倡扬，网络文学中的女性历史书写开始朝着现实主义题材迈进。这些作品既不同于传统文学女性历史书写的虚无溃败，也与大多数网络文学另辟乌托邦的戏说拉开了距离。

"对于女性或女性写作来说，历史必须重新建构。只有在重新建构的历史结构与历史意识中，女性才有可能作为主体成为历史存在。"[②]部分网络文学中的女性历史写作者怀抱着端正谨严的历史态度，她们的写作建立在史实的基础上，主要人物也是历史上真实存在的人物。当然，

---

① 欧阳友权：《网络文学的本体追问与意义体认》，《文艺理论研究》，2007 年第 1 期。
② 王侃：《论 20 世纪中国女性写作的历史意识与史述传统》，《南开学报（哲学社会科学版）》，2011 年第 6 期。

这些历史人物在史书中的记叙中要么是寥寥数笔，要么是毫无情感的盖棺论定。网络女性作者在充分尊重历史的前提下，在大历史的骨骼中填充想象的血肉，通过成熟而理性的历史叙事探寻女性的历史功勋，从而反抗正史对女性历史的过滤性简化，彰显出女性写作重新言说女性历史的努力。

代表这一写作路径的作品包括以清代孝庄为主角的《后宫》；以一代贤后阴丽华为主角的《秀丽江山》；以秦宣太后为主角的《芈月传》；以大宋太后刘娥为主角的《凤霸九天》；以西夏没藏太后为主角的《铁血胭脂》等。这些历史小说专意勘探史书中实有的杰出女性，建构起女性政治家家谱。在现实主义框架下，不乏浪漫的想象和大胆的假设。这些作品颠覆了男性形象在历史中的主体地位，同时对健全女性的塑造也不是依凭乌托邦式的荒诞想象，而是在史书中寻章觅句，在男权社会威严的现实律令之下探讨女性的雄才大略和生命情致。李歆、西岭雪、蒋胜男等网络作家本着"大事不虚，小事不拘"的创作态度，质实而灵动地建构起女性的精神飞地。

某种程度上，这些网络女作者不约而同地采用了弃父从母的选择策略。究其原因，一方面是因为她们对男性历史作家笔下的女性书写感到不满，因为："男性作家写历史，他们肯定站在男性的思维角度下，对女性主要呈现两种处理方式，'圣母化'或'妖魔化'，无限包容、牺牲或是无限自私、坏。"[①]另一方面则是女性作家试图在正史的架构中实现女性历史的重新发掘和建构。网络文学中现实主义的叙事方式依然有着宏大叙事的内容与艺术追求，同时又将个人化表述作为观照与审视历史的根本基点，具有个性风格和女性视野。这样的女性历史写作，既避免

---

① 蒋胜男：《走进人物内心书写"权利巅峰的女人"——"〈芈月传〉原著作者专访"》，新浪读书：http://book.sina.com.cn/371/2015/1228/36.html。

了男权叙事的粗暴简单，也试图接续女性历史的混沌与断裂。

目前，在正史中书写女性历史用力最深和成果最丰的当推网络作家蒋胜男。《芈月传》《铁血胭脂》和《凤霸九天》等作品的创作实绩显示了蒋胜男的写实功夫。在这些作品中，温情缱绻的情爱生活，抵御不了十面埋伏的宿命劫难；血脉相连的骨肉深情，惨遭世俗功利的无情蚕食；小桥流水的闲适人生，终结在波诡云谲的政治旋涡里。人生的辉煌，伴随的是肠断噬骨的难言苦痛。

但令人感怀的是，这些女主人公无论经历怎样的挫折和磨难，始终没有泯灭人性的良善和对理想信念的执着坚守。蒋胜男以女性之笔，书写和重构了诸如芈月、没藏和刘娥等一批杰出女性的丰功伟绩，谱写和再造了女性政治家的传奇人生，以及她们在精神上的自我确立。这些女性所显现的扼住命运咽喉般的抗争精神不仅在网络文学中难得一见，即便是在传统文学脉络里亦不多见。在作家笔下，女性政治家不让须眉力挽狂澜的智慧才能以及她们毕生争取自尊独立的人格觉醒，预示着女性不但获得了历史，更是推动历史进步，创造崭新历史的力量主体。由此，女性在蒋胜男笔下被塑造成正史的缔造者，改写了创世者均为男性充任的性别修辞。

女性现实主义历史书写虽然与解构和虚构主义的历史观不同，但在彰显主人公的现代品格方面却十分相似。与传统的女性形象书写相较，绝大部分网络文学中的女性历史书写几乎完全摆脱了传统道德观念和传统小说的善恶评价。譬如在《芈月传》中，芈月的形象塑造并不向传统文化倾心礼赞的贤妻良母方向靠拢。小说中，芈月勇毅地破除了女性必须保持从一而终的道德伦理拘囿，大胆地与心仪的男性相恋相伴。在两性关系中，她拒绝顺从与依附，更不愿意将自己的命运寄望于男人的怜惜与宠爱。在母性方面，芈月也一改为了哺育后代而无条件交付自己全部人生的惯常做法。她历经万千辛苦走进政治权力的中心地带，并不仅仅是为了给儿子争得王位，更是为了实现自己从小便怀抱的鲲鹏之志。这样的人物设定，意味着女性不再按照男权话语规范和男性理想来定义女性自身。

此外，在《芈月传》里，蒋胜男睿智而激进地质疑了以男性血缘为正宗的传统认知。作者借芈月之口论述道："先民之初，人只知有其母，不知有父，便无手足相残之事。待知有父，便有手足相残。兄弟同胞从母是天性，从父只是因为利益罢了，所以是最靠不住的。"①这样的理念，颇为颖异，也极具颠覆性和挑战性。凡此种种，均明白无误地传达出作者对女性精神自我确立的深切召唤，同时终结了男权主宰历史的中心地位。

以蒋胜男为代表的"女性大历史"写作的叙事动机是让被遮蔽的女性重新进入历史，作者极力宣称女性对逝去历史的合法拥有，将被放逐的沉默女性重新召唤回历史的家园。或许正是因为对男权文化铁屋现实的正视，对女性内在性匮乏的清醒体悟，才促使这些清明的网络文学写作者不竭地发出独属于女性作家的充满焦虑的呐喊。

综上所述，网络文学中的女性历史书写在解构男权历史、虚构女性王国和建构女性历史的众声喧哗中蹒跚前行。它所呈现的艺术世界繁复驳杂，它所秉持的价值观念自由多元，它所彰显的性别秩序颠倒错位，它所建构的女性历史亦真亦幻。在此，我们可以体察到女性写作者的彷徨与无奈，焦灼与分裂。现实不可期，未来仍可盼。或许，经过一代代女性"虽九死其犹未悔"的努力，在荒芜悖论的大历史里，在荆棘遍布的现实社会中，会有撕开铁幕的一天。这是一种勇毅的信念，同时也是一种女性意识的宣达。

---

① 蒋胜男：《芈月传》（第六册），杭州：浙江文艺出版社，2015年，第129页。

玄幻世界中的青春与成长

——以骷髅精灵的《星战风暴》为中心

玄幻类小说是网络文学中最受读者欢迎和追捧的类型。新世纪前后,伴随着网络文学的崛起,玄幻小说便开始逐年走红。"玄幻网""幻剑书盟""中华玄幻网"等一大批网站犹如雨后春笋般生长起来,经过近二十年时间的累积与酝酿,玄幻小说已然成为网络文学世界中风头最健的宠儿。《诛仙》《小兵传奇》《缥缈之旅》《猛龙过江》《风姿物语》等成为此时期玄幻文学的代表性作品。

目前中国的网络玄幻小说不仅拥有了风格迥异的故事设定、语言风格和题材类型,而且写作者众多,作品产出数量更是浩如烟海。据媒体报道,玄幻小说"高峰时拥有数十万计的写手,百万计的作品,千亿计的字数。2008年盛大文学进行第二次商业化,用起点中文网模式进行包装,出现超百万字作品。2010年,移动阅读达到高峰"[1]。随着阅文集团等大型文学网站 VIP 制度的建立,动辄千万的网络点击率与高达百万册的实体书销售更加刺激与激发了网文写手的创作热情。

面对大众读者的阅读需求和商业资本的格外垂青,为了最大限度地吸引读者的点击阅读,满足他们的"YY 期待",玄幻文学不断地开疆拓

---

[1] 杨鸥:《玄幻文学为什么火?》见《人民日报》(海外版),2015年2月6日第015版。

土。数量庞大的网络作家群体以天马行空的想象力建构起一个梦幻般独特殊异的"异托邦"。在这个无限广阔而殊异的新新世界中，人类世界的惯性认知与伦理道德遭到了部分的颠覆与质疑。在"上帝已死"的价值崩解中蓄积着重估一切的青春躁动。玄幻小说中的时间和空间既可以无限延异，也可以无穷缩减。读者和作者共同穿梭在不同的异世界中，直率地表达着突破现实束缚、突破边际的渴望。玄幻小说中的主角既可以是人或兽，也可以是神、鬼、魔的杂然相处和错综交织。文本内容则包罗万象，从星际战争到修仙升级，从异人侠士的惩恶扬善到屌丝青年的"逆袭"成功。

总之，在读者粉丝的拥护和网络作家们的努力迎合中，玄幻文学成为网络文学中最为成熟、产出量最为强劲的类型之一。2014 年以来，网络文学界开始走向泛娱乐化，玄幻小说的超长性和架构宏大的特性极易改编成网络游戏。在网络文学到网游产业的链条中，玄幻类小说愈加备受青睐。

但是，对许多读者粉丝而言，《星战风暴》不单单是一部网游小说，它同时是一个有关民间精英成长的故事。讲述了一个有"缺陷"的青年如何成长为生活和命运强者的热血传奇。该作品保留了热衷于网络游戏的一代人的青春印记，能够引起网游一族青年群体的情感共鸣，他们因之与作者一道，在这个"部落"文化里，形成亲密的写与读的关系。

与经典的成长小说《麦田里的守望者》一样，《星战风暴》也不避烦难地书写了新的社会语境下，青少年的个人生活简史，它直接面对的是一代人的日常生活与精神生活。不同的是，前者的主人公霍尔顿在叛逆、愤激、忧愁的同时，着重表现的是"垮掉的一代"青春期成长的烦恼与精神的彷徨虚无；后者的主人公王铮则在生活的诸种困境中，通过后天的努力与先天的禀赋而逐渐转变成生活和命运的强者。在长篇小说《星战风暴》中，王铮的心路历程和成长故事不再是叙述的重点，小说注重表现的是青年群体的世俗成功和进取精神。借助网络这一自由和开放的媒介，《星战风暴》在自我欲望的宣泄和进取道路的写作中注入了清新热血的一面，那种青春欲望的躁动以及对成功的赤裸裸的渴望，虽然缺少纯文学的思虑深厚，但自有其稚拙、可爱之处。

由此可见，成长小说因社会历史的不同，时代精神的更迭，也在发生着价值观念等方面的巨大变化。正是在以上的背景中，骷髅精灵的《星战风暴》以其独特的样貌和别具一格的创造性探索，成为玄幻文学类型中无法回避的典型文本。

一、玄幻小说的前世与今生

骷髅精灵的《星战风暴》是科幻小说与魔幻小说的结合体。众所周知，科幻小说是建立在现代科学发展的基础之上的。在文学界，比较公认的最早的科幻小说是玛丽·雪莱在 1818 年出版的名为《弗兰肯斯坦》的小说。此后，法国的凡尔纳、美国的阿西莫夫、日本的小松左京、英国的威尔斯等作家都创造出大量优秀经典的科幻小说。而魔幻小说的幻想则建立在千奇百怪的魔法想象之中。作家通过变幻无穷的魔法、魔力和魔咒等方式的书写，彰显魔幻的神奇魅力。譬如英国女作家 J.K. 罗琳的《哈利·波特》便是其中的代表作。这部风靡全世界的魔幻小说讲述了哈利·波特在魔法学院的学习生活及其与同学朋友们团结在一起对抗邪恶的魔法师伏地魔的故事。

《哈利·波特》系列小说获得了空前的成功。"迄今为止，《哈利·波特》系列小说已被译成 64 种语言，全球总销量达 3.25 亿册。伴随着它每一次的全球发行，都会掀起一阵购买和阅读热潮，许多孩子以拥有全套的《哈利·波特》为荣，'哈迷'们建立了自己的网站，收集有关哈利·波特的物品，痴迷的'哈迷'甚至代 J.K. 罗琳捉刀迫不及待地续写了自己想象中的《哈利·波特》故事中人物的后来命运。……从书籍到电影，从游戏到模型，这个戴眼镜的小巫师在流行文化中无处不在。在中国这个文化完全不同的东方国家，《哈利·波特》同样获得了成功，它的中文版系列小说到目前总共发行了 900 万册。"① 《哈利·波特》的巨大成功，与作者天才般的想象力密切相关，小说为读者塑造了一个奇妙无比的幻想世界。正是这份不受现实羁绊，自由自在的超现实表达令不同国度、不同文化传统的万千读者痴迷和喜爱该部作品。

在中国，玄幻小说的明确提出可以上溯到 1988 年，彼时，香港作家黄易的作品《月魔》出版，出版商赵善琪在序言中首次提出了"玄幻小说"的概念，他写道："一个集玄学、科学和文学于一身的崭新品种宣告诞生了，这个小说品种我们称为'玄幻'小说。"由于黄易作品在大陆的广泛流行，这个概念开始得到认同，并进一步延伸应用到网络文学中。

其实，中国的幻想文学传统向来资源丰厚，家底殷实。上古时代的《山海经》《神异记》等神话故事，魏晋南北朝的志怪小说，唐传奇中的玄怪集异，明清小说中的神道仙佛、花妖狐魅的繁复书写构成了玄幻小说的前世面影。尤其是在晚清王纲解纽的时代里，在人心浇漓迷茫的氛围之中，这些集幻想、奇谈、神魔于一体的穿越小说更是风靡一时。作家们在传奇般的情节设置中，在戏谑化的语言背后，致力于对现实社会种种现状的批判和对未来自由文明社会的热切召唤，流露出晚清文人对国家民族坚定的自信与期许。

---

① 张文联：《玄幻小说刍议》，《文艺争鸣》，2008 年第 8 期。

由此可见，从上古到晚清的漫长岁月中，中国的玄幻文学构成了连贯而生生不息的创作谱系与历史脉络。值得注意的是，虽然鬼怪花妖、传奇述异的作品在中国文学世界中不绝如缕，并形成了蔚为大观的文学景观与阅读传统。但儒家文化中的"敬鬼神而远之"的思想，将这类"怪力乱神"的作品统统视为不合正统、有违治道的邪门歪道。是一身正气、以拯救天下苍生为己任的士大夫不屑为之的、应该被删除和摒弃的边缘文学门类。

到了近代，在民族危亡、救亡与启蒙成为压倒性话语时，这类被指认为情调萎靡、格调低下，且不能与剧烈变化的时代相呼应的小说只会消磨广大国民的意志，无以养育民众健全之精神。这与"五四精神"和新文学构成了尖锐的内在冲突，因此便不难理解何以倡导文学革命的先行者们会将"旧文学"视为洪荒猛兽而加以口诛笔伐，奋力将其赶出文学园地的举动了。

中华人民共和国成立后，社会主义的政治话语统摄了文学话语，在意识形态一元化的语境中，作为消遣娱乐、娱情畅意的旧文类更是失去了存续的合法性与必要性。在新的社会历史背景下，中国当代文学呈现出思想方面高度的统一性和艺术方面高度的规范性的特质，这些规范决定了本时期的文学朝着一体化方向发展的主导趋势。

"随着新中国的成立而展开的大规模的社会主义革命和建设事业，召唤和吸引着作家去体验新的生活，讴歌新的时代，表现新的人物。质朴、明朗、热烈、高昂、激情澎湃的理想主义和英雄主义，构成了本时期文学的基调和主导风格。"[1]社会主义现实主义作为最高的准则，严格限定了作品的主题和题材的选择，尤其强调正确的世界观对文学艺术创

---

[1] 王庆生主编：《中国当代文学史》，北京：高等教育出版社，2003年2月第1版，第9页。

作的决定性作用。基于此，玄幻小说作为怡情悦性的消遣文类，便逐渐销声匿迹，退出了历史舞台。从而可以看出，在中国文学谱系里，玄幻文学从古到今都是上不了台面的边缘文学，是下里巴人、引车卖浆者之流打发时间的手段而已，它与精英文学划开了鲜明的界限。

然而，在岁月的流转中，在新的时代语境里，事情正在悄悄起着变化。随着读者的分化和阅读需求的多元化，消遣性的通俗文学被重新唤醒，并在新媒体中得到恢复和巩固。尤其是在青少年群体中，我们能够发现普罗大众对玄幻文学的情有独钟和乐此不疲。所谓"一时代有一时代之文学"，彼时的幻想文学"不是为了反思过去改变现实以创造美好将来，而是在对可能生活的想象中获得当下的价值，其得以流行的根基在于技术手段的发展和社会形态的改变"①。玄幻文学卸去了精英文学宏大叙事的企图，取消了意义深度，将一种久已消失的娱情悦性的传统文学进行了复活与再度传扬。

互联网的开放性和传媒技术的发展，尤其是网络游戏的普及，使得新世纪的玄幻文学既是对原有西方经典科幻和魔幻类型文的借鉴与模仿，同时也进行了本土化的改造，构造出更符合中国读者阅读期待的幻想世界。这一糅杂的、多元的玄幻小说成为当今幻想文学中除了科幻小说、魔幻小说之外最为流行的种类之一，被命名为"大幻想小说""奇幻小说"或"玄幻小说"。而骷髅精灵的《星战风暴》便是这一概念中的典型文本——既包含西方科幻小说与魔幻小说的核心要素和情节设定，又坚持和承继了中国传统的传奇与神话的文化理念与思维逻辑。《星战风暴》以星际大航海为时代背景，将广袤的银河联盟作为故事的发生地，除地球之外，还涉及仙女星、飓风行星、双子星等星球中的不

---

① 邵燕君主编：《网络文学经典解读》，北京：北京大学出版社，2016 年 3 月第 1版，第 82 页。

同族群。这些不同星球的战士各怀异能，与地球上的人类展开了激烈的机甲战斗比拼。

主人公王铮一出场的时候不过是一个失意而普通的中学生。他因为自身的基因测定只有二十八而被取消了考取军校的资格，成为众人眼中的失败者。但随着神秘礼物的到来，他被骷髅型机器人逐步培养成为一名身怀绝技的超级战士。从失败者一步一步成为掌控生活的强者。《星战风暴》建构了一个令人眼花缭乱而又神秘莫测的虚拟世界。庞杂的多元宇宙、空间拓展与时间的伸缩、超自然力量体系的描写、世界的设定等都符合西方科幻与魔幻的设定。但在人物塑造、故事讲述与价值观念上则更加趋向中国化。譬如主要人物的姓名、地球上的日常生活与校园生活、人物的思维理念与情感世界都是"本土化"和"中国化"的。这样的设定，令人物、种族、世界的建构更加清晰明白，也易于中国读者的接受。

《星战风暴》在合理借鉴西式科幻的同时，没有忽视中国读者的阅读习惯与期待心理，而是经过精心的调整与构思，极力迎合中国读者的喜好。诚如鲁迅所言"外之既不后于世界之思潮，内之仍弗失固有之血脉"，是一种颇富创见意味的"中学为体，西学为用"的新型玄幻小说样式。

二、网游小说的一座高原

电子游戏诞生于二十世纪六十年代，进入二十一世纪以来，随着网络技术的突飞猛进，网络游戏在全球范围内得到了前所未有的快速发展。在美国、日本等国家中，游戏产业已经成为文化娱乐产业的支柱之一，为国民经济和社会发展做出了突出贡献。网络游戏的狂飙突进，促使玄幻小说大量的产出。学者邵燕君认为："向'泛娱乐'方向进军是网络文学界的总趋向。随着互联网巨头携带着强大的资本力量进入了网文——网游产业链，网络游戏进一步地从下游'逆袭'上游，影响了网络文学的生产方式与作品内容。易改编为游戏的玄幻类小说愈加一家独大。"[①]网络文学中的玄幻文学因其艺术样式和情节架构更适合游戏的开发和应用，因此，其 IP 价值除了文学范畴之外，迅速拓延到更为广阔的大众娱乐市场。

出生于 1980 年代的骷髅精灵是一位网络游戏的高手。"'80 后'一代是玩网络游戏长大的一代，这决定了其感受世界的突出特点就是网络游戏化。"[②]骷髅精灵的第一部作品《猛龙过江》便是以传奇为蓝本的网游小说。作为"网游小说叙事模式的开创者"，多年来，骷髅精灵的绝大多数的作品都属于网游小说的范畴。在这片前景大好的网络文学沃野中，他在勤谨地耕耘书写，并在不懈的思考中寻求着作品的成熟和多元。

机甲小说《星战风暴》带有典型的游戏特质，作品建构起一个宏大广阔的魔幻世界。紧张刺激的机甲比拼，功能各异的酷炫机甲展示，青春无敌的机师团队组合，机甲与机师的完美匹配，各种族的热血实力大PK，画面与场景的自由转换……这一切，与色彩绚丽、场面宏大的高科技游戏直接对接。

总体来看，长达三百多万字的《星战风暴》具有以下的范式特征：

1. 幻异空间的无限拓延

虚拟世界是玄幻小说的基本架构。"如果说传统文本是一个'日月

---

① 杨鸥：《玄幻文学为什么火？》，《人民日报》（海外版），2015 年 2 月 6 日第 015
　　版。
② 陶东风：《游戏机一代的架空世界——"玄幻文学"引发的思考》，《文艺争鸣》，
　　2007 年第 4 期。

经天，江河行地'的'地球人'世界，那么，漫无边际的网络文本就是一个'天地齐一，和光同尘'的'太空人'世界，这里的太阳和月亮都不过是浩瀚星河中的两粒普通的沙尘。"[①]骷髅精灵动用非凡的想象力，建构了一个庞大复杂的魔幻体系，塑造出银河联盟中各个星座中不同族群的性格特质与体貌特征。在这个联盟中，地球人与外星人既能共处一室，又明里暗里充满了激烈的竞争。盛大赛事 IG 大战的胜负既与各个战队的战略与能力有关，同时也与国力的强盛和人才的储备相连。任何胜利的取得都不是轻而易举的，需要各方面的精心准备和艰苦的鏖战。对个体而言，能够成为超级无敌战士，是王铮历经无数艰苦卓绝训练的回报。当他因为基因测定遭遇严重打击之时，却收到了老贾送给他的神秘礼物。这个礼物的开启，改写了他此前失意的人生。主人公由此离开了地球，开启了一段奇幻之旅。在神秘而又残酷的魔方特训空间里，王铮稀里糊涂地被迫接受了骷髅机器人对其展开的超级战士的训练。

尽管一开始在异度空间接受培训的王铮时时会产生"有种去死的冲动，以前他也训练，俯卧撑，长跑，短距离冲刺，但都在正常人的范围，其他的事情这机器人看起来对他挺尊重，但一旦开始训练完全就是个——魔鬼！"但经受过为期两年的第一阶段训练后，王铮在瞬间回到了地球的家中。他惊奇地发现，培训的两年时光在地球上不过才两天。由此可见，《星战风暴》中的空间与时间不受自然世界物理法则和日常生活规则的制约，可以心游万仞，精游八荒。作者完全可以依凭想象设计宇宙的存在方式与运行模式。

2.循序渐进的升级模式

网游小说的核心要素是不断地提升等级。灵动、线性、通俗的升级

---

① 陈定家：《"超文本"的兴起与网络时代的文学》，《中国社会科学》，2007 年第 3 期。

模式作为小说情节发展的主线特别适合超长篇玄幻小说的写作，同时也能够快速而牢固地吸引读者的注意力，让他们保持持续的阅读热情。

骷髅精灵的《星战风暴》巧妙地运用了欲扬先抑的写作手法，为此后主角的成功"逆袭"做足了铺垫。小说的开头，主人公王铮作为曙光中学的学生并不被人看好。相反，他因基因测定远远低于合格线而被提前取消了军校的考试资格。随后，在替朋友送情书的路上，他又阴差阳错地落入了水中，于是殉情之名不胫而走，成为众人眼中的笑柄。至此，压抑到极致的主角获得了"金手指"，开始了升级之路。在兰特帝国的魔方中，经过不同阶段的炼狱般的魔鬼式训练，一步一个脚印地从低级升到最高等级。

值得称道的是，骷髅精灵的练级文在节奏的把控上是十分到位的。主人公的升级是分阶段、循序渐进式的。每一个阶段，主人公王铮获得什么能力都被严格限定。而且，获得的能力很快便可以得到现实的验证与检验。在面对来自对手的挑战时，新学到的能力恰好能够保证主人公战胜对手，获得胜利。也就是说，主角升到什么级别，就可以与同级别的对手展开角逐，并最终完爆对手，从而营构出"碾压式"的爽感。这样的设计避免了在等级提升过程中的重复书写，而线性叙事的选用则有效地保持了小说的悬念和爽点，给读者新鲜、刺激的阅读快感。同时，升级模式规则的明确性和连贯性，也易于为鸿篇巨制的网游小说制造出环环相扣、高潮迭起的文本效果，是吸引读者的制胜法宝，对点击率的提升作用巨大。

启人深思的是，玄幻小说中等级观念的设置和对力量的崇拜，投射出青年群体在社会急剧科层化并且固化的语境下，一种压抑后的焦虑式反弹。但这种焦虑并不导向行动，而是在幻想的世界中寻求替代性的补偿，更类似于阿Q式自我安慰的精神胜利法。《星战风暴》的作者骷髅精灵深谙市场脉动，更理解广大读者的精神负累和内心欲求。作为青年群体中的一员，他愿意与读者绑在一起，互通声息。《星战风暴》虚构出一个自由的、梦幻的欲望空间。在杀伐决断、唯我独尊中，让广大的青年读者在"爽"和"燃"的感受中进行"代入式情感投射"，满足了他们深埋在内心的渴望，为欲望和精神提供了一个另类的通孔。

3.战斗场面的繁复描写

骷髅精灵的《星战风暴》最为引人注目的是小说中不计其数、规模不一的战斗场面的细致描摹。可以说是一部"全景性机甲战斗"网游小说。骷髅精灵不厌其烦地描写了主人公王铮在成长为战神的道路上遇到的形式多样、大大小小的战斗。从亚洲区，到太阳系，再到银河联盟的大比拼中，其历经的战斗次数之长和花费在战斗上的时间之多即使是在同类型的网游小说中也是不多见的。

难得的是，骷髅精灵经过精心的构思，在不胜枚举的战斗场面中，主人公或单打独斗，或与团队精诚合作；在武器和机甲的选择上，有时会挑选性能优良的高科技武器与酷炫机甲，但更多的时候则是低开高走，武器与机甲的选择完全随性任意，单凭实力便可以轻松完爆对手，变不可能为可能。在叙事时间上，举凡重大的对抗场面则会不吝笔墨、无限延宕，而小型、初级的比拼则会干净利落地结束，绝不拖泥带水。

在作者笔下，《星战风暴》的战斗比拼场面虽然火爆激烈，但却并不着重渲染酷烈可怕的战斗后果。作者更钟情于在昂扬激荡的格调里，集中展现力与美的迷人魅力。有时在激烈的对抗中，作者故意穿插一些轻松戏谑的场面。譬如在 IG 大赛中，太阳系战队在第一轮的三场比拼中战胜对手后，便是盛大的庆祝仪式。队长王铮在庆祝会开到一半的时候，偷偷溜出来与爱娜甜蜜幽会，并被回音撞到两人接吻的画面。由此，把紧张的战斗场面写得有张有弛，令人阅之而自生美感。总之，骷髅精灵在《星战风暴》中描摹的战斗场面既含纳宏大，又不避微小，投入的笔力既饱含情感，又"烧脑走心"，因此才能够将战斗的场景描摹得各具特色，鲜少雷同，为读者展现出战斗的复杂性和丰富性。

三、虚实相生的艺术建构

《星战风暴》作为玄幻小说在艺术上的最大特色，就是以奇崛的想象、极度的夸张变形，突破时间和空间的限制，跨越星座和种族的界限，建构出一个光怪陆离、神异奇特的幻想世界。

在《星战风暴》的架空世界中，环境可以是地球、太阳系或银河联盟，生物族群既可以是人，也可以是形貌各异的外星人。他们从属于不同的国度与文明，与人类展开多方面的竞争与较量。在不同的空间中，人物可以来去自由，任意转换，给人眼花缭乱目不暇接之感。骷髅精灵将这些臆造的万千事物熔于一炉，构筑成一个和谐统一的艺术整体，展现出一幅奇幻的图景。作家在对虚拟世界的摹写中建构起别具特色的审美空间，增强了文本的可读性与感染力。

在奇幻的背后，潜隐着作家与读者的内心期许——对生命和自由的无限渴望。网络玄幻文学的出现，为这种渴望提供了载体。诚如学者江冰、田忠辉所言："自由是网络的精神实质，也是网络文学之魂。网络的无限空间迅速且极度地拓展了'80后'心灵自由驰骋的空间，尽管他们试图将这种自由延伸到现实空间却屡遭阻击，但文学艺术本身其实就有弗洛伊德所言的'白日梦'的性质，在梦幻空间中追求现实人生的自由，表达此种渴望，倾诉此种压抑，对'80后'而言，网络与文学真是再好不过的地方。"① 作为"80 后",骷髅精灵与他的读者粉丝年纪相仿。相似的成长经历和时代背景,让他深谙广大粉丝的阅读期待,更容易以感同身受的方式进入同代人的精神肌理。

毋庸置疑,在"上帝已死"的呼声发出之后,现代人类无可奈何地从伊甸园中出走、溃逃。信仰的倒塌,造成了精神的迷惘。而现代社会的商业属性和激烈的竞争使人们面临着精神与物质的双重压力。尤其是在转型期的中国,在二十世纪六十年代后,一种发展主义思维逐渐成为社会主潮——"发展主义思维所导致的负面结果,一是对于生态环境的严重破坏,二是物质对于精神的强势挤压……发展主义盛行的另一个恶果,就是消费意识形态的横行无阻,就是极度膨胀后的物欲对于精神世界的强势挤压。"② 年轻的一代在现实生活的无序和混乱中泥足深陷,迫切需要情感的释放和某种形式的补偿。网络玄幻小说建构起的虚拟世界为人们提供了一个暂时逃离现实羁绊的所在。"这种'功能性'的网络文学作品以最直接的方式满足我们的需要。'功能性'的作品,它不直接关注人生意义、生命价值等宏大而深刻的命题,但却是满足个体情感需求与匮乏的补充剂。"③

骷髅精灵在《星战风暴》的小说中,通过天马行空的想象力建立起犹如世外"桃花源"式的幻境,作者和读者一道,既是幻境的设定者也是实践者,以此获得对世界的"建构感"和对人生的"主宰感"。在虚拟和幻想中,实现对现代人类的心灵抚慰与灵魂养护。

此外,在精心构筑虚拟世界的同时,骷髅精灵又书写了一个世俗的社会。在极幻的同时,又令广大读者感到"极真"。立足于青年群体的

① 江冰、田忠辉:《文化视野中的合法性突破》,《南方文坛》,2010 年第 3 期。
② 王春林:《以"罪与罚"为中心的箴言式写作——关于张好好长篇小说〈禾木〉兼及"小长篇"的一种思考》,《当代文坛》,2017 年第 4 期。
③ 薛静:《他与月光为邻:甜宠也要自我成长》,《文学报》,2015 年 12 月 31 日。

日常生活，作者在《星战风暴》中精心书写了一个根植于人类生活的市井世界。此市井空间既包括地球，当然也连接着广阔浩渺的其他星系。作家倾力塑造的人物大多为青年一代。譬如身怀绝技的王铮、幽默搞笑的严小酥、阿斯兰帝国的美丽公主爱娜、来自月球的玛萨斯、洛克星的杰克曼、飓风行星的李东阳、太阳系的李尔、弗莱托星的伊莱德斯等，他们普遍具有青年人的思维特征和行为方式。所传达的情感和经验也是不折不扣的青年诉求。典型的如王铮、严小酥和谢雨欣的亲密友情；王铮和爱娜第一次见面时的英雄救美及他们之间发生的甜蜜恋情；为了成为生活的强者，这些青年人在成长的道路上都要经过刻苦的学习和艰苦的磨炼。此外，这些天赋异禀、身怀绝技的地球人与外星人普遍具有人的七情六欲和爱恨情仇。

骷髅精灵在《星战风暴》中直率而大胆地张扬了年轻人的内在欲求和时代精神风貌，卸去了加诸在青年群体身上的种种枷锁，归还了年轻人本该具有的热情本真与所思所想。大量的校园生活的描摹，青年男女之间的爱情纠葛，日常生活中琐碎家事的书写，也拉近了与青年读者的心理距离，给人一种身临其境、亲睹亲闻之感。

《星战风暴》虽然为网游小说，但其内里却并不匮乏对人世里人情世故的书写。例如王铮在没有成为超级战士之前，所受到的歧视与白眼；岳晶仗着出身高贵和美丽的容貌而肆意践踏别人的自尊；章如男以丑陋的外貌示人时被当面讥讽为丑女的辛酸难言。在弱肉强食的丛林法则中，每个人物要想获得别人的认可和尊重，都要拿出实力来证明自己。胡兰成曾说："中国的文学是浪漫与平明为一。如《红楼梦》的高情，而都是写的人家日常的现实。中国的文学是立在人世的仙境里。"[1]

---

[1] 胡兰成：《中国文学史话》，北京：中国长安出版社，2013 年 6 月第 1 版，第 189 页。

《星战风暴》的根基是立于人世的，但它同时又啮合了幻想的元素，有仙境的超脱和玄妙。虚与实的巧妙结合，互相搭配，使小说创作出一种"奇趣"，同时也在客观上增强了小说的新奇性和趣味性。

四、成长小说的历史脉络

"'成长小说'这一概念最初为俄国理论家巴赫金所提出。从史诗叙事的角度看，它和《奥德修记》式的历险叙事应该同属一种原型，时间成为结构的要素，空间移动是在时间中完成的，其中构成的'命运的悬念'成为叙事的推动力。"[①]按照生活经验来理解，所谓成长小说的"成长"应是个体生命从出生伊始，直至完全成熟，脱离开父母和家庭的庇护而独立自主生活的整个过程。但这种理解只是生理层面的，"成长"除了身体的长大成人之外，还应该包括精神方面从懵懂到成熟的养成过程。在成长小说的书写向度中，作家们将成长道路上的个体经验作为主要的写作资源，并往往以过来人的身份审视和反省着成长道路上的叛逆之举与失败之悲。这种回溯式的追溯，最终变成了长大成人的"老人"对过去童稚"小人"的俯视性伦理观照，从而带有总结性的道德劝诫功能。

在中国古典文学谱系里，例如《西游记》等文学作品中，成长的道路遵循的是从叛逆到皈依的路途。孙悟空从"大闹天宫"到最后获得"斗战胜佛"的封号，表明了成长的无奈与荒凉。但这种规训与诏安也许是宿命的，因为没有人能够永葆青春，也没有永远长不大的"顽童"。社会化的规约和个体的成熟早晚都会到来，如同鲁迅笔下的"狂人"一

① 张清华：《"类史诗"·"类成长"·"类传奇"——中国当代革命历史叙事的三种模式及其叙事美学》，《陕西师范大学学报（哲学社会科学版）》，2008 年第 5 期。

样，他的"疯病"总会痊愈，甚至成为与父兄一样的人，安之若素地"赴某地候补"。

尤为重要的是，中国古代类似成长的小说都涉及"父法"对青少年的巨大形塑作用。如果"父亲们"是道德败坏、品质恶劣、生活糜烂的"坏人"，那么在他们身边成长起来的青少年经过长时间的耳闻目睹的熏染后，大多会长成为他们的后继者，而人性的卑劣也如同血缘遗传般获得延续。其中尤以《金瓶梅》和《歧路灯》为典范代表。比如西门庆最为器重的小厮玳安就是在主子的影响下逐渐成长起来的又一个小西门庆。作者兰陵笑笑生毫不客气地指出，正是西门庆这个"上梁"的不正，导致了玳安等一大批生活在他身边的奴婢们"下梁歪"的结果。玳安的整个青少年时期都是与西门庆在一起度过的，主人的一举一动，都被他看在眼里，记在心间。潜移默化中，玳安学会了西门庆式的荒淫无耻与豪横蛮霸。小小年纪的他，情感生活一片混乱。不仅与丫鬟小玉偷情，而且还与主子共同拥有情妇叶五姐。此外，他还和别的小厮一起去蝴蝶巷的妓院寻欢作乐，为了争抢妓女，也像他的主子西门庆一样蛮不讲理地打架斗殴。由此可见，玳安的行事方式和思维方式与西门庆一般无二。

同样，在李绿园的长篇小说《歧路灯》里也深刻地探讨了少年的成长在"榜样"的影响下所发生的巨大改变。主人公谭绍闻幼时在威严父亲的管教下性格懦弱、遇事毫无主见，但此时的他用功读书，并没有什么明显的缺点。父亲去世后他获得了难得的"自由"，并在机缘巧合之下因结识了夏鼎、张绳祖、管贻安等不务正业的朋友而逐渐染上狂嫖滥赌的恶习。他的堕落与他亲小人、远君子的处事方式关系甚深。当然，谭绍闻在堕落的过程中曾经有过愧悔，也有过挣扎，然而在肉体放纵和物欲享乐思想的强力引诱下，终于使他从一个驯良端方的子弟堕落为人人不齿的败家子。他的成长是在不良朋党的影响下，在没有父辈的监管中逐渐堕落的。

在西方哲学史中，也有类似的成长观点。比如在叔本华的论著中就特别强调父辈对子辈成长的影响。他列举许多的例子来支撑他的论点："众所周知，古罗马的狄修斯·穆思是个崇高圣洁的大英雄，他把自己的身家性命都奉献给祖国，与拉丁军之战，虽歼敌无数，却不幸以身殉国。儿子在与加利亚人战争时，亦壮烈殉国。这是贺拉斯所说：'勇敢的人是从勇敢善良的人所生'的最佳例证。莎士比亚亦曾就其反面说出一句名言：'卑鄙无耻的父亲就有卑鄙无耻的儿子；一个卑贱的人，他的父亲必定也是卑贱的。'古罗马史中有几篇忠烈传，记载他们全家族代代相传皆以英勇爱国著名的史迹，费毕亚家族和费布里基亚家族即为典型的例子。——反之，亚历山大大王和他父亲菲利普二世同属好大喜功、权力欲极强的人。"[①]哲学家叔本华非常认同贺拉斯、莎士比亚等人的看法，认为子女日后成长为英雄还是卑鄙之人与父辈关系甚深。所以父辈尤其要注意对子辈们的言传身教。

中国古典文学终结之后，整个二十世纪的中国文学依然非常注重成长主题的书写。譬如现代白话文学起步阶段的《狂人日记》及随后兴起的"问题小说""零余者"小说、"革命文学"都有成长小说的质素。中华人民共和国成立后，当代小说的书写脉络中依然不乏成长小说的面影。但成长小说的写作随着历史与政治的变化而出现若干变化也是不争的事实——"在80年代中期之前的成长小说，基本上是从非常态的历史思潮背景中汲取个性成长的力量，'幻灭'——'动摇'——'追求'的历程清晰可辨，并逐渐显示新的人生观、世界观，从热情过剩的忧

---

① 〔德〕叔本华著，李成铭译：《叔本华人生哲学》，北京：九州出版社，2003年，第241页。

郁、彷徨到热烈有余的抉择、歌唱，充盈了成长的'现代性'。正是这种成长小说，一方面使得'个人性'与'历史'通过主人公的成长达成了既对抗又共生的结构关系，另一方面更让'成长史'成为社会变革史或者说'历史大事年表'的文学注解。"①此时的成长小说将国家、社会的"成长"和自我的"成长"连缀缝合到一起，以此呈现现实世界的常量和变量，并为社会发展做出文学的注脚。

而二十世纪八十年代以后，尤其是在大多数"80后"作家的笔下，成长小说不再是沉重的理性压力，而是感性倾诉的孔道。作家们在小说中围绕成长主题叙写个人的生活与生存状态，表述青年人的迷茫、忧伤、叛逆、孤独地成长，并尽可能的"去意识形态化"。这些成长小说虽然在语言方式、结构设置以及思想内涵等方面不尽相同，但在文本表达中关于现实和未来既充满希望又饱含绝望的相同感受却惊人地相似。他们笔下的成长小说"以一种极其个人化的叙事姿态与宏大叙事拉开距离，在舒缓、清醒又充满忧伤的叙述基调中讲述自己关于青春成长的孤独、压抑、恐惧、创痛的故事，让我们在这种自述性、细腻性和自省性的讲述中，验证时代的癫狂与错乱对他们青春成长所造成的精神暗伤；他们往往将个体的'成长叙事'化约为一种对现实社会秩序的'无边的挑战'，以此来确立自我存在的姿态和意义，以致形成这一代际作家创作的停滞，读者的审美疲劳和批评阐释的模式化"②。诚然，模式化的背后，是一代人共同的成长感受与精神难题。那些充斥在作品中的孤独情绪，甚至是无厘头的戏谑内容正是他们宣泄的焦点，同时也是作家与青年群体寻求慰藉的别样方式。

---

① 施战军：《论中国式的成长小说的生成》，《文艺研究》，2006 年 11 月。
② 张婷、杨丹丹：《"成长叙事"的突围与"生长叙事"的演进——〈长势喜人〉的另一种意义》，《文艺争鸣》，2010 年第 8 期。

五、成长的奇遇与喜乐

虽然同属"80后"，但依赖网络写作的骷髅精灵与主要借助于传统期刊发表作品的"80后"作家在成长叙事中也表现出较大的不同。传统期刊中的成长小说多表现青春期成长时的忧伤与残酷，而《星战风暴》里的成长故事则以奇遇与喜乐为主，少有挥之不去而又触手可及的遍地忧伤。

在传统文学中的成长小说创作中，主人公在社会化的过程中往往历经从纯真激情到失败皈依的过程，着力突出了成长群体在面对生活与巨型历史时的软弱无力与被规训之痛。这类成长小说普遍缺少灵魂的冒险和自我精神的张扬与建构。网络文学的兴起和商品经济的高速发展改变了成长小说的价值取向与人物结局。譬如骷髅精灵《星战风暴》里的主人公王铮在中学校园里虽然是一个名不见经传的小人物，但在接受了老贾神秘的礼物后，一系列的奇遇便接踵而至。奇遇到来后，主人公的"先天缺陷"得以弥补。此后，王铮的人生步入了上升和进取的征途中，并最终扭转了命运，取得了辉煌的成就。典型的是他穿越到魔方中接受骷髅的秘密训练增长本领后便遇到阿斯兰帝国的第一公主爱娜并英雄救美，从此与之结下了不解之缘。值得一提的是，在巧遇爱娜的故事中，明显带有《罗马假日》和《射雕英雄传》的经典桥段——在美人落难时，英雄适时出现。美丽、高贵、多情的女主人公从此倾心于市井社会中还未发达的落魄少年。

奇遇的发生，在玄幻小说创作中是制造悬念、达于高潮的屡试不爽的法宝。而在《星战风暴》中，奇遇的情节设计还起到不受现实羁绊，人为地删除了成长道路上必然要遭遇的失败和历练。所以，从某种意义上来说，《星战风暴》并不是一个严格意义上的成长小说，而是一部从一个成功走向更大的成功、从一个胜利走向更大的胜利的成功小说。但同时也应该看到，奇遇的发生虽然不可控，充满了随机性，但经历奇遇的主人公身上却有着坚忍、执着、永不放弃的性格特质。所以，奇遇也不是随便什么人都能遇到的，被奇遇选中的幸运儿一定是一个"潜力股"。

"网络为这一时代的文学张扬了一种纵情恣意的舞台，在这里的一个关键问题是，网络形式的文学，从媒介的角度回归到了真正文学性的意义上来——情感的自我表露和张扬，尽管这种表露和张扬实质上无法离开其出生的土壤、前辈的资源，但是'80后'留给我们的不是一个时间概念，而是以新锐的方式告诉我们'能不能说自己想说的话'这样一个经由文学必然走向文学之外的话；不管怎么说，'80后'的出场以至其张扬的舞台表现欲是有突破性的，它告诉我们，在这一代更少文化羁绊的群体身上，那种人类与生俱来的自由意识是以纯真的方式出场的。"①《星战风暴》中的男主角王铮在故事的一开始虽然在基因测定上存在异常和缺陷，但他却没有在别人的歧视和鄙薄中消沉，而是依然坚持锻炼，用惊人的毅力和冷静沉稳的态度面对生活的打击。即便他经过犹如炼狱般的痛苦训练，成为太阳系联盟的队长，并率队参加 IG 大战之时，也依然会遭遇到各种歧视：

> 说真的，自从来了阿斯兰，太阳系似乎走到哪儿都是路人，莫名其妙地被各路鄙视，这也是人类起源地所要背负的，整天觉得自己有多伟大，有多么重要的意义，可是若是实力不足，这种意义就是负担了，换一个其他的联邦，根本没人在意。（骷髅精灵《星战风暴》）

---

① 江冰、田忠辉：《文化视野中的合法性突破》，《南方文坛》，2010 年第 3 期。

面对这种状况，骷髅精灵并没有叙写青年人遇到挫折时常常表现出的彷徨、迷惘和绝望的悲观情绪，反而认为这是必然的。或许，在作者看来，当今的现实社会是一个以实力论英雄的时代，失败者和实力不足者是没有权利得到别人的尊重和优待的。面对生活的困厄，只有加强和提升实力才是唯一正确的选择。

《星战风暴》里的成长，可以理解为一代青年对迅捷变化的外部世界的努力适应，人物获得成长和成功的前提正是对现有秩序的遵循和服从。骷髅精灵也许厌倦了"80后"小说中常见的失败的成长故事。它选择性地避开了成长小说书写中常见的套路性景观：叛逆和失败。而是在现实的铁幕中撕开一道口子，在心造的幻象中讲述一个不一样的成长传奇或成功传奇。以此来证明一个特定群体的自我激励，为热血、为青春、为奋斗保留一点位置和记忆。尽管这种成长故事在线性的叙事方式和精神视野方面有其单一、匮乏的一面，但从反映论的角度来看，《星战风暴》里的成长叙事与主流认可的"80后"作家的成长小说相较，呈现出了更加积极、更加励志的青春成长史。

六、热血青春的燃情书写

成长甫一开始，便向着青春的方向逐步靠拢。青春期的喜怒哀乐融汇为成长的底色，连缀成同时代人抱团取暖的精神纽带。对青春的崇拜和自恋，彰显出"80后"一代对往昔历史和现代生活的独特体验和价值观念。

成长小说与青春文化具有天然的亲缘关系。从痞子蔡的《第一次的亲密接触》发表以来，网络文学在二十余年的发展历程中以其鲜明而独特的青春文化特色著称于世。当前，在网络文学的书写者和阅读者中，"80后"和"90后"成为绝对的主体。大部分年轻的网络作者们根据自身经历致力于书写出当代青年的成长故事和青春梦想，而年龄相仿的读者群则在强烈的认同之下甘之如饴地阅读着网络作者们书写的青春故事。可以毫不夸张地说，网络文学张扬和探究的是一代青年人的成长故事与精神欲求。借助网络，成长中的青年一代实现了表达渴望、倾诉欲望、实现自我抚慰的功能。

与五四文学缔造出的"少年中国"式的青春崇拜一样，网络文学中的青春书写充满了自由、激越、浪漫的精神火焰，力图摆脱诸如伦理、权力、规范、秩序等种种束缚人性的规约。网络文学鼓吹和弘扬生命中欲望、爱恨、勇气的充分展开，拒绝中庸含蓄的情感表达，高度迎合当前青年们的所思所想，所欲所求。真正实现了"我手写我口，古岂能拘牵"的率真和随性。

"在传统的青春文学描述中，我们判断其写作水平往往是以这一青春写作向成人世界靠拢的程度，是否能揭示世界的本原，深度、厚度和本质成为判断标准。其实青春写作的评判标准不一定非得是深刻和本质，相反应该以其写作'捍卫青春权力'的程度来判断，不放弃鲜活的'青春感受'，才是最好的青春文学。"[①]

"捍卫青春权力"描写"鲜活的青春感受"，恰恰是骷髅精灵《星战风暴》里的一大特色。小说中的人物历经着从懵懂青葱的中学时代到充满竞争的大学生活的历练。从男女主角到形形色色的陪衬性人物，无一例外都拥有青春和无限的可能。当然，他们的主要身份是学生，学习生活、增长本领、苦练技能构成他们日常生活的重心。课余时间里，他们有的利用暑期兼职打工；有的沉迷在游戏的酣战中；有的则情窦初开，

---

① 田忠辉：《情绪体验："80后"写作的审美突破》，《文艺争鸣》，2013年第4期。

为了获得对方的好感，费尽心机地讨好爱恋的对象……即便是在激烈的
IG 对抗比赛中，青年男女也在互相打量，寻找心仪的爱慕者。

此外，五光十色、青春飞扬的大学生活也在《星战风暴》中得到细
致的呈现。譬如迎新活动、联谊活动、形式多样的社团活动、寝室夜晚
的卧谈、新生与老生的争斗、校花与校草的评比等。这些活动与场景是
如此的令人熟悉，让每一个经历过大学校园生活的人不由自主地回忆起
自己的青春岁月，从而发出会心的微笑或陷入深深的感慨之中。

令人印象深刻的是，骷髅精灵在《星战风暴》的成长叙事与青春书
写中自始至终灌注着对奋斗青春的高度赞扬。与大多数只注重青年人的
世俗成功及对世界的呓语式抒发的网络作品不同的是，《星战风暴》里
青年人物的奋斗动力除了实现人生理想，为家族增添光彩之外，还自觉
担负起振兴地球文明，为人类重新崛起而努力奋斗的伟大使命。这种殊
异性，既使骷髅精灵的成长写作充满了正能量，又在青年形象的建构
中增添了热血与庄严的美感。在某种程度上，作家的写作路径接通了
"五四"一代文学所承担的"时代的使命"和"民族国家的崭新缔造"
的宏大传统。将一种宝贵和庄严的精神文脉，嫁接和安放在他的小说世
界里。在"小我"与"大我"之间，搭建起兼顾的通道。理想主义的高
扬和信仰伦理的重建赋予《星战风暴》多重阐释的可能。更可贵的是，
这样的玄幻小说创作为饱受"犬儒主义"指认的网络文学提供了一条可
供借鉴的写作"正途"——内容含量不失通俗文学的娱情悦性，艺术思
想又含蕴传统文学的责任良知。

比如，在《星战风暴》的文本里，王铮和他所带领的战队成员都有
强烈的求胜心态。为了达成这一目标，他和他的小伙伴们经受着常人不
可忍受的魔鬼训练。虽然他们的成功离不开"金手指"的助力，但幸运
的降临却不是无缘无故的。它总是将机会留给那些有毅力、有恒心、能

吃苦、时刻准备的人。譬如王铮和叶紫苏在没有进入战神学院前，便开始了四年如一日的艰苦锻炼：

> 叶紫苏微微一笑，轻轻挽了挽被微风吹散的头发，"不知道你信不信，我从一开始就觉得你可以成为一名机动战士，无论是否能进入战神学院，从没一个人能四年坚持不懈的训练，风雨无阻。"
>
> 王铮一愣，"你怎么知道？"
>
> "呵呵，你太专注了，喜欢晨练的人不止你一个。"
>
> 叶紫苏是另外一个坚持训练的，从很久之前就注意到了王铮，记得一次暴雨，叶紫苏在宿舍里休息，以为那个人不会去了，却通过望远镜看到暴雨中的王铮依然在嗷嗷叫地训练，那大雨中的微笑，至今还记得。

骷髅精灵清醒而又睿智地证明了生活中的一个常识——没有人能随随便便获得成功。只有努力拼搏，才能获得幸运女神的青睐。而成功，不仅是为自己，更是青年一代必须背负的使命和职责。在激烈的星球与星球的现代竞争中，王铮和他所生活的地球早已失去了昔日的荣光。在广阔浩渺的银河联盟里，地球已经远远落后于其他更为发达的星球。作为人类起源地的地球不仅科技落后，文明衰落，而且还要遭受来自强悍星球的歧视和压迫。一种惘惘的威胁和危机来临的不安感充斥在这些地球精英们的心间。于是，作为地球人，如何摆脱弱国子民的地位，如何重振地球的雄风成为时代青年必然面临的沉重之责。王铮和他的同代人，代表着地球文明重新崛起的希望，而他们也确实怀着"骚动不安的灵魂"思考着地球的命运和未来的走向。并以坚韧不拔、勇敢承担的精神肩负起这一神圣而又沉重的使命。

　　显然，《星战风暴》里的青年群体用他们对地球文明的钟情热爱与永不言败的拼搏奋斗赋予成长与青春迷人的色泽。小说中的青年们走出了狭隘物欲的"幻城"，真正地融入了更为广阔的社会空间，承担起宏大的历史使命。而一代青年的成长也因之具有了壮丽崇高的色泽，令人阅之自生浩然之气。

爱情·青春·成长

——读缪娟的长篇小说《翻译官》

如果从题材上来看，缪娟的长篇小说《翻译官》当属言情小说之列。言情小说古已有之，包括唐传奇、宋元话本及以《红楼梦》《花月痕》和《醒世姻缘传》等为代表的明清小说。晚清时期，随着近代报刊业的蓬勃发展，言情小说作为市民阶层的消遣性读物得到了进一步的发扬光大。此时期，李涵秋的《广陵潮》、平襟亚的《人海潮》、徐枕亚的《玉梨魂》、张恨水的《金粉世家》、刘云若的《红杏出墙记》、秦瘦鸥的《秋海棠》等风靡一时，引得无数痴男怨女为小说中的凄美爱情啼笑交加，并争相阅读。

文学革命发生后，在国家民族危亡的情势下，启蒙与救亡成为文学当之无愧的主潮。彼时，注重商业性与娱乐性的"鸳鸯蝴蝶派"与"礼拜六派"等言情小说遭到了新文学家猛烈的批判。譬如梁启超就认为此时期的小说完全丧失了小说本该具有的"新民"的神圣使命。他在《告小说家》中以道德口吻严厉申斥当时的小说："其什九则海淫与海盗而已，或则尖酸轻薄毫无取义之游戏文也……"此外，茅盾、郑振铎、成仿吾等人也纷纷撰文批驳言情小说的"思想错误"。值得注意的是，此时期被排斥在主流文学之外的言情小说地位虽急剧下降，但言情小说这一文脉并未彻底消失，它犹如"草蛇灰线"般绵延在民国文学史和中华人民共和国文学史的迁变演进中。尤其是网络文学兴起后，言情小说因其创作者众多、作品质量较高、读者群体庞大而再度风光无限。可以毫不夸张地说，言情小说在"女频文"的世界里是当之无愧的统领者。女性善感主情的心性决定了她们的阅读喜好，网络文学中言情小说里唯美浪漫的爱情故事恰好迎合了女性读者的阅读期待。作为职业的"讲故事的人"，网络作家们花样翻新地讲述着各式各样的传奇爱情故事，以满足现代读者的阅读品味与情感诉求。

长篇小说《翻译官》浓墨重彩地讲述了一个颇为感人的爱情故事，而且文本中的爱情故事如同古典文学中的爱情一样具有传奇性——才子与佳人在机缘巧合下的邂逅情动，然后上演一出千回百转的旷世恋情，最终以有情人终成眷属作为完满收束。单从这一维度而言，《翻译官》里的爱情故事不过是古老原型的复现。但缪娟创作《翻译官》的旨志绝非只是老调重弹，而是在貌似灰姑娘故事的现代翻版外，昭示并传达出时代青年令人深为感怀的人性之爱与人格之思。作家颇为精准地揭示出商业时代隐藏的社会痛点，将阶层身世的判然有别与自由爱情的矛盾碰撞作为推动情节的叙事策略。尤为可贵的是，缪娟虽清醒地意识到传统理念和社会伦理对爱情强有力的绞杀，但她依然执拗地相信真爱与梦想的天赋人权。

《翻译官》开篇便让乔菲遇见了她的白马王子程家阳，但缪娟随后又蛮狠地揭示出二人之间似乎难以逾越的鸿沟，因为男主人公为典型的高富帅——"作报告的程家阳，在我们这个全国第一的外语学院也是鼎鼎大名，他声名赫赫的父母亲从业的最初都是本校毕业的高级翻译，父亲法文，母亲英文，程家阳从小就生活在三种语言的环境里。在关于程家阳的传奇里，除了这些得天独厚的条件，还有他的聪明、勤奋、谦虚和刻苦，可惜此人在我们入学的时候已经远赴巴黎三大留学了，老师们在课堂上说起他，女生们便挂腮冥想，男孩子们就不服气地说，老师，那些是老掌故了，数潇洒人物还看今朝啊。"与之相较，女主人公乔菲则是一个"丑小鸭"式的人物，她不仅没有靓丽的外表，而且还因为家庭经济的窘困被迫周旋在声色场所中。明里，她是高等学府循规蹈矩、努力上进的好学生；暗里，她则是夜总会里卑躬屈膝的陪酒女郎。这样不对等的爱情注定面临巨大的阻力，因为除去贫富、阶层、家世的考量外，美好爱情的养成还需要德与行的清白无污。乔菲显然并不符合这一标准，她的行为已经偏离了"正确生活"的轨道，似乎已经站在了悬崖边上，面临坠入深渊的危险。

在现代文学谱系内，类似的前车之鉴不胜枚举。女性一旦流落风尘，误入欢场，便意味着命定的沉沦或堕落，比如老舍的《月牙儿》里的"我"、曹禺的《日出》里的陈白露、张爱玲的《沉香屑·第一炉香》里的葛薇龙等女性无不证明了这一铁律。这些女性原本都是纯洁善良的，但是当她们为生活所迫沦落风尘后，便无可挽回地向着没有光的地方滑行，生命中曾经的纯洁美好被完全吞噬，人生也毫无例外地陷入悲剧的绝境。然而，在缪娟的《翻译官》中，她不仅让原本"不该爱"的两个人爱上了，结合了；而且还以"了解之同情"的态度看待并不完美的乔菲，并给予她"有情人终成眷属"的幸福结局。由此，《翻译官》成为颇为另类的爱情样本，它以颠覆性的颖异认知证明小说不应是陈腐而老旧的道德说教，恰恰相反，小说存在的秘密便是说出个体的真理。

缪娟以通透的心怀打量人世万象，体恤乔菲在生存艰窘状况下的顽强自救。为了凸显乔菲的精神意绪与人格魅力，作家将她置身在情感与理智、生存与道德、身份与地位、自尊与苦痛的复杂张力场中，让她接受人生命运的残酷锤炼与重重打击。令人欣慰的是，磨难与坎坷并未销蚀掉乔菲对真爱的信念。因为心中坚信真爱的存在，所以她能够毫不妥协地迎接生命中的风疾雨骤。无论是在国内还是国外，无论是顺境还是逆境，她都不放弃前行的脚步。缪娟试图告诉读者，小说中的乔菲之所以能够获得唯美浪漫的爱情，除了拥有灰姑娘般的坚忍与善良外，她还同时兼具简·爱式的人格独立与灵魂自尊。与程家阳在一起后，她从无攀附的意图，在日常生活中也没有肤浅的虚荣炫耀之举，而是以纯真的姿态、平等的意识和达观独立的品格经营着爱情。即使在热恋期间，乔菲也没有因耽溺情爱而不思进取。

也许正是因为这些"爱的附丽"，才使乔菲避免了子君式的爱情伤逝，促使男主人公程家阳从开始时单纯地被乔菲的情态吸引，逐步升华到超越世俗偏见，从心灵深处迸发出灵魂之爱的热切力量。为了能够相守在一起，程家阳战胜了懦弱与犹疑，与乔菲携起手来共同面对来自父母与世俗的压力。最终，两个年轻人在荆棘密布的爱情道路上修成正果，光明正大地偎依在一起。更重要的是，《翻译官》通过乔菲爱情保卫战的成功，确证了真爱的美好和强大，沐浴在爱情光辉中的乔菲"找到了爱情与事业、爱情与其他情感之间的平衡点，并现身说法地告诉故事外的读者，除了做爱情中的小女人与不要爱情的女强人，她们其实本该有更多、更好的选择"[1]。

此外，《翻译官》在言情的底子上，还弥散着生气勃勃的青春文学特质。作者饱蘸着浓情之笔塑造出一个精灵活泼、敢于主宰自己命运的青年女性形象。小说中"围绕青春主题叙写个人生活和生存状态，在小叙事中书写他们矛盾的、迷茫的、孤独的、忧伤的、叛逆的、成长的个性青春，尽可能'去意识形态化'"[2]。毋庸置疑，《翻译官》是一群时代

----

① 王玉玉：《论"女性向"修仙网络小说中的爱情》，《中国现代文学研究丛刊》，2016 年第 8 期。

② 朱爱莲：《"80 后"文学创作特色评析》，《当代作家评论》，2012 年第 6 期。

青年的青春奋斗史和爱情史。

有意味的是，当下许多青年作家的作品特别匮乏青春精神。他们笔下的所有青年人物在欲念、身体、日常生活中早已丧失了热情，表现出精神空虚、灵魂委顿的精神征候。在当前的主流文学中，作家笔下的青年形象大多是失败者和生活的妥协者："他们大多由乡村或者小城镇在高考人口大迁徙或者打工流动中进入城市，他们是社会结构中的小人物，几乎普遍沾染了衰老的暮气，他们困在各种牢笼里：事业上没有上升空间，人际关系中都是攀比的恐惧和互相践踏尊严的杀戮，家庭生活中处处是机心和提防，生计的困难遍地哀鸿，精神的困境更是如影相随，他们对理想生活和越轨的情致心驰神往却又不敢碰触，雄心壮志般反抗往往都是虎头蛇尾，小心地盘算着如何才能不至于输得一塌糊涂。"①而那些强悍、浩大、英勇为人的生命故事则被作家们有意或无意地简化或弃置，触目所及的均是被欲望和物质囚禁的贫弱生命。当前，这种"丧"文化的流行，恰好说明了青年群体躲避崇高，自绝于乌托邦理想，安于早已裂痕处处的现状。阅读这类文学作品，读者可以轻易地感知到笼盖四野的生命暮气及人物普遍具有的精神颓靡。

而缪娟的《翻译官》则与之形成鲜明的对照，作者以清醒和警惕的姿态，与文坛流行的写作路向保持着疏离。她的写作张扬一种诗性的人生，呵护真爱与梦想的生长。在腾挪转换间流露出对青春的表达欲与倾诉欲。小说中的青年具有朗健的青春心理，他们在现代都市生活的旋流中，以率真的姿态与青春的昂扬应对一切。在青年们的现世生活中，没有精神的彻底溃败，没有黑暗如恶魔般的人性，更没有内在灵魂的残缺。遍布其中的是浪漫的爱情、远方的梦想、拼搏的人生以及活色生

---

① 项静：《个人简史、家族叙事、时代记忆——"80后"作家历史叙事的三个维度》，《天津文学》，2017年第7期。

香的沸腾生活。总之，"新青年"们的生活主旋律是亮丽明媚的。作为"80后"作家，缪娟在《翻译官》中彰显了青春的活力，表现出卓异的叙事才华。小说的字里行间传达出作家期许与冀望的青春。她以灵动之笔确认时代青年对人世善与信的情怀，诉说出一代人的奋斗精神与梦想之美。这些青年虽然正视潜隐在生活中的破碎和伤疤，但却不会被虚无和绝望的"铁屋子"封锁与裹挟，他们始终坚忍、坚强、坚决地呵护着梦想与真爱的永恒存在。

此外，《翻译官》还是一部典型的成长小说。它集中叙述了以乔菲、程家阳等为代表的时代青年在社会上的经历和遭遇，并细致地呈现出这些青年通过生活和岁月的磨砺而逐渐达到心智成熟的成长故事。在中国式成长小说的情节构型里，青年大多被强行纳入社会公共塑造的规约里，他们要满足社会的普遍要求或者承继父祖辈的人生经验。但成长的自由本质常常与既定的传统理念产生无可避免的矛盾冲突。那些约定俗成而又陈腐的价值观念，成为青年健全成长的异己力量，是他们竭力想要摆脱和抛弃的负累。于是，青年人的成长总是伴随着与社会规约塑形的斗争与博弈。

在《翻译官》里，成长主体与社会规约间也爆发了激烈的冲突，典型表现便是程家阳和乔菲与程父程母在对爱情婚姻的认知方面存在着巨大而尖锐的冲突——身为外交部高官的程父程母认为婚姻的先决条件是传统的门当户对，而程家阳和乔菲则认为真纯的爱情才是缔结婚姻的神圣法则。"在全新的时代面前，年长者的经验不可避免地丧失了传谕的价值，瞬息万变的世界已经将人们所熟知的世界抛在身后，在时代剧变的面前，老一代的'不敢舍旧'与新一代的'唯恐失新'的矛盾，不可避免地造成了两代人的对立与冲突。"[1] 当年轻的一代对先辈们"正确"

---

① 江冰：《"80后"文学的前世今生》，《文艺评论》，2009年第2期。

的教化形成挑战时，他们的反抗行为与爱情信念便会遭到围剿和压制。令人惊惧的是，秉持老旧观念的程父在遭到儿子的反抗行动时，居然不惜采用暴力毒打的方式试图逼迫儿子就范。为了阻止儿子不理性、不道德的婚姻行为，外交部高官程父采用的手段与千百年前《李娃传》里荥阳生父亲的做法竟然惊人地相似！

缪娟在《翻译官》中提示我们，这种古已有之的代际理念对撞在现代社会里依然顽固地存续，并极易导致青年男女美好爱情的悲剧收场。更可悲的是，青年一代往往在受挫的境遇下归于妥协，他们的成长也成为破碎的成长，面临着被改写的运命。古往今来，类似的情状不断互文式地搬演。青年们在社会、历史、环境、经济、父祖等的迫压下，从最初的生气勃勃的叛逆者蜕化为社会中的"多余人"——虽然对社会的现状表示不满，却无力也不想改变的孱弱者。但缪娟并没有循着这一逻辑书写下去，而是以乐观的态度讲述了时代青年自我精神的追寻和建构。因为在作者看来，毕竟时代不同了，现代爱情尽管还有《孔雀东南飞》式的"焦母"和《家》中的"高老太爷"的强力阻止，可若是男女双方态度坚决，绝不妥协，便可以争取到最终的胜利。诚如程家明所言："周围的环境怎样，压力有多大，说是'不得已'都是借口，当事人的态度才是关键。"缪娟以青年的善感心性与明慧体察将成长主题与代际冲突进行诗意的扭合，不仅重塑了青春文学与成长小说的明媚品格，而且还赋予这个言情故事丰厚的历史内涵与人性深度，从而极为出色地谱写出一首嘹亮而热情的成长之歌。

诚然，小说中部分情节的设置还存在着过于戏剧化的倾向，比如乔菲在里昂车站遭遇到的爆炸事件及爱慕她的祖祖·费兰迪为保护她的安全而牺牲的巧合离奇情节。除此之外，浓重的宿命论以及女性意识的暧昧与道德伦理的深层皈依也在一定程度上影响了小说思想性与艺术性的多维，并在文本内部造成了前后矛盾与断裂的弊病。但瑕不掩瑜，《翻译官》具有精致凝练的语言、耐人寻味的细节、从容精确的叙事、丰厚开阔的意旨，这些质素共同构筑了该小说的艺术特色。

　　总之，缪娟用青年人特有的理想主义情怀确证着爱情、青春和梦想的永恒存在。客观上，《翻译官》犹如一束光，照进现代人的灵魂深处，唤醒了沉酣在角落里的关于爱与美的如烟往事。或许，在存在的深渊中，在庸常的世俗里，唯有这些可珍重的爱意构筑了生命中最初的信守与最后的依凭。

《三生三世十里桃花》：爱情"伊甸园"与阶层"厚障壁"

作为一部据说网络点击量已高达三百亿次的玄幻仙侠剧，《三生三世十里桃花》无疑已成为现象级的 IP 神剧。而在电视剧引发的收视热潮尚未消歇之时，电影版的《三生三世十里桃花》也适时地发布了定档预告，据相关媒体报道，定档预告片在二十四小时之内点击量便超过了四千多万次，这一数字刷新了国产预告片的新纪录。随着该剧的持续走红，"三生三世"与"十里桃花"也成为时下青年群体口中的热度词汇，而太子夜华与青丘白浅、东华帝君与白凤九浪漫又虐心的爱情故事更是引得无数青年男女在啼笑交加之余重新确认了爱情的恒久魅力与伟大力量。

诚然，《三生三世十里桃花》为挣扎在凡俗红尘中的世人建构起一座爱情的"伊甸园"。在这里，无论是天族、九尾狐族还是翼族，不论他们身处烟波浩渺的"四海"，还是遨游广袤无边的"八荒"，都会与宿命般的爱情相遇。爱情既是他们命定的劫难，也是神、兽、人、鬼等念兹在兹的毕生期许。"伊甸园"中的桃林美景长养着各式各样摧枯拉朽式的爱情，满足了普通民众对庸常人生的传奇幻想和诗学心理。在开合自如的空间维度和时间维度里，无数痴男怨女尽情地演绎着感人又虐心的爱情神话。《三生三世十里桃花》是一群主情主义者的极致展演——

情到深处，生者可以死，死者可以生，生生死死皆为爱。这样的至真至美的爱情往往会唤醒现代人心底中早已尘封的深情往事，一定程度上滋养和抚慰了我们时代日渐干涸的爱欲与生命。

但是，"伊甸园"中的浪漫旖旎的爱情却经不起进一步的追问和反思，因为这里的爱情并非如表面上看起来那么纯洁无瑕。能够进入"伊甸园"并收获完美爱情的，必是身份地位与颜值才华均旗鼓相当的男女。他们依据权力法则形成强强联合，婚恋成了巩固阶层的有效手段。否则，即便男女之间生发了爱情，也终究逃不脱悲剧的结局。

譬如当白浅因封印东皇钟被擎苍打落凡间变为普通人素素时，夜华虽然与素素倾心相爱，但他们的爱情却在等级秩序和所谓的天族规矩中被挤压得变了样，走了形。天赋异禀的天孙夜华自此变得唯唯诺诺，不仅不能袒露他对恋人的一腔深情，甚至连素素的身家性命也难以保全。

同样，失去了法力和青丘女帝身份的凡人素素，则成为任人陷害和宰割的可怜虫。屡遭打击后绝望伤情的她不得不跳下诛仙台自杀身亡才能得到解脱。此时的九重天，从爱情的"伊甸园"蜕变为葬送爱情的"失乐园"，充满了令人恐怖而窒息的气氛。但是，等到素素历经情劫飞升上神并还原为青丘女帝身份的时候，横亘在她与夜华之间的天堑瞬间变成了通途。外界的诸多障碍基本被清除，他们获得了两个家族所有亲友的认可与祝福。不得不说，《三生三世十里桃花》"遵循的是'男强女强'旗鼓相当、豪华顶配的爱情模式，如同游戏玩家中最终胜出的一定是超豪华与顶级装备的玩家，而在'两性市场的胜利者'也一定是多金、势力相当的人，可见爱情在这个时代也变得如此势利"[1]。毫无疑问，这样的爱情模式遵循和宣扬的是"门当户对"的陈腐理念，是对阶层身份和

---

[1] 吴立：《IP 神剧〈三生三世〉的权力逻辑有一种爱情药丸叫"豪华顶配"》，《华夏时报》，2017 年 3 月 20 日第 032 版。

财富逻辑不加省思的膜拜与认同。恰是从这一理念出发，该剧可以堂而皇之地阐明阶层等级的坚固存在及其尊卑有序、不容僭越的合理合法。

基于此，《三生三世十里桃花》中所有出场的仙、兽、人等角色都被编织进阶层身份的巨型网格中动弹不得。阶层秩序不仅泾渭分明而且威力巨大，即便是法力高强的神仙也只能听凭其肆意摆布。任何试图挑战这种权威的行为都会受到严苛的惩罚，面临必然的失败。比如庶出的玄女和作为侧室的素锦虽然都对各自的恋人痴心不悔，支配她们采取不光彩行动的因由也是出于爱的驱动。但她们却并不能得到对方哪怕是出于怜悯的理解和善待。现实的冷酷律令致使她们愈加狠毒狞厉，加速了沉沦的步伐，最终要么失去性命，要么堕入凡尘遭受无尽的磨难。玄女与素锦的凄惨下场明白无误地告诉我们，在阶层筑起的坚固"厚障壁"面前，最好安时顺命地遵从"男强女强，男弱女弱"的婚恋原则。"庶出"的身份和"侧室"的地位犹如原罪，在以出身、权力、财富主导的爱情和婚姻逻辑里，她们"不安分"的爱情妄想注定会腹背受敌，沦为笑柄并招致厄运。

然而，我们的疑惧是，从什么时候开始，神圣的爱情也变得如此势利与庸俗了呢？在经典文艺传统中，真纯的爱情曾是我们挣脱世俗枷锁，反抗权力阶层迫压的有力法宝，也是我们守护和认知生命美好的星空和灯塔。"爱情至上"曾是一代热血青年的浪漫理想，即便是在通俗言情小说谱系内，凄美缠绵的爱情背后，也或多或少地承载着或是挑战权势财富，或是蔑视朽腐社会结构的现实意义。可是现在，《三生三世十里桃花》中貌似矢志不移的爱情则被抽去了芯子，在精致装扮后的权力法则里将美好圣洁的爱情静默地消解。"神圣而伟大"的爱情被规范化、目的化及世俗化，使其落实为维护阶层固化的工具。此时的爱情变成了一种彰显阶层身份的奢华饰品。"门当户对"的陈腐理念悄然成为新时代的婚恋《圣经》——信仰者，得福得幸；不信者，得罪得罚。而超越现实、冲决世俗、无关财富权力的至纯爱情不仅在人间难觅芳踪，就是在广阔的"四海八荒"之内也已消失殆尽。

更为严峻的是，该剧流露出的人生态度的世俗化和妥协性回避了爱情的真正议题，无所信的人生唯剩下苟且和怠惰地顺从。

可是，该剧的广为传播和火爆程度也值得我们做进一步的深思和反省：如此巨大的点击率与受众群体的一致叫好，是不是意味着我们的时代，尤其是青年人的价值观和文化观发生了前所未有的变革并面临着普遍性的精神困局？

网络文学的崛起及其影视改编后的巨大收视率在一定程度上折射出接受者阅读趣味和欣赏趣味的趋同。诚然，此时此刻，我们共同经历着时代转型期的阵痛——现实社会的庸常沉滞，社会阶层的稳固成形，生活压力的日益增大以及渐趋封闭的内心世界导致了价值观的混乱和无所依附的焦虑情绪。于是，释放压力，自我抚慰，寻求情绪宣泄便成为一种普遍的时代需求。

"自由是网络的精神实质，也是网络文学之魂。网络的无限空间迅速且极度地拓展了'80后'心灵自由驰骋的空间，尽管他们试图将这种自由延伸到现实空间却屡遭阻击，但文学艺术本身其实就有弗洛伊德所言的'白日梦'的性质，在梦幻空间中追求现实人生的自由，表达此种渴望，倾诉此种压抑，对'80后'而言，网络与文学真是再好不过的地方。"①网络文学的基本特征之一就是通过制造幻想来补偿现实空间匮乏的情感和难以实现的欲求。网络文学及其一系列衍生品信奉的是快乐原则和自由原则，所建构的论述像一场狂欢，将好与坏、善与恶、幻想与现实熔为一炉。天马行空般的想象虚构和奇幻酷炫的人物设定意欲为广

---

① 江冰、田忠辉：《文化视野中的合法性突破》，《南方文坛》，2010 年第 3 期。

大青年受众提供情感的抚慰剂和情绪的宣泄口。

必须承认，以《三生三世十里桃花》为典型代表的网络文学及其改编后的电视剧对时代青年和大众心理的把握是精准的。它迎合了这个时代青年人尤其是青年女性对专一痴缠爱情的期许，填补了粗疏泛滥时代里浪漫爱情的缺席，并制造出理想的“伊甸园”来满足女性关于爱情的“甜宠”幻觉。尽管千千万万的女性观众明白这不过是日常生活中的“南柯一梦”，但依然不影响她们对该剧的热情追捧，以及幸福的片刻迷醉。

但在迷醉的同时，也不应该忘却文学的要义。詹姆斯·伍德在《小说机杼》中曾告诫我们——“小说绝非逃避生活的捷径，尽管它的确可以是一场游戏一场梦，但它还是非常非常严肃，甚至比生活还严肃。”[①] 网络文学及其改编的热播剧最令人警惕的地方来自于它对现实生活的机巧逃避及其精神上的颓败。大部分的网络作家和影视制作者自负而懒惰地弃置了时代历史的信义，拒斥了对人生和存在的真切追问。他们以潮流和变化的名义将人类从精神家园中裹挟而出，在心造的幻城中引领焦虑的个体放心地酣眠。

“当人们在‘历史终结’的宣告之下，不想成功，只想舒服，不想向命运挑战，只想向强者拜服，那么‘现代性’的光明，最终将会湮灭在社会达尔文主义的利爪与犬儒主义的麻木之中，这不是历史的终结，而是历史的倒退。”[②]

所以，无论怎样精心装扮，说到底，《三生三世十里桃花》等小说和剧作不过是一场戴着爱情假面的媚俗舞会。狂欢中的人们犹如埋起头颅的鸵鸟，但真正的疑难却并不会因此而隐匿。

---

① ［英］詹姆斯·伍德著，黄远帆译：《小说机杼》，郑州：河南大学出版社，2015年8月第1版，第188页。
② 薛静：《穿越——重生小说中的现代价值——以希行小说为例》，《中国现代文学研究丛刊》，2016年第8期。

《芈月传》: 一个传奇的女人与一个时代的合奏

蒋胜男的《芈月传》讲述了大秦宣太后在"大争之世"中波澜壮阔的传奇人生。在洋洋洒洒百万字的篇幅中，作者不仅娓娓叙述了主人公芈月历经的九死一生的个体遭际，同时也在探析中国文明在战国时代多元并存的气象与脉络。阅读《芈月传》后，可以毫不夸张地判定这是一部气势恢宏、语言雅洁，包蕴着大格局同时兼具史诗性艺术追求的文学著作。之所以做出如此论断，是基于以下三个维度的体认。

首先，《芈月传》具有宏阔的视角与探源文明的雄心魄力。这部作品通过主人公芈月的生命故事潜入到历史的深处，百科全书式地呈现了列国争雄时代，不同国家、不同民族、不同地域、不同文化的纵横纠葛。其时间跨度之长，文化纵深之广，人物涉及之众，共同奠定了这部作品的艺术高度。作者在书写芈月人生故事的同时，更寄托了史家的精神气度和理想抱负。诚如季红真所言："中国是一个尤其重视历史的国度，几乎没有一个中国作家不想写一部史诗性的作品。特别是在没有现实话语空间的时代，钟情历史的写作就是超越现实的重要精神飞地。"①

---

① 季红真：《穿越历史烟尘的女性目光——论凌力的历史写作》，《文学评论》，2008年第6期。

从晚清小说创作的流脉来看，"史传"对于中国小说的影响，大体表现为陈平原所总结的"补正史之阙的写作目的、实录的春秋笔法，以及纪传体的叙事技巧"这三个层面。纵观中国现当代的小说创作，在题材、思想、审美等诸方面，大都与史传文学有着无法分割的血缘或亲缘关系。

《芈月传》作为历史小说确实体现出以上的创作向度。作者对于人物所处的时代、文化、政治等的叙述，不是仅靠漫无边际的虚构和苍白的想象，也不是完全照搬历史书上的有限记载，而是在广博的吸纳阅读后，融会贯通在《芈月传》的文本创作中。

一个不容忽视的常识是，写历史上实有人物的小说，如果不具备基本的写实精神，而一味凭借天马行空的想象和编造，就会欠缺叙事的说服力。当然，小说不是信史，没有必要一一指实，但如果文本中所用的材料漏洞百出，就无法说服读者认同作家笔下所呈现的艺术世界，进而便会质疑作家的写作水准。欣慰的是，《芈月传》因作者蒋胜男的勤勉和舍得下功夫之故，有效地规避了这一缺陷，具有一般历史小说所不及的谨严。作者将人物的运命，安置在历史的大波澜中，对事件的叙写，没有停留于浅表的观察，而是细致考证，深入思考，揭示出历史与人生的常与变。

小说中，通过故事情节的推进，逐渐显现出时移世易中变化法则的逻辑性与必然性。读者在阅读的过程中，也会体悟到国运成败的内在因素，以及人性幽微的复杂变幻。在宏阔的背景里，作者发挥了出色的叙事才能，还原了中国历史上大秦帝国在一个杰出女性的运筹帷幄中艰难崛起的历史，并通过主人公芈月人生命运的跌宕起伏，全景式地描摹了从贵族到平民、从圣人到奸佞、从宫廷到市井、从国家政治到日常生活、从各国习俗到饮食器物的世间万象和人文境况。这些描写，为干巴巴的历史填充了丰盈的血肉。触目可及的细节叙述，可以想见作者花费的心力与思力之巨。从这部小说中我们不仅能够窥见生活之变、政权之变，更能体悟到人文之变与人性之变中所蕴含的深刻悖论与艰难弥合。

其次，《芈月传》寓寄着对理想人性的热切召唤，完成了对一个生机勃勃时代的致敬与怀念。在文本中，我们所看到的是一个个活力四射、激情飞扬、不甘命运摆布的人物群体和时代精神。战国时代既是大争之世同时也是自由之世。这是中国文明值得珍视的青春期，理想、野性、活力、血气成为那个时代的关键词。它思力壮阔，不拘一格，论人议世不为俗常的人伦道德所限。小说中上至帝王将相，下至贩夫走卒，都具有一种现代品格。作者几乎完全摆脱了传统道德观念和传统小说的善恶评价去塑造人物。比如策士张仪为达成治世理想可以不顾信义，同时他也毫不掩饰对功名利禄的渴盼与占有。

在《芈月传》中，作者以史为据，但又不拘泥于史实的抄录，而是写出了"大争之世"中，每个个体的人生追求和精神气度。小说中俯拾皆是对国事的论辩和文化人生的思索，比如在治国理政中，认为秦人"以杀伐之人任国之要职，必会以杀伐手段治国，那就会导致暴力治政，不恤民情，将来必会激起民变"。又比如，在四方馆中，秦王驷面对各家学说百家争鸣的盛况，动情地说："争鸣，是为了发出声音来。一个时代只有发出各种声音来，才会有进步。"凡此种种，均可见出作者广博的学识和机智的语言机锋。在全景式的描绘中，作者展示了风云激荡时代中人物的风骨与精神面貌。小说中的所有人物，不论男女，不分贵贱，普遍具有坚韧不拔的个性，热切的功名心，以及快意恩仇、敢于抗争的个性风采。这样的人物塑造呈现出中国文明在初始阶段令人向往的思想光芒，折射出自由氛围中人性可能达到的厚度与宽度。

在文本中，不仅帝王权贵可以挥斥方遒、指点江山，即便处于人生低谷，沦落市井的士子女性也不失人生之理想，试图通过才智与自由的竞争将生命的价值发挥到极致。这种鲜活而张扬的生活理念和社会文化氛围，读来令人确有心潮澎湃、心向往之之感。尤其是在当下时代，当我们的精神越来越萎靡、情绪越来越焦躁、心灵越来越驯顺之时，确实需要血气和雄强精神的注入。可以毫不隐晦地说，中国当代小说并不缺乏庸常与日常，但却缺乏具有深刻哲理或思辨色彩的作品，更少见到具有超越性和灵魂升华的经典之作。从这个意义上说，作者花费巨力，潜入中国文明的源流之中，书写出一个世代繁复的政道人心，这种精神的原创力和艺术上的大胆追求，在当代的小说创作中不失为一种壮举。

最后，《芈月传》彰显出鲜明的女性意识，挑战了人们对女性的传统认知。众所周知，如果从性别视角来看，女性是没有历史的。因为"长期以来，历史或历史叙事一直是由男性神话的叙事传统所构建，在已有的历史叙事中，女性是缺席的他者，同时，因为其被书写的命运，女性又是历史永远的客体。作为两千年的历史盲点，女性是'一切已然成文的历史的无意识'"①。从晚清时代到二十世纪九十年代的纯文学女性历史书写中，女性作为配角，在男性导师的带领下，竭力想要融入历史的公共领域。换言之，她们想要实现的不过是能够与男性一起融入国家——民族的历史建构中，女性所能达到的最高理想不过是要获取和男人一样的社会地位。但在网络文学中，女性新历史书写者则颠覆了男性作为历史主人的超稳定文化设定。此时的女性形象不仅是历史的参与者，而且还是历史的建构者。与此同时，众多的男性不再是引领者，而是被引领者。

在《芈月传》这部小说中，蒋胜男"重建了另一种文本化的历史，

---

① 王侃：《论 20 世纪中国女性写作的历史意识与史述传统》，《南开学报》，2011 年第 6 期。

置身于女性视角观照之下，同样的历史女性，由于作家充分调动起来的性别的体验和女性生命情感的相互融合，得以使她们从'红颜祸水'的盖棺论定中脱身而出，重塑了一个个充满人性的、立体的、多层面的，既丰富又复杂的女性形象"①。

因为《芈月传》的出版发行是在《甄嬛传》热播和大火后推出的，所以在最初接触到《芈月传》这部小说的时候，笔者曾经有过隐隐的担心。担心的是作者创作出的不过是又一部好看热闹却观念老旧陈腐的关于女人掐尖斗狠的宫斗闹剧。害怕看到这些同样围绕在皇帝身边的女性全如《甄嬛传》中的形形色色的女性一样，为了自身利益的最大化，为了保卫和提升自己的地位苦苦挣扎、钩心斗角乃至自相残杀。在《甄嬛传》中，女性与女性之间，匮乏的是互相的体恤和同情，她们之间的聚合离散皆因利益。甚至到了每一句言语都可能暗含讥刺，每一次探视都可能包藏祸心，每一次交往都可能预示恶毒阴谋的程度。这些女性终其一生的事业便是将生命中宝贵的时间和聪明才智都耗费在邀宠献媚，以及不遗余力地打击对手的权谋和诡谋之中。

《甄嬛传》中鲜见具有健全人格的人，这些女性呈现出的是人性的褊狭自私与阴险狠毒。是一批迷失自我生命价值、缺乏自主与反思的女奴群体。因此，《甄嬛传》中的女性无论怎样抗争，无论做出何种努力，都一直走不出男权社会的掌控。在一个男性处于绝对主宰地位的时代，作品宣扬和强化的是以女性的绝对服从为特征的两性关系。为了个人利益的最大化，这些女性将人性恶的方面无限放大，人性恶在《甄嬛传》中取得了合理合法的地位，而人类最可珍重的自由、平等、尊严、亲情等等全被轻易地放逐。

① 李仰智：《论性别视野下的中国当代新题材之历史小说》，《中国现代文学研究丛刊》，2016 年第 7 期。

当然，我们可以说《甄嬛传》是一种时代情绪的集中折射，是陷入了齐泽克所宣称的"启蒙绝境"中的现代人表现出的惶惑无力。但作为人类精神堡垒的文学创作，作为读者，我希望看到的是窥破真相后的勇敢承担和积极探求。能够让人在灾难与悲哀中看到人性向阳取暖的努力，在抗争或在孤独中永葆自主自省自由的精神气象。从这一阅读期待出发，细细研读后，惊喜地发现作者在《芈月传》的创作中没有深陷于凝滞落后的理念陷阱。相反，在作品中时时可见大胆而新鲜的发见。作者也写了女性之间的争斗，但这却不是全书的重点，更不是所有女人的共同特质，作者通过芈月、庸夫人等人的言行举止驳斥了女人之间一地鸡毛式的宫斗闹剧。

《芈月传》的写作重点是通过女主人公芈月的传奇人生，书写出女性在政治、时代、文化巨变中起到的至关重要的作用，彰显出大争之世时女性不让须眉的风骨气度。作者以一种深广的精神意识，揭示出古代社会中国杰出女性的拼搏奋斗精神史和女性个体心灵史，是一种全新意义上的"女性大历史写作"。

尤为可贵的是，芈月并不是传统文化规训出来的贤妻良母，而是始终具备独立人格和自主追求的健全个体。比如，她公然宣称"再苦再难，我也是自己的主人，我由我自己，来主宰命运，不管成败，我靠我自己的双手，去拼我的命运。成了，是我应得的，败了，是我自己无能，我无怨无悔"。此外，芈月具有独特的气质风姿，敢于破除从一而终的成见，与心仪的男性相恋相爱相守，而不是牺牲一切只讨君王的垂爱和痴情；她同时具备超群的学识与极高的悟性，怀抱鲲鹏之志积极脱离狭小的闺阁，与睿智杰出的群体切磋、论辩为政之道；最重要的是，她还有坚忍的品质和对女性价值的深切认同与倡扬。如她不顾群臣和儿子的阻拦，执意生下与义渠王的孩子。因为在她的认知中，上古先民因为只知有其母，不知有父，便没有手足相残之事。从而认定兄弟同胞从母是天性，从父却不过只是利益罢了，一母所生的是手足亲情，而一父所生的兄弟亲情则是靠不住的。这样的理念，颇为颖异，也极具颠覆性和挑战性。在《芈月传》中，类似的"越位"和"出格"数不胜数，作者以此证明女性不再是历史和文化边缘的徘徊者，而是历史的核心形象和不可或缺的一部分。

总之，《芈月传》完成了对一个气势磅礴时代的艺术还原，同时也颠覆了对女性的传统认知，召唤思想自由、人格健全的女性主体出现。

此外，还有几句多余的话要说。《芈月传》皇皇百万言，全景式的描摹，人物的众多，线索的多绪，创作时间之长等因素的共同作用，难免会在行文中留下些许细节上的瑕疵。比如在行文中小说存在着若干前后矛盾的地方。明显的是在第一卷中叙述到和氏璧是楚王商在芈月七岁时为给女儿压惊才赐给她的，但在第四卷中却写到芈月出生后就拥有了和氏璧。此外，《芈月传》中的部分情节设置也存在生硬、拼凑和过于戏剧化的缺憾。小说虽然离不开巧合性、偶然性和虚构性，但它同样需具备文本的可信度。比如策士苏秦与燕易后情爱故事的开展铺垫尚嫌不够；再如芈月生母向氏自杀时机的选择似有悖情理。因为作为一个母亲，即便再屈辱，再绝望，她也不应让年幼的女儿目睹她的惨死。最后，小说对文明的探源归纳以及牧民之道也不乏可探讨之处。好在瑕不掩瑜，《芈月传》不仅艺术地再现了诸雄争霸时代中文明的气象与脉络，同时也复活了一群生气勃勃、活力四射的人物群像。一扫时代的萎靡之态，张扬一种高迈的人生观，召唤活力与野性精神的复归。超越精神与对人伦俗见的颠覆，赋予作品强大的精神气场。以上几点，便可以断定这部作品在思想上是成功的。

《星战风暴》："有情"又"有爱"的温情书写

骷髅精灵在《星战风暴》里，精心描摹了一个充满温情的情感世界。在广阔的银河联盟中，形形色色青春靓丽的男女行走其间。相聚在一起的他们经历了从相识相知到相爱相守的青春历程。一路走来，青春男女们以其炽烈的爱情与真挚的友情构建起理想中的"伊甸园"。在这里，无论是地球、月球、太阳系，还是扩延到浩渺无边的银河联盟，这些青年男女们都会被美好的异性所吸引，与宿命般的爱情相遇。爱情既是他们青春生命中的华彩乐章，也是他们念兹在兹的美好期许。

除了对浪漫爱情的倾力书写与刻画，骷髅精灵也没有忘记对真挚友情的热烈歌颂。在日常生活中，在激烈的对抗比赛里，这些青年团结在一起，互相信任，互相欣赏，互相扶持，共同作战，共同面对种种困境。凭借友情的力量，他们不仅取得了最终的胜利，而且也在更深层次上理解了生命的意义和情感的宝贵。

一、爱情的发生与流变

在人类社会的发展历程中，爱情是普遍而永恒的存在。爱情与社会、历史、人性扭结在一起。通过爱情,可以看出一个时代精神文明的发展程度,也可以窥探出社会伦理道德的风尚。爱情历来是文学作品最为热衷书写的文学母题之一。而且,伟大的文学作品往往都与爱情有关。在中国古典文学传统里,从两千多年前的《诗经》到唐诗宋词,从宋元戏曲到明清小说的发展脉络中,对爱情的书写和歌颂可谓汗牛充栋,绵延不绝。

在中国,现代婚恋观的确立当在清末民国时代。彼时,随着西学东渐之风的盛行,恋爱自由、爱情神圣成为主流的价值观得以宣扬。正是在这一理念之下,言情小说获得了空前的发展。"民初言情小说所表现的男女恋爱,大都有一个共同点:违背父母之命、媒妁之言、守节从终一类礼教规范,自愿自主地相爱。这样的男女相爱,一方面因违背礼教而属非道德或非正统,另一方面又与传宗接代、财产门第等礼俗不相干,是'非功利'的感情关系,因而具有一种纯洁性。更重要的是,在哀情小说中,恋爱男女最终总会因父母的干涉(如吴双热《孽冤镜》),或礼教的桎梏(如徐枕亚《玉梨魂》)而难成眷属,他们一般没有胆量模仿相如文君的'私奔',也没有《西厢记》《牡丹亭》那种虽钻穴逾墙之举却最终获得父母谅解的大团圆结局。民初哀情小说的男女主人公们,大都发乎情而止乎礼仪,个人的幸福最终被父权和礼教扼杀,主人公或以死殉情,或黯然回归旧式的家庭生活中。五四新文学运动开始后,新文化阵营对哀情小说这种不反抗、空悲切的情节模式,大抵视为'旧'伦理而鄙弃。"[①]文学革命发生以来,爱情至上曾是一代知识分子的浪漫理想。"自由"与"恋爱"的生发与密不可分不仅是中国社会流行的婚恋观,同时也是新文学大书特书的重要部分。爱伦凯的"恋爱神圣论"和高德曼极端推崇恋爱的独立自足成为报刊媒体的热门议题。爱情

---

① 杨联芬:《恋爱之发生与文学观念变迁》,《中国社会科学》,2014 年第 1 期。

至上观念曾是开风气之先的时代男女彰显个性风采、反抗封建旧道德的主要途径之一。在新文学作家笔下，凄美缠绵的爱情背后或多或少地承载着或是挑战权势财富，或是蔑视朽腐社会结构的现实意义。金钱、权势、容貌、才华、门第等这些外在的条件都与爱情无关，恰恰相反，真纯的爱情应该尽力摆脱这些世俗化、庸俗化的陈规与枷锁。

中华人民共和国成立后，到"文革"十年的时段内，延续的是"革命＋恋爱"的婚恋模式。政治革命的意识形态话语逐步在婚恋叙事中占据了主导的地位。婚姻成了政治和阶级利益一致的共同体，而基于灵肉合一的男女之恋则被认定为是无聊而又腐朽的小资产阶级的恶趣味，是应该得到批判与贬斥的思想和行为。新时期开启后，被驱逐的爱情重新回到了文学的园地。此时的爱情书写，发散出浪漫主义的情调和理想主义的色彩。例如，刘心武的《爱情的位置》、茹志鹃的《丢了舵的小船》、张洁的《爱，是不能忘记的》、古华的《爬满青藤的木屋》、张弦的《被爱情遗忘的角落》、郑义的《远村》、张抗抗的《爱的权利》等一系列作品摆脱了加之于爱情之上的政治化、道德化的极端强调，呼唤一种建立在美好情感、自由人性基础上的真纯爱情，从而恢复和确立爱情在社会生活和人的精神生活中的位置，形成一种蓬勃兴旺的创作势头。

二十世纪九十年代以降，随着中国社会逐渐步入市场经济的大潮，理想主义在这样的时代背景中黯然退场。世俗社会中纯洁而又超然的爱情神话遭受到前所未有的质疑与挑战。在千疮百孔的现代生活中，相濡以沫、不离不弃的纯美爱情何处藏身？至此，纯洁凄美的爱情神话遭遇全面的溃败。爱情与沉重的现实正面遭遇。尤其在"新写实"小说中，世俗生活击溃了爱情的甜蜜与美好，一地鸡毛式的慌乱日子，让美好的男女两性情感无处安放。"新写实"小说对爱情的书写为我们打开了一个新的叙述空间，它拒斥了爱情的诗意性想象，转而从精微的日常生活中入手，让爱情在柴米油盐的磕磕碰碰中逐渐消解。"不谈爱情""懒得离婚"成为此时期婚恋叙事的主导话语。

譬如刘震云的《一地鸡毛》、池莉的《冷也好热也好活着就好》、苏童的《离婚指南》、刘恒的《白涡》等作品的集群式出现。这些作品诉说了被日常生活磨损的爱情，以及进入婚姻围城后男女的疲惫感与厌倦感。此后，在主流文学的爱情书写中，爱情叙事回归到凡俗庸常的本真状态里。男女两性在婚恋情感的选择中，除了情感的契合之外，更重要的是要充分考量金钱、地位、才能等现实性因素。于是，启蒙时代以来依靠爱情神话确立自身主体性的现代人，似乎徒然地转了一个圈，然后又回归到原点停滞不动。人们坦然接受了爱情神庙的坍塌，只能在回忆中追寻曾经稚拙和唯美浪漫的爱情。

与传统文学一样，网络文学的爱情书写也遵从了从歌咏到拆解的过程。在网络文学发展史上，具有里程碑意义的《第一次的亲密接触》就是一部纯真浪漫而又凄婉唯美的爱情小说。小说主要讲述了痞子蔡与轻舞飞扬在网上相识相恋的爱情故事。痞子蔡才情兼备，轻舞飞扬美丽聪慧，他们的邂逅相遇遵循的是古典文学"才子佳人"式的模式。但遗憾的是，原本佳偶天成的两人虽然真挚地爱着对方，但却因轻舞飞扬的骤然离世而黯然收束。爱情的绚美，与生命的短暂构成了强烈的对比。痛失爱侣的痞子蔡只能孤独而痛苦地面对整个世界。爱情的悲剧性结局、纯情的男女主人公、网恋的时尚气息、传统爱情模式的重现等因素的叠加，使《第一次的亲密接触》打动了万千读者，让人们再一次感受到爱情的迷人魅力与永恒存在。

但到了金子的《梦回大清》、桐华的《步步惊心》、流潋紫的《后宫·甄嬛传》等网络小说里，这样纯洁的男女两性之爱早已难觅芳踪。取而代之的，则是对纯爱小说的远离与批判。在这些小说中，虽然文本中的男女在青年时代都曾期待"愿得一心人,白首不相离"式的美好爱情。但残酷的现实与人性的多变在不知不觉中改变了爱情原本的模样。"90 年代以来,启蒙理想逐渐淹没在政治失语和经济大潮之中,没有理想倒还轻松,但在启蒙话语尾巴上成长起来的青年一代,不得不面对的是心怀理想、无处安放的窘境。他们和医者一样,具有改良社会、根治顽疾的信念,但却不得不陷于丛林法则和功利主义的泥潭。因而大众文化中一个又一个爆款,从《步步惊心》挥别旧爱、站到历史胜者的一方,到《甄嬛传》搁置爱情、攀登上权力的巅峰,不过是教人们麻木自己、说服自己:只要死心、只要冷血,你就能在残酷的现实中过得好一点。"①爱情理想幻灭后,这些饱受情殇的男女终于意识到爱情不再是人生的第一要义。在万丈红尘中,如何求得更好的生活与生存才是王道。而爱情,什么都不能拯救,也并不能凌驾于生活之上。在这些网络作家所建构的文学世界中,无论古代社会还是现代生活,无论男性还是女性,在面对爱情的议题时总是无法摆脱现实利益的考量和计较。

由此可见,网络文学中的爱情书写与传统文学中的爱情书写呈现出殊途同归的一致性——均历经了从言情到反言情、从纯情到世故、从相信爱情神话到将爱情拉下神坛的发展里路。当然,言情小说模式转型的深层原因与广大民众的时代心理和精神变迁息息相关。

二、纯爱与传奇的再造

然而,与言情小说不同的是,骷髅精灵在《星战风暴》中接续了古典言情小说的写作脉络,作者饱含着酣畅的情感,倾情讲述了一个个令

---

① 薛静:《穿越——重生小说中的现代价值——以希行小说为例》,《中国现代文学研究丛刊》,2016 年第 8 期。

人感怀又充满时尚色彩的爱情故事。

在王铮和爱娜的爱情故事里，当他们相遇的时候，王铮还是一个寂寂无名之徒，他在偶然间遇到了落难的阿斯兰帝国的公主爱娜。当时，陷入生活困局的王铮在自顾不暇的情状下，依然能够挺身而出，救助素不相识的爱娜：

> 一个身影朝着王铮就撞了过来，王铮几乎是本能地闪过。
>
> "救命，坏人追我！"
>
> 一双白皙如玉的小手一下子抓住了王铮的胳膊，鸭舌帽微微抬起，露出一张脏兮兮的小脸。
>
> 唉，同是天涯沦落人。
>
> 冲出来的两个身穿黑色西装的黑人侍者，其中一个立刻爆粗口，"小兔崽子，敢吃霸王餐，找死啊，快交钱，不然你们两个一起打。"
>
> 说实在的，王铮很想潇洒地摆摆手，不带走一片云彩，但是不知怎么，那双可怜兮兮的眼睛，一下子就让他心软了，要是被骨头看到，不知道又要怎么批斗了。
>
> "多少钱？"王铮无语，这地儿一顿饭几十块就够了，何必要打人。
>
> "很好，五百三十块，给你们折扣，五百整就算了。"
>
> "别蒙我，你们这地儿最多也就一百几十块！"王铮愣了愣说道。
>
> "屁话，这丫头进来把每一道菜都点了一遍！"
>
> 王同学又明白一个道理，没钱就别充英雄。
>
> "我浑身上下就三百块，你们要就拿走，要么就警察把我

们带走吧。"

　　王铮很光棍地耸耸肩，"要不，打我一顿也成。"

　　虽然有点郁闷，但半途而废不是王铮的风格。

　　两个侍者一愣，望着王铮的三百块，一把抢了过来，"你们两个小混蛋，快滚！"（骷髅精灵《星战风暴》）

　　这一段"英雄救美"的情节，与金庸笔下郭靖和黄蓉的相识相逢颇为相似。王铮的正义与坚持，爱娜的天真与懵懂让这个爱情故事笼罩在诗性的氛围中。骷髅精灵以现代青年人的感同身受，进入到一种古老悠久、梦幻想象的爱情叙事方式。而情窦初开、纯情儿女的爱情故事体现出生命的真纯质朴之气。真纯的爱情故事，远离了夹杂在爱情中的现实计较，让唯美的爱情在一种不受历史钳制的自由境界中展翅高翔。体现出现代文明中尚未彻底失落的抒情浪漫传统，从而激荡起现代人内心深处梦幻般的生命激情与爱情理想。

　　在《星战风暴》中，骷髅精灵致力于一种天真纯粹的爱情观念的宣扬。在他的笔下，人物是真纯、善良、纯净的。在对待爱情上，他们更多的是基于单纯的情感和一见钟情式的爱恋，没有复杂的现实考量和斤斤计较的衡量。爱情的发生与存续只是因为爱情，而不是任何其他的缘由。

　　而在传统文学里，尤其是二十世纪九十年代以来，随着思想的解放、文化的多元与经济的高速发展，文学内部也随之发生了裂变——从此前的压抑身体的生理欲望到极力张扬肉欲在文学中获得了合理合法的地位。随着"下半身"文学与"身体写作"等文学命名的提出，身体的欲望性书写成为甚嚣尘上的写作理念。

　　在现代言情小说中，性与身体的生理属性突然获得了前所未有的关注。或许是压抑得太久，所以一旦获得自由呼吸的机会时，作家们在书写的过程中便显得失之于节制，表现出过于泛滥和恣肆的态势。此时，在大多数传统作家的笔下，身体的生理性写作被严重地狭隘化。他们将精神与身体彻底剥离，作家只关注人的欲望层面，言情小说由此陷入低级庸俗的趣味之中。

这当然是一次偏激的矫枉过正。言情小说的叙事仿佛离不开对性与欲的赤裸裸的展示。在这些小说中，几乎找不到任何关乎灵魂关乎生存的形而上叩问。但在《星战风暴》中，作者在书写爱情时，力避格调低下的肉欲描写，而是用简净通透的语言呈现爱情的诗意与朦胧之美。完全是纯情儿女发乎情止乎礼义的有节制的书写，在一种梦幻、唯美的氛围中展现爱情的纯净与美丽，还爱情以自然、淳朴、天真的本来面貌。

此外，《星战风暴》里的爱情还具有传奇性。它有传奇小说"记述奇人奇事"的特征和较为完整的传奇式结构——一个超级英雄与贵胄公主的恋爱加奋斗的奇幻故事。骷髅精灵极力渲染这种传奇之爱的神秘性和宿命性。当王铮第一次出现在爱娜面前时，他对她的好感确实是建立在对容貌倾慕的基础上的。而王铮的正义感和同情心，救人于危难之中的良好品质，也给爱娜留下了很好的印象。此后，她感激他，并相信他。当王铮第二次救她性命之时，爱娜更加坚定了自己的判断。当她得知王铮遭受议员之女岳晶的嘲讽和蔑视时，便及时地出现，维护了王铮的尊严，化解了他的尴尬境遇。随后，他们在屡次的相遇相处中慢慢了解和走进了对方，经过层层考验，逐渐从知己到知心，最终成为志同道合、心心相印的爱侣。

在《星战风暴》中，除了主要人物的爱情描写外，其他人物的爱情故事也具有传奇的要素。比如土豪酥在喜欢岳晶而不成的情况下奋发图强，经历打击的他从富家小开摇身一变成了一个为了家族事业而努力拼搏的成功商人。再比如年纪轻轻就能取得不凡成就的天才物理学博士肖菲老师对王铮的特殊好感和亦师亦友的关系等。

纯爱的精神追求,传奇性的故事架构,活色生香的热血生活,纯情儿女的真情告白,共同为《星战风暴》的爱情叙事涂抹上一层诗性和浪漫化的色彩,重现了爱情的可贵与纯洁的动人力量。

三、有情而热血的银河联盟

骷髅精灵在《星战风暴》里结撰了一个有情有爱的情感世界。在小说中,作者不仅书写了男女青年之间的美好爱情,而且也致力于宣达友情的可贵。在广袤的银河联盟中,人与人之间,星球与星球之间虽然存在激烈的竞争和比拼,但是,这并没有影响到友情的生发和存在。在《星战风暴》的小说中,触目可见的是青年人彼此之间的欣赏与坦诚相待。

《星战风暴》作为网游小说,文本中不可避免地会涉及厮杀、角力、胜负、热血等等。与此相关联的,则是情谊、团队、天赋、实力、合作、智力、境界等综合因素的作用。骷髅精灵在小说中努力而逼真地摹写了不同时段、不同级别的战斗场面。在大大小小的比拼中,小说中的人物如武侠小说中的各路高手一样纷纷施展绝技,他们所采用的机甲与战术也如游戏教科书一般精彩绝伦。然而,在这些胜负背后,作者的着力点则是对人性堂奥的窥探及对珍贵情感的敬重。"文学是人学、是人的生命之学、人的情感学、人的心灵学、人的精神现象学;文学的核心是具有活生生的生命的个体人的整体性的心灵活动。真正的文学艺术创造活动务必是建立在'尊重人的自然天性''珍惜人间一切真情'的基础之上的。"① 《星战风暴》充分地诠释了"文学是人学"的命题，集中书写了人与人之间的情感。

骷髅精灵在《星战风暴》中努力书写出他对人类情感的深度理解，对善好人性的礼赞以及对人的生存态度和生存方式的哲学式的追问和体悟。诚如胡兰成所言："艺术是这样的使人间成为亲切的，肯定的。因为稳定，所以能豪放。豪放起来也没有那种无家可归的惨淡决裂。"② 骷髅精灵的小说虽然在外表上看起来是放浪形骸、潇洒不羁，但在骨子里，他所坚守和秉持的，恰是古典而雅正的文学信念——向善向美，相信天道与人世的公正，并且坚定地认为只要努力付出就会获得丰厚的回馈。正是因为信，他笔下喜乐顽皮的章节和插科打诨的语言传达的是昂扬的情感与健康明朗的意趣。行走在《星战风暴》中的人物，既敢爱又敢恨，既有趣又严肃。他们之间，惺惺相惜，缔结了亲密的友情，一起面对战场上遇到的诸种困境，分享胜利的喜悦。譬如李尔和罗非的友情、丹格其利和蒋臣的友情、烈心和章如男的友情等。

此外，除了真挚友情的弘扬与礼赞外，骷髅精灵在《星战风暴》里着重强调了人与人之间互相信任以及团队合作的重要性。在科学大发展的银河联盟时代，星球与星球之间的竞争越发激烈。各个星球都在谋求大国崛起，没有哪个星球愿意落在后面。而整个星球的崛起，需要的是政府高层与民众的同心同德，需要所有人各尽其责，砥砺前行。正因为深切地明白这个道理，作为队长的王铮并没有任人唯亲，或是凭借个人英雄主义任意蛮干。他充分地了解每一个队员的特长和技能，所有的决定都是深思熟虑的结果。他相信他的队员们，不会因为一场输赢而改变

---

① 钱谷融：《文学是人学，艺术也是人生——序鲁枢元新版〈创作心理研究〉》，《文汇报》，2016 年 7 月 18 日第 W03 版。

② 胡兰成：《中国文学史话》，北京：中国长安出版社，2013 年版，第 240 页。

既定的方针。正是凭借这些，太阳系联盟才能在强手如云的比拼中化险为夷，一步一步地走向胜利。

团结的力量是巨大的——这个常识性的认知在《星战风暴》中也得到了进一步的确证。IC 大战是团队作战，只有团结的队伍才能战胜对手，获得晋级。为此，每个星球的代表队员都是优中选优，都要经历残酷的淘汰选拔才能代表星球出征。而在太阳系联盟选拔队员的过程中，那些遭到淘汰的队员非但没有怨天尤人，而是继续怀着热情一如既往地参加训练。为了太阳系的胜利，这些无名英雄毫无保留地将自己的独门技能讲授给晋级的队员，真诚地期望这些晋级的队员能够掌握更多的绝技并载誉归来。

例如"月球八星"在残酷的淘汰赛中最后只剩下唯一的代表玛萨斯。面对这样的结果，月球人虽然痛苦，但他们却未消沉，而是将痛苦和伤心小心地掩藏。将所有的希望寄托在玛萨斯的身上。在玛萨斯出征银河联盟前，这些被淘汰的月球人虽然在"IG 训练营后，月球众人解散了，原本，除了他和阿克琉蒂斯，其他人都该各过各的生活了，大家都不是普通人，日常其实都很忙的，各家族的继承人，有着继承人的繁重培训课业，但是，每天训练时间，大家都仍然像是没事一般照常训练，只是有着一个小小细节，每个人都变着花样在他面前将自己最擅长的东西拿出来，让他看清楚，让他学习，让他懂得如何破解这样的敌人"。月球人的无私帮助和热情鼓励让玛萨斯万分感激。他也暗下决心要为月球人争光，要在比赛中上演月球人的智慧和能力，不辜负众人的期望。

"纯正的文学对人的处境从来都是慈悲的打量、深切的体恤和贴心的思忖。包括对民族生活的态度，不应该是窥探，也不该总是羡慕、向往，更是对每一个个体的人的生活的感同身受。"①《星战风暴》虽然是消遣娱乐型的通俗文学，但作者对有情世界的执着建构为当今浮躁、暴力、冷漠的现实人生营造了令人愉悦而轻松的精神家园。

在欲望泛滥、金钱至上的时代氛围里，相信现状可以改变的骷髅精灵在他的作品中重申了爱与善、团结与信赖的力量。他的作品有力地反拨了现实生活功利庸俗的一面，大声地呼唤人际关系的真诚和谐，从而让那些纯洁和美好的观念得以伸张。在《星战风暴》里，作者始终持守着人之为人的底线，讴歌善意的人际情感关系的存留，并对其进行整体性的观照。

---

① 施战军：《传说附体于生活，人文想象之渊薮——新世纪少数民族题材小说一瞥》，《文艺报》，2009 年 12 月 10 日第 B02 版。

"一带一路"背景下西部网络文学的
现状及未来愿景

现今，网络文学借助媒介变革的东风已经实实在在地进入了公众的文化视野，成为当代文学园地中令人无法忽视的文学景观之一。庞大的网络作家群体、浩如烟海的网络文本，以及万千忠实粉丝的追捧阅读均无可辩驳地确证着当下时代网络文学的在场性和新锐性。

提及网络文学，一个已经形成的共识是，网络文学是断裂的通俗文学的接续——"网络文学这一新民间文学复活并拓展了文学与民族文化的民间传统，使当代文学创作回到了古老的常态，真正找到了自己的起点，成为未来发展的重要维度。"①网络文学恢复了中国古典小说最为原初的故事性与传奇性的书写，重续虚张与奇幻的浪漫文风，将文学革命以降直到新时期以来精英文学中被贬义和驱逐的大众化、娱乐化、商业化的通俗文学重新唤醒并赋予其蓬勃的活力。更为重要的是，网络文学的平民化和自由性不仅拆除了纸质文学发表和出版的森严壁垒，为万千热爱文学的写作者提供了发表作品的渠道，而且网络文学的写作改变了一代人对文学价值的单维度确认，宣告了多元文学格局的形成和众声喧

---

① 杨汉瑜：《论网络文学的民间性创作立场》，《西南民族大学学报》，2013 年第 4 期。

哗时代的来临。

　　然而，在网络文学形势大好的情状下，西部网络文学的发展现状还存在着诸多不尽如人意处。毋庸置疑，网络文学在地域发展方面存在着不平衡性。当前，西部网络文学创作严重滞后于东部和南部文化发达省区。具体而言，西部网络文学存在着以下几个方面的欠缺：

　　首先，西部网络文学缺少具有鲜明网络语言和审美特质的原创文学作品，即使有的作者借助网络传播技术进行创作，但其大部分作品在内容和风格上依然偏向于传统文学的创作路径，并非是媒介变革和商业资本合力作用下产出的新型网络文学。譬如宁夏网络作家黄河谣曾说："我的网络作品，绝对属于传统严肃的一类。"对绝大部分西部网络作者而言，互联网技术陶铸出的"新瓶"装的依然是传统纯文学的"旧酒"，恰是由于这些原因，西部网络文学的类型多以历史类和都市类等现实主义文学为主，缺少最受读者粉丝喜欢的玄幻类和武侠类作品。类型的单一和题材的同质化造成了西部网络文学读者群的稀缺，同时也折射出西部网络文学尚处在从传统文学到网络文学的转型阶段，与东南部地区网络文学的丰硕成果形成鲜明的对比。

　　其次，西部匮乏有着一定影响力的大型商业文学网站。商业化网站的建立与运营是网络文学发展的助推器。网络文学以"产业化"为价值本体，注重文学的市场价值。网络文学的发展过程就是艺术与商业资本逐渐接轨并不断磨合的过程，成熟的商业模式是网络文学生产的重要保证，也在一定程度上拉动了网络文学的快速发展。

　　网络文学的商业化并不是其原罪，爬梳古今中外的小说史，不难发现文学与商业的关系源远流长。伊恩·瓦特曾指出，早在十八世纪时，英国小说就与书商密切地结合在一起。小说降低了写作难度，不再以贵族庇护人和文学精英的喜好为金科玉律，而是努力迎合普通读者大众的口味。在古代中国，文学与金钱的关联也屡有记载，譬如，"南宋人洪迈（1123—1202）在《容斋随笔》中说'作文受谢，自晋宋以来有之，至唐始盛'。也有人将'作文受谢'上推西汉，以陈阿娇请司马相如撰《长门赋》为例证。……唐代文士接受'润笔'（最早的稿酬）可证可考。"①进入晚清时代，随着西方报刊业的引入，文学创作在稿酬制度的影响与刺激下，开始兴盛与繁荣，此时期读者的世俗化、大众化已成为晚清社会不可逆转的趋势。普通读者的增加与持续阅读提升了作家的知名度，从而使其稿酬呈水涨船高之势，并进一步带动了报纸的销量。读者、报刊与作家由此形成良性的互动，共同推动着通俗文学的发展与繁荣。

与之相似，"汉语网络文学发展的过程也是一个文学与商业和资本关系日益密切，网络文学日益功利化、产业化的过程。在网络文学诞生初期，网络上的文学活动均是无功利的，人们常用'超功利'来描述网络写作行为。但是，消费社会的商业化观念和市场化行为的无孔不入很快便侵入到网络文学创作领域，文化资本的利润最大化本性不会放过网络文学这块'蛋糕'，网络文学的'净土'上不久便被沾染上了'铜臭气'，它们浸染了网络文学的'纯洁性'，但在一定程度上也拉动了网络文学的快速发展。"②

毋庸置疑，网络文学的商业运作机制是时代文化转型的一部分，能够使文坛格局更加多元化。付费阅读模式的建立、签约制度的实行和IP的全版权运营为网络作者提供了比较丰厚的物质回报，激发了网络作者们的创作潜能，提高了网络作者的写作积极性并体现出网络作者的个人

①　裴毅然：《稿费初始——推动现代文学勃兴的经济基础》，《上海财经大学学报》，2007年10月。

②　欧阳友权：《网络文学行进中的四大动势》，《贵州社会学科》，2008年第10期。

价值和写作意义。因此，商业化网站的建构与运行便成为势所必然。成熟的商业化网站的建立是网络文学发出的时代召唤，也是衡量网络文学是否繁荣的重要准则，它的欠缺无疑会在一定程度上制约和限制网络文学的良性发展。

再次，在全国重点网络文学作者中，西部省份的网络作者人数所占比重偏少，与上海、浙江、广州、北京、江苏等网络文学大省不可同日而语。西部的网络作者队伍里更缺少像甘肃的孑与2、志鸟村、猪三不，陕西的银河九天等这样既有代表性的网络文学作品，又具有市场号召力和粉丝读者群的著名网文作家。在东南部省份纷纷建立网络文学院和大力扶持网络文学创作的当代，西部的网络文学作者大多还处于散兵游勇状态，他们中的大多数人还在孤寂和忐忑中摸索前行，此种现状，也在一定程度上妨碍了西部网络文学作家的成长。

最后，西部网络文学的阅读者和粉丝群体总体人数较少，这与文学研究者和管理者的缺席和缺乏引导有密切的关系。据笔者所知，在西部的高校和科研院所中认真投入网文领域的研究者并不多见。学术界在面对网络文学这种新的文化现象时，依然存在着傲慢与偏见。没能意识到网络文学研究的重大意义及其所具有的新颖性、前沿性。高校内即便是讲授当代文学的教师们也大多不了解网络文学，更不会在文学网站中阅读追踪网络文学作品，在并不了解也不屑于去研究的情状下，便偏执而狭隘地将网络文学指认为垃圾文学。正是在这种情绪指引下，在课程设置上，这些教师不仅不会讲述与网络文学相关的学理性知识，而且还会阻止学生们对网络文学的阅读和写作尝试。久而久之，便会扼杀青年学子对网络文学的热爱。

以上诸种因素的叠加，导致了西部网络文学发展的贫弱和滞后。西部能否获得网络文学丰收的硕果除了行动起来切实解决以上存在的诸种问题之外，最为重要的是文学从业者需要放弃头脑中对文学封闭狭隘的认知，敢于接受和正视文学变革和新的文学形态正在生成的事实。因为"网络文学绝不是什么另类，网络文学与我们的社会和时代从根本上说是同构的，它常常反映、表达着人们心中真实的向往、梦想"①。

广袤雄浑的西部大地原本便是一个多民族、多文化的汇融之地。随着古丝绸之路和玉石之路的开辟，中原文明、印度文明、希腊文明和伊斯兰文明在这片热土上交汇融合。新时期以来，西部文学以其民族风情的彰显、宗教情结的深浓以及道德伦理的坚守而成为中华文化版图中令人瞩目的存在。但我们也应该看到，中国文坛风起云涌的文学思潮和花样翻新的创作实验对西部作家产生的影响并不大。许多西部作家更愿意在一个熟悉稳妥的"自留地"中埋头苦耕，并站在前现代主义的文化立场上追念逝去往昔的温情缱绻，批判现代文明的罪恶入侵和城市之恶。

当然，成熟的作家是应该建立起独属于个体的写作富矿的，但却不能在文学思想与文学审美中故步自封。大部分西部作家陷溺在既定的创作模式中，不关心也不理解变革中的文学生态，甚至固执地形成一种共识：西部文学的自足性已足够强大，没有必要做出冒险的新尝试，更不必关注当代文学的前沿动态，以免被裹挟而去。对西部文学而言，我们有必要重申文学的自由和宽广——文学是精神的自由翱翔，对有追求的作家而言，文学写作永远在路上，而无限的可能和创造空间则等待着作家们的勘探和开启。

西部的作家和研究者要意识到在一个多元开放和媒介变革的时代，传统文学与网络文学之间是能够"兼容并包"的，而且这种包容和互补既是文学生态良性发展的需求，也是无可阻挡的文学发展潮流。

西部的网络文学在坚持严肃文学写作的责任良知时，也应该学习和

---

① 李敬泽：《网络文学：文学自觉和文化自觉》，《人民日报》，2014 年 7 月 25 日。

借鉴商业化的网络文学质素，本着寓教于乐的原则搭建起商业资本与艺术价值之间的通途。与坚持"小白文"创作路向的网络作者不同，西部的网络作者更强调的是文学的精神品格和价值承担。当下，网络文学中现实主义题材回暖，读者的阅读品位逐年提升，网络文学作品日益精致成熟，对生活的揭示渐臻深透……这些变化为西部网络文学的奋起直追提供了契机。只要西部网络作者坚持不懈地进行艺术实践和探索，合理地解决文学的诗学规范和平民大众阅读趣味之间的矛盾，将通俗文学精致化，精致文学通俗化，他们中的部分作者也许更有望在未来的某一天能够成为与张恨水、金庸、阿加莎·克里斯蒂、斯蒂芬·金等比肩而立的通俗文学大家。

在未来，在远方，在"一带一路"的政策东风助力下，唯愿网络文学的繁盛景象也能在西部大地上呈现出来。

网络文学与青春文化

网络文学与青春文化具有天然的亲缘关系。网络文学的发生为现代中国奉献出两个最重要的东西：一个是通俗文学传统的接续与再造；一个则是倡导青春文学。从痞子蔡的《第一次的亲密接触》发表以来，网络文学在近二十余年的蓬勃发展历程中以其鲜明而独特的青春文化特色著称于世。如果说青春文化是一个时代的晴雨表或风向标，那么网络文学便是彰显青春文化的专属舞台。不论是价值观抑或爱情观，也不论是社会问题还是心理问题，网络文学负载着当代青年最核心的价值指向与情感宣泄。

毋庸置疑，互联网的普及不仅改变了文学的传播环境，而且也改变了一代人对文学的价值确认，网络文学的流行在潜移默化中悄然改变着青年人的性格。当前，在网络文学的书写者和阅读者中，"80后"和"90后"成为绝对的主体。大部分年轻的网络作者们根据自身经历致力于书写出当代青年的成长故事和青春梦想，而年龄相仿的读者群体则在强烈的认同之下甘之如饴地阅读着网络作者们书写的青春故事。此外，"青春书写具有重要的文化结构性质与作用，它在揭示一代人生命的困境的同时，也形塑了一代人的世界观与文化行动。"①可以毫不夸张地说，网络文学张扬和探究的是一代青年人的现实遭际与精神肌理，借助网络，青年一代实现了表达渴望、倾诉欲望、实现自我抚慰的功能。

与五四文学缔造出的"少年中国"式的青春崇拜一样，青春文学在网络文学的发展脉络中一直占据着主导地位。网络文学中的青春书写充满了自由、激越、浪漫的精神火焰，力图摆脱诸如伦理、权力、规范、秩序等种种束缚人性的规约。譬如天下尘埃《苍灵渡》中的主人公沐清尘是一个既有女性的妩媚温情，同时又兼具男性的勇毅果敢的新女性形象。她毕生的追求不是为了寻找一个理想的男性伴侣，也不是为了功名利禄的获取，而是要"自由怒放，做自己"，她摆脱了千百年来加诸在女性身上的诸种枷锁，追求人格和事业上的自由独立，成为一个与众不同而又令人钦佩的女性形象。总之，网络文学鼓吹和弘扬生命中的欲望、爱恨、勇气的充分展开，拒绝中庸含蓄的情感表达，高度迎合青年们的所思所想，所欲所求。真正实现了"我手写我口，古岂能拘牵"的率真和随性。

正是基于对青春文化所特有的蓬勃活力的吁求，网络文学在创作类型上十分注重作品的幻想性和抚慰性。玄幻类、穿越类、仙侠类、科幻类是当前网络文学中最受读者青睐的类型文。在这些高度幻想的文学中，网络作者通过天马行空的奇思妙想建立起"桃花源"式的幻境，作者既是幻境王国的设定者也是统领者，以此来满足他们对世界的"建构感"和对人生的"主宰感"。

对万千的青年读者而言，网络文学"成了全世界最大的欲望空间，生长于全球化时代的几亿青年人的'原始'欲望，在这里得到大量的、

---

① 刘俊峰：《自我发现与建构——试论"80后"世代写作的文化意义》，《文艺争鸣》，2010年12月。

反复的、极致的满足和刺激。甚至可以说，这是人类有史以来最广泛参与的、最高频率的欲望狂欢，各种类型文的层出不穷，其实正显示欲望沟壑的阡陌纵横"[1]。例如在跳舞的小说《恶魔法则》的故事里便集中了网络文学中常见的欲望快感模式——"其一，修炼小说的升级快感体验。主角通过魔法、武技修炼，以及奇遇，最终形成'神'的身体。其二，'种田'文的成功累积快感模式。主角在政变中站队正确，受封郁金香公爵，拥有大块领地，造就了强大军队和军工体系。其三，创造历史与实现意志的成就快感。主角及其团队在帝国内争与后来的人类与'罪民'的战争中挽救了罗兰帝国，主角把控了历史大势，在与自身命运的纠缠中成为赢家，也挽救、复兴了祖先开创的家族。其四，颠覆神圣宗教的渎神快感。文艺复兴以来，亵渎神圣是大众文艺中的常见隐秘快感形态。主角在与'光明神教'的斗争中，给予宗教人员及其背后的女神、天使以'打脸'处置，他们构成增高主角威势的垫脚石功能的人物系列。其五，爱情体验。主角备受女性爱恨纠缠，并与魔法师姐妹花演绎了奇异的爱情旅程。如此快感交集，呈现鸡尾酒式复合滋味，使得《恶魔法则》在同类作品中，阅读体验更为丰富。"[2]在网络文学世界中，只有善于造梦和圆梦的作品才能获得读者的阅读与青睐，而网络作家也将满足同代人的"阅读期待"作为最为重要的创作宗旨。

在叙事主题的择取上，当下绝大多数的网络文学均以青春为旗帜，以爱情、成长和事业为核心来讲述青年人的成长过程和生命故事，体现出书写自我、张扬个性的特质。尤为特殊的是，网络文学中的青年形象与纯文学期刊中的失败青年不同，尽管这些青年一出场时都会面临这样

---

① 邵燕君：《从乌托邦到异托邦——网络文学"爽文学观"对精英文学观的"他者化"》，《中国现代文学研究丛刊》，2016 年第 8 期。

② 康桥：《〈恶魔法则〉简析》，《作品》，2015 年 12 月。

或那样的困境，但他们并没有用悲观、绝望或虚无的态度对待生活，而是用实际行动和顽强的毅力改变着现实，最终完成"逆袭"，成为世俗意义上的成功者。

"自晚清、新文化运动以来，统治团体、政治社会化的担当者以及知识分子、普罗大众都在不断树立各种各样理性的、模范的青年形象，'少年中国'的国民召唤、'新青年'式的范导想象、'社会主义新人'的打造……青年形象史的生成、延续，伴随着各种政治力量、社会势力对于'青年'所寄予的角色期待和青年自身具备的角色意识。"①值得注意的是，网络文学中的青春叙事仍然有着对于奋斗青春的精神期许。但这种期许却与宏大叙事中的青年形象肩负起国家和民族的角色期待不尽相同。与精英文学谱系内被意识形态和主流价值观形塑的青年形象不同的是，网络文学中的青年形象的意识形态化色彩大为削减。绝大多数网络文学作品直率而大胆地张扬年轻人的内在欲求和时代精神风貌，卸去了加诸在文学身上的种种枷锁，归还了文学的本真和诚挚。

网络文学的作者用生活化、平民化、狂欢化的语言，在亲切蔼然中讲述普通青年人的成长悸动与生命欲望，体现出鲜明的民间审美特质，为青年形象的历史演进提供新的选择路径。而且，网络文学中的青年形象从"救世主"和"主人翁"的幻觉中觉醒，转而从内在自我和世俗化的立场上编织和幻想"自己的故事"，网络作家在文本中直率地流露出对世俗成功的渴盼及对世界的呓语式抒发。

譬如缪娟的《翻译官》、管平潮的《九州牧云录》、丛林狼的《最强特种兵》、阿彩的《凤凰错》、骷髅精灵的《机动风暴》等作品中的青春叙事虽然类型多样，但他们所传达的情感诉求和人生期许都是充分世俗

---

① 金理：《"角色化生成"与"主体性成长"：青年形象创造的文学史考察》，《文艺争鸣》，2014 年 8 月。

化和功利化的。这些网络作品以灵动艳异的笔触、活泼犀利的观点，钟情于青年故事的讲述。无论是生活在现代都市旋流中的城市青年，还是穿越到古代市井社会中的饮食男女，均以真诚的姿态与青春的昂扬应对现实生活中的顺与不顺。在网络作家所建构的青年世界中，没有一路向着没有光亮滑翔的暗黑人性，没有灵魂的内在残缺，更没有绝望空虚自爱自怜的"多余人"。网络作家笔下的青年形象普遍襟怀坦荡，相信只要经历风雨并矢志不渝地艰苦付出，便会收获梦想中的爱情，并取得事业上的成功，从而过上幸福美满的生活。除此之外，网络作者深谙市场脉动，愿意与读者互通声息。他们在网络上虚构出一个自由的、梦幻的欲望空间，让广大的青年读者在"爽"和"燃"的感受中进行"代入式情感投射"，满足了青年人内心的渴望。概而言之，网络文学中的青春书写试图呈现的是青年人应对现世生活的生存智慧，是二十一世纪中国式青年的成长宣言书。

虽然网络文学中的青春书写保有上述优长并且作品数量庞大，但总体上看其在艺术审美方面还存在着不应被忽视的缺憾。

首先，当下的网络文学的青春书写存在着过度娱乐化的倾向。互联网的开放性降低了文学的准入门槛，一些艺术素养比较欠缺的网络写手在游戏的心态下进行泛滥的情感宣泄，他们的作品大多情节芜蔓庞杂，辞藻伪饰堆砌，主题无聊炫耀，从而剥离了文学的美学律令及其价值承担。

其次，网络文学中的青春叙事呈现出雷同化的写作趋势。因网络文学遵循的是文化资本的市场逻辑，所以当一部作品获得成功之后，往往会出现大批盲目的跟风模拟之作。为了迎合读者大众的文化口味，赚取点击率，这些作品不仅在内容上生搬硬造、任意模仿，甚至干脆剽窃抄袭，因因相袭，不已为兀。当然，网络文学中的青春书写最令人诟病的是其日益显豁的媚俗化写作潮流。大部分网络作者弃置了时代历史的信义，拒斥了对人生和存在的深层追问。他们以时代变化的名义将青年群体从精神家园中放逐而出，引领读者在心造的幻城中放心地酣眠。

目前，网文界形成的一个共识是网络文学接续的是被五四先贤们口诛笔伐的通俗文学的谱系。网络文学与通俗文学在作品的消遣性、读者的大众化、媒介的变革时代、作家的薪酬获取等诸方面均有惊人的相似之处。但网络文学与晚清民国时期的通俗文学相较，在精神品格和价值承担方面不仅没有进步，反而在某种程度上后退了。以穿越小说为例，晚清穿越小说的代表作为"冷血的《新西游记》、吴趼人的《新石头记》、陆士谔的《新三国》、西冷冬青的《新水浒》、慧珠女士的《新金瓶梅》、大陆的《新封神传》等等。小说中的角色还是原著中的人物，但所描绘的故事却多是原著人物'穿越'到二十世纪初目睹的现实，借用古代名著的躯壳，置换了时间、空间"①。小说家们在传奇般的情节设置中，在戏谑化的语言背后，致力于对现实社会种种现状的批判和对未来自由文明社会的热切召唤，流露出晚清文人对国家民族坚定的自信与期许。

而在网络文学中的穿越小说里，主人公大体上遵循的是从今到古的逆时间穿越，他们多为现代社会中平凡普通的青年男女，这些人物虽然对现实生活感到不满，却没有改变的勇气和行动。然而，当他们穿越回古代社会后，便可以摇身一变成为掌控历史和生活的强者。由此可见，网络文学的作者不愿再承担民族想象代言人的重负，广大的青年读者也不愿在生活重压下进行严肃的思考和追问，所以"穿越"策略的选择不过是他们逃向虚拟空间实现白日梦的游戏方式。

总之，网络文学中的青春书写流露出人生态度的媚俗性和妥协性，

① 刘东方：《〈新西游记〉与穿越小说》，《文艺争鸣》，2014 年第 2 期。

无所信的人生被世俗生活裹挟而去。物质欲望的满足虽然可以暂时获得快感，但随之而来的则是巨大的悲凉与空虚。

"伟大的文学从来都是一种积极的精神现象，它把科学精神、民主理念、人道原则当作自己的灵魂；它敏锐地感受着时代的痛苦，发现时代生活中的问题，并将这些痛苦和问题，转化为具有感染力和影响力的艺术形象，通过这些形象来影响大众，推动生活向更加文明的境界前进。"[①]真正的青春文学从来不是梦幻和欲望层面上的泥足深陷。网络文学中的青春叙事应彰显出不中庸、不顺从、不逃避的蓬勃力量，应该从感官体验和物质享受的沉醉中惊起并觉醒，借助媒介变革的时代东风，重新审视中国文学的观念与路径，书写出我们时代强悍浩大而又英勇为人的青春故事。

---

① 李建军：《消极写作的典型文本——再评〈怀念狼〉兼论一种写作模式》，《南方文坛》，2002 年第 4 期。

智性的悟读与慧性的批评

——评周志雄的《网络文学的发展与评判》

二十世纪九十年代以降，中国文学家庭内部闯入了一个被命名为网络文学的野孩子。因其来路不明、个性突出，所以最初对其关注和解析的是部分读者体悟式的简短感言，鲜见学院派中"正统"批评家的身影。时至今日，网络文学经过二十余年的飞速发展，早已成为一个不容遮蔽的文学现象。于是，一些具有敏锐艺术直觉，经受过严格学术训练的学院派批评家步入了网络文学的园地。在这批为数不多的先驱者中，周志雄以其勤勉的努力和慧性的批评文章令人瞩目。他的文学批评深入网络文学现场，既时时追踪读解海量的文学作品，又能慧心独具地揭示网络文学的内在规律和艺术旨趣。其新著《网络文学的发展与评判》是一本解读网络文学的理论著作，虽属于"灰色"的理论书籍，但它绝没有故作高深的艰涩之语，而是用清澈明敏的语言娓娓论述着网络文学的核心之题。透过蔼然的文字，我们能够毫不费力地感受到作者鲜活的批评之心。

一、网络文学与批评家的勇气

不能轻易地怪罪学院派批评家不愿涉足网络文学研究领域。选择网络文学研究，是有风险和需要莫大勇气的。一个不需特意指出的常识是，文学研究的根本价值和意义是遴选爬梳重要作品并以此为逻辑出发点阐释文学理念。如果能进而影响或矫正文学创作的书写向度，则意味着批评家的心血没有付诸东流。但这一切的先决条件是网络文学中的经典作品自成体系，可现状却如此肃杀——网络文学虽然在体量上已成庞然大物，然而经典作品却如荒寒的高原般歉收严重。尽管部分网络文学研究者热切地肯定目前几位网络作家的作品已经具备了"大师品相"。但品相终究是品相，其与大师级经典成品还隔着一段距离。

令人气馁的不单如此。在文学研究领域，相当一部分批评家们甚至不承认网络文学属于"文学"，他们认为网络文学不过是"装神弄鬼"的平庸炫技，是对纯文学的粗暴亵渎。确实，如果将文学比作广袤的原野，那么自文学革命以降，启蒙文学这块田地被打理得规整板正，它拥有自己的固定收成，存储着自己的耕种谱系。与之相较，网络文学则表现出令人气恼的凌乱、驳杂且稗草横生的野生态势。因之，惯熟侍弄启蒙文学田亩的大多数学院派"耕耘者"们或对网络文学的野地"生"视无睹；或干脆利落地将之驱除出文学的理想园地。暗地里，或许会甚为气恼地指责那些将这块野地强行划归到文学园地中的多事者。在他们看来，这些多事者大多不懂文学，缺乏扎实的理论素养和对文学的敬畏之心。不然，何以会如此辱慢纯文学的"纯"和"严肃"？

从网络文学诞生伊始，困扰网络文学合法性的问题至今仍旧不绝如缕。但总有人相信马歇尔·伯曼先锋般的名言——一切坚固的东西都烟消云散了。更何况小说的原初传统便是众声喧哗的街谈巷议，是自由狂妄的破坏之力。今天，在号称多元文化的大时代背景中，作为人类精神的栖息地，自然不应只属于启蒙文学的独步天下。网络文学这块生机勃勃的野地呈现出突兀怪诞、混杂喧嚣甚至俗艳迷乱的状貌。然而，这正是大众通俗文化的表征，也是数量巨大的普罗大众所喜欢的"下里巴人"腔。相较于高深严肃的精英文学，网络文学是个胆大妄为的叛逆者，是真正以讲传奇故事为乐的人。

作为"异端"，网络文学另类的艺术规则和思想内蕴挑战了传统批评家的惯性口味。长篇巨制的网络文学不仅仅在文学审美维度上进行了破坏性的颠覆，而且还与市场资本和时代风尚紧相结合。这些都需要研究者改变既有的知识储备和评判体系。如此劳心费力不讨好的工作令他们不屑也不愿投入拓荒者的行列中——就让这只从网络中跳出的孙猴子蹦跶一会儿吧，反正它最终会被纯文学的"五指山"囚禁。但总有"不务正业"的研究者涉足网络文学的野地，并愿意和这只桀骜不驯的孙猴子展开深入的对话，而且他们的鼓吹还不是"玩票"性质的，居然越来越真诚，越来越投入，越来越成体系。网络文学研究者在横无际涯的网络文学中沙海炼金。他们看到了网络文学蕴含的新生力量，警惕和反对着狭窄驯化的文学圈地。相信文学本应自由自在、天马行空，并殷切地期盼网络文学在未来的日子里涌现出不仅有趣启智而且深入灵魂的经典巨著。

寥寥的拓荒者队伍中，周志雄身在其中。他的治学对象与精神抉择印证了萨义德的论断："知识分子回应的不是惯常的逻辑，而是大胆无畏；代表着改变、前进，而不是故步自封。"[①]周志雄用他的慧心学识和广博视野，不骄矜更不卑下地讲述了网络文学的来龙去脉、始末缘由。他的新作《网络文学的发展与评判》是关于网络文学的"大文学史"，驳杂的现象与丰富的论述向读者完全敞开。更重要的是，周志雄用他的勤勉和略带堂吉诃德色彩的行动捍卫着文学生态的多元多样，呵护着网

①　［美］萨义德著：《知识分子论》，单德兴译，北京：生活·读书·新知三联书店出版，2002年，第57页。

络文学这股新生力量的健康生长。他试图证明，文学不只在殿堂中严肃端坐，它也可在江湖中顽皮笑闹。与其粗暴砍杀，不如公正宽厚。或许在未来的某一天，经过不懈努力和良性引导的网络文学，也可以展开某种经典宏大的图景。

二、智性的悟读与追踪

众所周知，文学批评家需不断跟踪阅读文学作品，只有在此基础上，才能准确翔实地把握文学创作现场的律动，梳理出重要的作家作品，从而揭示文本所含蕴的艺术特质和思想内涵，最后归纳概括出个人的理论发见。对此，杨义曾论述道："文学批评必须高度重视直接面对文学文本和文学现象，用自己的悟性进行真切的生命体验，从中引导出具有原创性的思想萌芽、理论思路和学术体系。"[①] 然而动辄百万字的网络文学的体量及良莠不齐的作品质量无疑增加了网络文学批评的难度。

此外，网络文学作家群体的快速更迭性和艺术旨趣的不稳定性也使批评家的关注担负着艺术上的冒险。也许用不了多久，一些颇受关注的网络文学作家便会在网络中销声匿迹。他们或转而投向传统文学的写作之路，或干脆放弃了文学写作。这些，都是网络文学研究者必须直面的现状。

对此，周志雄有着清醒的认知："对于大多数从纯文学研究领域转换到网络文学研究领域的研究者来说，其实是一件有挑战性的事情，其知识的转换，对通俗文学作品的阅读，网络上阅读习惯的改变，参与网络写作的实践活动，都意味着研究方式的改变。在评价的知识、价值体

---

① 边利丰：《"中国现代文学批评理论学术研讨会"综述》，《文学评论》，2002 年第 6 期。

系上要更新，对作品要有新的洞察力，要有能力和网络作家展开深入的对话……"①可贵的是，作为经过严格学术训练的学院派研究者，周志雄以他敏锐的艺术直觉和勤勉的努力行走在网络文学研究队伍的前列。他的网络文学研究与网络文学的发展几乎同时起步，二十余年来，他倾力投入鲜活的网络文学现场，读解剖析着纷繁的网络文学现象，探寻着网络文学的异质精神追求和文学意义，逐渐建构了网络文学的批评义理。

在《网络文学的发展与评判》一书中，周志雄勇敢而颇具胆识地选择了网络文学研究中困扰批评家们的诸种难题。他将网络文学研究置放到时代潮流中，将困守中的文学批评引入到时代精神现场。如在论及网络文学的价值意义方面，他认为网络文学与现代以来的启蒙文学传统具有相通之处。只不过网络文学中的启蒙面向的不是五四时代的封建思想，而是现实生活中出现的新的难题。网络文学试图提供的是应对现实生活问题的智慧，是中国式人情和事理意义上的人生教科书。从这一维度来看，网络小说恢复了文学和生活的关系，恢复了文学对时代生活的切入和捕捉。这样的论断，是批判者与研究对象的深层意会，具有扎实感和丰厚感。

网络文学最受人诟病的是其商业化的色彩。但爬梳从古至今的文学史，不难发现文学与商业的关系源远流长。周志雄认为，网络文学的商业运作机制是时代文化转型的一部分，能够使文坛格局更加多元化。目前，需要警惕的是网络文学在商业化道路上所面临的媚俗写法和低俗质地等问题——将关乎网络文学的核心之争引入到宽阔的审视角度。同时，因为对写作病灶的明确诊断，往往也会令网络作家恍然而悟。

在重要的网络文学作家作品的梳理中，我们可以看到周志雄广泛的涉猎和潜入网络文学海洋的艰苦打捞。他根据网络文学作者的出场年代

① 周志雄：《网络文学的发展与评判》，北京：人民出版社，2015年，第85页。

和创作特色，将网络文学分为四个代际。论述了二十世纪九十年代中旬起出现的方舟子、少君、蔡智恒、安妮宝贝、李寻欢、宁财神、邢育森等，然后又将批评视域延伸到 2000 年后出现的慕容雪村、宁肯、天下霸唱、当年明月、江南、今何在、蔡骏、明晓溪、萧鼎、天蚕土豆、何员外、南派三叔、唐家三少等作家作品的特色。翔实地介绍了具有重大影响的网络作家的求学背景、写作履历、主要作品及网络对于作者的意义等论题。

作为研究者，周志雄起落有据而又征信昭昭地建立了网络文学的英雄榜单，并综合系统地分析了网络文学的行进路线图，同时殷切地期待这些网络作家能够在商业化的席卷中有所创新和突破。周志雄坚定地相信，只要网络作家坚持不懈地进行艺术实践和探索，他们中是可以产生出通俗文学大家的。

在当代网络作家访谈录中，周志雄具体而深入地了解网络文学作家的成长过程，探讨他们的创作理念及写作困惑，并坦诚直率地交流了网络作家文本中存在的缺失和优长。他对网络文学作家作品的解析精准老到，可见作者对网络文学全面细致的掌握。尤为可贵的是，在《网络文学的发展与评判》一书中，作者不仅忠实地记录了网络文学作家的心音体感，而且还从读者接受层面探讨了网络文学对当代读者尤其是"80后""90后"的巨大影响。重点探讨了网络文学大众化、青春化、性别化等这些当代年轻读者关注的问题，从而也在客观上回答了网络文学的繁荣与读者文化需求的内在联系。这一富有创见的研究路径是其他网络文学研究者尚未涉足的领域——既突破了现有的网络文学研究的范畴，将网络文学研究引向开阔的境地，同时又提供给研究者一种开放的思维和洞察精微的艺术化启示。

三、慧性的批评与体恤

周志雄的理论文章弥散着他的性情学识，读者能够感受到文字背后跳动着作者的批评之心。在《网络文学的发展与评判》的文本中，作者将研究对象与他的内在生命体验结合起来。在行文中，力避照搬凝涩板滞的时髦理论，而是将诸种理论内化于心。在使用时，特别注意理论适用的有效性和可行性。周志雄并不急于构建关于网络文学的宏大理论，而是从探析具体问题入手，揭示出网络文学被遮蔽的多样性和特殊性。周志雄认为网络文学是亲民的，不说空话、套话，不虚伪，不做作，没有陈腐的匠气。这些论断，与他的研究文章天然契合。多年的学院培植，赋予作者谨严的学术态度，但他同时警惕着象牙塔里易于形成的傲慢与偏见。对新生的事物、新的文学现象，他怀着善意的心怀去了解体悟，而不是挥舞着批判之刀杀伐决断。

早在网络文学刚刚起步阶段，周志雄的文学研究便介入其中，这使得他的文学批评与网络文学实践保持了同步，既有宏观的综合，又有微观的切入。从整体上说，他的研究极具圆通、畅达之风。对网络文学中重点议题游刃有余的解析，尤见功力。

譬如他认为："中国当代网络叙事缺乏先锋文学的探索性，它继承的是传统文学手法，兼及对时尚文化元素的吸收。网络小说的写作者在写作艺术上并不圆熟，但他们粗糙、凌厉的文字之中有独特的个性，往往能冲破主流叙事的束缚。网络叙事的意义不是确立一种价值标准，更不是一种真理或本质标准，而是一种新的趋向，是人的总体经验的构成之一部分，网络叙事也相应地成为一种美学形式。……就目前网络文学的实绩来看，其主要功绩不在于奉献经典作家、作品，而是促进文学阅读、写作活动的大众化，促进文学形态的丰富性，通过影视、游戏改编等途径衍生出更多、更丰富的文化产品。作为一种审美的艺术形式，文学对生活感受的处理毕竟是需要艺术修养的，是需要技巧的，也是需要智慧的，在这个层面上，感性的丰富只有在走向理性的深思中，才是有意义的，这也是网络文学在参与当代文学建构中读者们所期待的。"[①] 这样的论述与网络文学创作有贴肤之感——既热情扬长，又不违心避短。从大众传媒、社会风尚以及文本背后大众读者的殷切期待予以学理性的切入。此种理路的重要特征是不仅立足于传统的文本分析，而且强调研究对象隐含的诸种文化意义。

在网络文学研究中，周志雄认真地践行着"坚守文学的本体论承诺，扶持新民间文学的审美提升，追踪电子文本的艺术创新，以图赢得网络文学研究的学理原创"[②] 的学术职志。

最令人称道的则是周志雄批评文字中透射出来的善意，以及对网络作家辛苦创作的情感体恤。多年持之以恒的网络文学研究，使他具备了一双辨识优劣的慧眼。对于网络作家的优长，他葆有火热的情肠，能够精准及时地做出宏阔敦厚的价值论定。如认为网络作品展示了丰盈的生活世界和极富个性的精神力量。从文学来源于生活、文学为心灵写作的维度上来说，网络文学是真正的生命写作。网络作家群体的出现，打破了文学板结的现状，让文学作品重新拥有了数量巨大的阅读者。网络作品的大规模涌现，赋予文学多向度的发展路径，让更多的生存群体甚至是异质性的生存群体可以合法合理地进行文学表达。更重要的是，网络文学激发了广大民众久已淡忘或忽视的文化和精神的创造力。在网文的世界中，只要你愿意，你的文字既可以怪力乱神，也可以天地洪荒。总

---

① 周志雄：《网络文学的发展与评判》，北京：人民出版社，2015 年，第 43 页。

② 欧阳友权：《学院派眼中的网络文学——中国首届"网络文学与数字文化"学术研讨会侧记》，《中华读书报》，2004 年 9 月 22 日。

之，周志雄以他的实证和考据发出了义理性的论断——网络作家作品的出现是有价值和意义的。网络文学是对狭窄一统的精英文学的拓宽和延展，理应得到学界公允的对待。

但同时，对网络作家作品的内在性难局，他也是不回护、不遮掩的。周志雄诚挚地指出了网络文学在思想内涵与艺术审美方面的缺憾和粗糙。他也忧虑当下商业网站利益机制刺激下，网络文学过度的消遣化、娱乐化、雷同化的危险倾向。对此，周志雄发出了批评家的善意提醒。但这些警醒和批评之声，不是俯视姿态，也没有趾高气扬、唯我独尊的乖戾和偏激。而是以体恤之心深入理解网络作家在文学性与商业化之间两难的处境，同情他们在身份认同方面的焦虑与不被理解的曲折尴尬。周志雄在论述网络文学的缺憾中秉笔直书，具有透彻犀利的一面。但他也同时从网络作家们的成长环境、时代背景、学历教育、生活追迫及文学认知等维度来宽宥网络文学的不尽如人意处。他将学术研究与作家的存在境遇相连，将批判文字通达到人心之思。这种阔大、人心的批判路径与温润如玉的优美语言相携，使周志雄的批评文章既有慧性活跃的美学趣味，又充满了通达人心的豁达与魅性。

歌怀宏阔世代中的丰盈女性

——作家蒋胜男访谈录

1.蒋胜男老师好！非常高兴你能接受这次采访。首先请向广大的读者朋友们简单介绍下自己。（个人经历和写作经历）

我只是一个单纯的写作者，对于我来说，毕生的愿望也不过就是求一张书桌，让我安安静静地写作罢了。

刚开始的时候，只是一个文学爱好者，然后战战兢兢地开始试着去写作。从古诗词到散文再到小说，一点点地去触摸写作的殿堂。然后，偷偷地写，却无人共鸣。

直到有了电脑，写作开始变得更方便，然后有了网络，开始了把文章贴到网络与人共享的快乐。那个时候还是 BBS 时代，没有什么 VIP 收入，也没有什么其他的版权收益，网络很慢且不稳定，读者也很少。从清韵书院到金庸客栈，从满陇桂雨到榕树下再到文学后花园……我只能跟少数志同道合的朋友，一起写作，互相鼓励。

在我的创作还不是那么成熟的时候，这种直接的，来自读者的鼓励，是激励我继续写作的重要动力。那时候，我们所有人都只是单纯依靠着对文学、对创作的热爱，在工作之余坚持着写作。

很多年后，网络读者越来越多，一些如起点、晋江等网站开始试行

VIP 收费制度，许多作者可以通过网络获得收入，甚至成名成家，这时候我反而放慢了创作的速度，而在静心慢慢打磨作品，《凤霸九天》写了四年，《芈月传》前后将近十年，《历史的模样》更是一个长远的计划目标。

2. 我了解你是位多产作家，也是晋江文学网中的"元老级"驻站作家。在你的多部作品中，最希望被读者阅读的是哪一部作品？原因是什么？

如果只说一部，那只能是《历史的模样》，因为这是一部我自己最喜欢的书，也是我打算写一生的书。这个系列，是我准备和酝酿最长时间的书，从有这个想法到搜集资料到真正落笔，用了七八年的时间，而创作它，我打算用上一生的时间。

事实上我写这个系列，与其说是"创作"，更多的是"叩问"，对于我们如何在这片土地开始我们的文化，然后是如何一步步走到现在的一种疑问和追寻。或许我这一生对世事的所有疑问、彷徨和寻根，都会慢慢在这个系列中去探索，去追寻。写这个，越写越失去最初的"企图心"和"使命感"，而是惶惑和叩问，是自我迷惑和寻解。它将迫使着我去学习，也去入世；去迷惑，也去寻解。越写，越不知道这个系列最终能写到哪里，写成什么样子。或者有了感觉会很快，或越写越慢，或者会停下来，但不会一直停。或许这部书写作的过程，就是对自己人生一种修炼过程吧。

3. 从你的一系列作品中，可以发现你的阅读视域很广博，如果为广大读者推荐一本非网络文学的作品，将是哪位作家的哪本书？推荐的理由是什么？

如果只推荐一本，那我会选择路遥的《平凡的世界》。因为感觉这才是一部真正关于中国，关于中国占最多人数的人群如何活着的作品，活着不仅仅是活着，而是有热情、有努力、有目标、有激情以至于有善意地活着，哪怕未能实现，亦不能消弭热情、乐观和善意。否则你不能想象，这块土地上的人们，是怎么从几千年以来，如此生生不息地活着。

4. 网络文学写作目前已完成了从江湖啸聚到初登庙堂的过程，现今的网络文学写作也迎来了它的"井喷期"，网络文学作品如恒河之沙般不可胜数，在众多的网络文学作品中，你最喜欢的是哪部作品？原因何在？

网络文学作品，倒一时无法说出"最喜欢"来，因为网络文学这么多年来，喜欢过许多许多的作品，每一个时间段都有好多让我喜欢的作品，所以反而无法选择出"一部最喜欢"的来。

5. 为什么选择以网络为载体发表作品？什么原因让你如此长时间地坚持网络写作？

因为网络无门槛，可以让任何人自由自在地写自己想写的东西，只要你有读者。而写作是一件极为孤独的事情，需要读者的共鸣。网络提供了这种可能，有时候读者和作者，形成共生的关系。如果没有读者，我想任何作者都无法坚持写作下去。

6. 我们知道，许多作家比如安妮宝贝、慕容雪村、李晓敏等在网络上成名后，都纷纷转向了实体书的出版。甚至有个别作家有意"去网络化"。你认为是什么原因导致了这种现象的发生？今后你的写作有没有考虑过转到传统期刊的写作道路上来？

我想这可能是早期网络创作所带来的吧，因为我也经历过那个时期，那时候写作没有收入，还要贴上自己的时间和精力，甚至金钱。那时候出实体书、投期刊反而能够有一些收入。但是我还是喜欢网络创作，因为我更喜欢这种方式。网络只是一个载体，将来我们生活的方方面面都要进入网络，何来"去网络化"。

7. 你觉得"网络文学"与"纯文学"划分的标准是什么？网络作家和纯文学作家的异同点又在哪里？你对类型化作品持何种态度？

过去，我们把文字记录在甲骨上，记录在青铜器上，记录在竹简上，记录在纸张上，而到今天我们把文字记录在网络上。

这些文字的核心没有变，变的只是载体，而每一个载体的变化，则是人类历史上文明的大飞跃，大进步。

就其本质而言，网络文学和传统文学没有根本的区别，区别只在于载体不同。今天发表在网络上的文学可能变成出版物，而传统文学也同样会刊登在网络上。但区别在于，因为网络的出现，让更多的人有机会看到更多的书籍，而让更多有志于爱好文学的人，有机会把自己的所思所想发表出来。

关于类型文学，网络文学其实是承接了宋、元、明、清以来中国传统话本的类型，除了星际大战以外，几乎大部分的文本类型，我们都可以从明清民国小说甚至戏曲中找到，要说传统，我觉得网络的兴起，反而让我们的传统文学类型找到了新的载体而重新恢复到人们的眼前。

过去一个穷乡僻壤的读者，可能终其一生，只能看到他所在的村里小学几本书，有什么看什么，他接触不到也想象不到大城市的大图书馆是什么样子，也不可能阅读到他生活范围之外的书籍，他的目光会永远被环境和时代局限住。

过去一个寂寂无名的作者，他可能写很多作品，投很多刊物，然后运气很好的时候，会遇到一些欣赏他的编辑，帮助他改进作品，适合于刊物发表，他才有可能让他的创作展示人前。而一篇被刊发的文章背后，可能有九十九篇没有发表的文章，一些可能具有潜力的作者也许在前期投稿的过程中就被湮灭了创作热情。

而今，网络削平了所有的门槛，它让每一个热爱阅读的人都能阅读到海量的文字，一个穷乡僻壤的孩子，靠着网络，靠着手机和电脑，就能完成过去只有在大城市才能完成的阅读积累。让每一个热爱写作的人都能随心所欲地发表文章，让更多的作品可以没有门槛地涌现出来。这些文章，固然泥沙俱下，但是却依然不乏精品。许多有天分的创作者，可以在读者的鼓励下，一步步继续创作，直至拨开迷雾，发出耀眼光芒。

8. 你的本职工作是一名编剧，并非职业小说作者。你是如何调配本职工作与网络写作的时间的？对你而言，戏剧编剧的工作与文学写作之间的关系是怎样的？写戏和写小说哪种更愉快？

其实对我来说，二者并没有特别的区分，因为都是创作，只是类型不同。就像苏东坡说的，文章贵在意，有了意，写什么都没关系。体裁不同，其实并没有多少区别。就如同我现在正打算把《芈月传》改成戏剧剧本一样，只是体裁不同，但讲的是同一个故事，同一种感觉。

有写戏的感觉来了，写戏；有写小说的感觉来了，写小说。有些题材适合写戏就写戏，有些题材适合写小说就写小说，二者并不冲突。

我现在是专职的戏剧编剧，之前也给当地本地剧团整理过一些传统老戏。这也是一个非常有意思的东西，我们传统的老戏里头，蕴含着我们现代的流行小说和流行戏剧的因素。因为中国的审美观似乎几千年没变过，好像我们最喜爱的那些，最受人欢迎的那些老戏里头情感的共鸣和我们流行小说的分类，或者是流行影视的分类其实是相似的。破案剧、爱情剧、家庭剧、宫廷剧等等基本上都是我们现在说的类型小说、类型篇，在过去就是类型戏剧。我觉得我们有时候现代人创作，要向传统的戏剧学习很多的东西。

现在重新回头看传统老戏，或许可能以前觉得这些东西很老土很俗套，但是突然发现所有的老套其实在证明这些是我们受众最喜欢的东西，之所以认为老套，其实只是用这些梗的人，把它们机械地搬入老套。我们能不能从这些老套中取得那些能够被千百年观众一直喜欢的精髓？

9. 你的作品中对史料的积累和剪裁十分得体，具有实证精神。请谈一谈在创作作品前所做的准备工作和写作习惯。

写历史小说不是以后人的眼光书写历史人物的思想轨迹。而需要借助当时特定的历史情景，去再现人类活动的轨迹和思维方式。透过一个特定的历史人物，去解读同时代发生的历史事件，以他的眼去看历史事件和时代变迁，从而折射出那个时代的文化和风俗特点。

通常，我会先在这个时间段选定一个人物作为主角，然后将他从出生到死亡的时间点列出来，制成一个时间表，再将那个年代发生的所有事情都加入这个谱系中，看哪些事件是他能够直接参与的，哪些事件可以作为背景，而他生前和死后的一段时间内发生的事情则可以作为远背景。我更愿意将自己代入主角，代入这些历史事件中。比如在写作《芈月传》的时候，我是用芈月的视角和思维方式重新解读历史的。芈月出生时恰好是秦王杀商鞅不废新法，楚国正在扩张和转型中的时候。而胡服骑射、燕昭王的黄金台、六国兵困函谷关，这些事情正好都是在芈月活着的时候发生。这些事件有的不是她亲眼所见，亲身参与的，但是她可以听到这个消息，并作为同时代的人对这个事件加以分析。这可能是跟我们现代的学者解读得不一样，因为我们文学中写一段历史，不是站在后世的角度，而是历史人物在当时对这个事件的判断，必须是从他的知识体系中去判断这件事情。比如商鞅变法，跟周厉王最早变法的内容是一脉相承的关系，为什么之前失败？所以《芈月传》里的人物会说：先秦时代，我们的历史是怎么样，对历史的分析，种种。我写那个时代的人、人物不仅仅是具有他那个时代的思想，还要通晓他的时代之前的许多事情。

10. 是什么机缘让你着手创作在史书中记载并不详尽的秦宣太后的？一百八十万言的《芈月传》张扬着鲜明而颖异的女性意识。我认为，健全的、自尊独立的女性形象的塑造是这部作品最大的魅力所在。请问你是否阅读过女性主义的批评文本？在你的理念中，什么样的女性是你所欣赏和心仪的？

2008 年一个偶然的机会，我看了央视《探索·发现》栏目播出的纪录片《兵马俑的神秘主人》，里面提出一个论点，说兵马俑很可能是秦宣太后的。这个论点引起了我对这个人物的兴趣，加之有了前两三年查阅大量历史资料的铺垫，那些人物风貌让我感觉仅仅写一些历史评述好像不够，而是应该以小说为载体去描绘那些意气飞扬的人物，于是我就开始构思这个故事。

其实我并没有读过多少关于女性主义的文本，或者说，我并没有特意地去阅读或者去记住所谓女性主义的批评文本。于阅读上我其实比较随性，并不系统，也并无有意识去寻找某些类别的文本。而像个杂食动物一样什么都看，也许会在某些时候，某些想法和理论因为符合我的三观，被我无意识地吸收转化了。

我欣赏自尊、自信、自立的女性，其实无所谓女权或者男权，因为不管是男性还是女性都应该具备基本的权利，具备平等的权利。但现在是属于在某一个方面不平等被默认，所以要求平权反而变成一种女权意识。其实我更希望平权，两种权利能够平等化。

就像我曾经说过的，你写一个女人，首先她得是个"人"，不能因为前面有个"女"字，就丢了后面这个"人"。

11. 在《芈月传》写作之前，你已经完成了《凤霸九天》《女人天下》《铁血胭脂》等文本的创作，而这些文本中的主人公均为历史中实有的、曾经叱咤风云的女政治家们。女性与家国政治的错综纠葛在女作家笔下并不多见，为什么会对这类题材情有独钟？在进行此类题材创作时，遇到的最大阻碍是什么？

虽然过去历史上女性想要出来都很困难，但是我想任何一个时代都有优秀的人才，只是我们过去描绘得很少，只是我们现在有更多的女性作者去描绘这一段历史。我觉得更多的东西，一个女性从宫斗，或者是从宫斗中走出来。历史上的后妃千千万万，真正能够走出来，走到大的朝堂上的女性寥寥无几。那么她身上一定有跟其他人不一样的地方，然后我去写她不一样的地方。因为在男性世界，她必须有不弱于男性的心气，必须有坚忍和顽强的意志力，然后，她有着去掌控这些事务的学习能力。

12.《芈月传》的电视剧目前已经播放完毕，我作为一名观众认为，电视剧对原著的改编力度过大，最让人感到遗憾的是，电视剧的精神格局远没有达到小说原著的高度，没能充分展现出大历史时代中各色人物的精神面貌和个性风采。作为原著作者，请问你的观感是怎样的？作为一名职业编剧，你又如何看待影视改编与文学原创之间的关系？

我想最大的冲突，是在于原著中芈月是一个一直具有非常强的自我意识，具有独立意识的女性，一直在最恶劣的环境中凭着自己的才学智囊和意志突破重重樊篱（这种樊篱有别人的，也有她自己从小到大所受到的环境影响的），最终成为大秦太后的人生经历。她曾经陷于极境困境，但始终不灭希望，不改初心，不为爱情而放弃，不为君王的威权所屈服，也不为当时整个世界对女性的歧视而退让。

一个作品，其实自它诞生之日起，就形成了属于它自己的特定结构，如同一个房子，每一砖一瓦都有它特定的位置。而故事的主角更是主要的承梁，所有的情节设置都是为了她最后的走向而铺垫，在没能够完全理解人物和故事的前提下，没有自我的创新能力却将原有的情节粗暴切割和转换，为改而改，最终会导致逻辑的不能自洽和整个故事的崩塌。或许它还留下许多好看片段，但却无法承载观众的预期。

虽然说影视作品注定是一种遗憾的艺术，它一次成像，无法推倒重来。但是，既然采用了原著文本，我还是希望将来的影视从业者能够在尊重原著文本的基础上，让我们影视作品的遗憾少些，更少些！

13. 网络小说已然成为影视剧改编的时代宠儿。影视与网络文学的结合固然为网络作家带来了名与利等诸种好处，但不可否认的是，影视资本的强势介入也导致了产权界定的纷乱。许多网络作家在与影视公司合作时会遭遇到各种问题，诸如对原著的肆意篡改、被剥夺著作权等。作为与影视合作过的原创作者，你觉得作家们在与影视资本合作时，应特别注意哪些方面？

近年来影视剧的开发之势更强，版权就像是一只会生"金蛋"的鸡，而"金蛋"自然是版权所在产业链带来的一系列巨大经济利益。作者与资本之间的合作本应是各自发挥自身优势实现互利共赢，然而资本的逐利性总是试图挤压原创者的利益空间，企图分得更大的蛋糕，这点不得不令人警惕。加之资本和制片方常处于强势地位，而由双方经济实力悬殊带来的话语权失衡也需要加以防范。如果我们对于版权方面的专业知识知之甚少而又不注重自我保护的话很容易陷入利益失衡的境地。因此，在合作中一定要请专业的律师保驾护航，提前做好预防与沟通，减少各环节中信息不对称的现象，才能避免后续工作出现问题。在此基础上，通过寻求知识产权中介服务，聘请知识产权律师、版权代理人等方式进行合作。只有这样才能有效消解影视版权纠纷的问题，使得版权价值在衍生开发利用中不断增长。

14. 有论者将《甄嬛传》与《芈月传》相比较，认为两部作品均属于"宫斗类"，因不论是甄嬛还是芈月，都没能摆脱"女人通过征服男人来驾驭世界的窠臼"，你如何看待这个观点？

这其实是一个谬论。如果说身为后宫妃嫔的女性，是通过成为帝王妻妾的身份而取得驾驭权力的途径。那么同理历代帝王呢，他们是通过成为帝王子孙的身体而取得驾驭权力的途径，而且许多还没做好他们的本职工作，甚至失去了他们通过血统而承继的权力，岂非更不堪？

在那个年代，一个女性能够从后宫走到前朝，凭的，自然绝不仅仅是她们的丈夫是帝王或者儿子是帝王。如果她本身不具备那种在乱世，在虎狼群中驾驭权力、处理国政和外交以及战争的能力，她最终获得的只有"尸骨无存"四个字。

就如同《芈月传》那种时代背景上，别说女人没有能力掌权，结果会如惠文后无法控制季君之乱而不得善终，甚至男性君王在不能控制局势的时候，同样下场凄惨，如楚怀王、齐泯王、燕王哙的死亡在小说中，亦有提到。

《芈月传》与"宫斗剧"是不同的，因为先秦时代女人的状态某种程度上就很接近当下的时代，每个人都有机会去争取自己的人生，而不是去依附于男人。整部《芈月传》的核心就是《逍遥游》的内容。在芈月人生的各个阶段都会想到《逍遥游》的核心——鲲鹏之心、鲲鹏之志。这也是芈月自我意识最初的觉醒。举个例子，芈月小的时候，楚威王想让芈月拜屈原为师，可是屈原当时拒绝了她，屈原的理由是"如果大王真心喜欢公主，还是不要让她懂得太多，学得太多。智者忧而能者劳"。屈原认为男人和女人要承担不同的东西，如果女人有了男人的学识和智慧，又要承担起男性的责任和义务，这对一个女孩来说太过不易。所以后来贯穿芈月一生的疑问就是："为什么我不可以？"

其实我一直想在这个女孩的内心种下一粒种子，赋予她跟别的女孩子不一样的生命力和成长力。楚王死了之后，屈原因她失去庇护和温巢而收她为弟子。局势变了，她只能靠自己的能力单飞，这个时候学识和智慧恰恰是立足的根本。常言，心有多大，天空就有多大。你的心跟眼睛如果只在屋檐下，那么你只能做燕雀。而这正是芈月与芈姝最大的区别，芈姝只是想做一个好妻子，一个母亲，但是芈月从来都不是。芈月就是她自己，因为她不管在哪个位置上，她都能够保持自我，与环境做顽强的抗争。芈月身上具有那种不弱于男性的心气和"舍我其谁"的自信。芈月时时、处处都在挑战"女性不能做"的秩序与成见，这些都是她超越一般女人的魅力所在。

我写芈月的时候经常会想到二十一世纪的女性，希望芈月对抗命运的意识能激励读者。这个社会也许存在男女的不平等，但很多时候是女性自己建构了这种不平等。如果女人没有从内心打破这种限制和禁锢，就永远没有办法获得自身的解放。这个时代赋予了我们最大的可能，女性可以有更多同等的机会。因此，女人要有自我觉醒的意识，要有勇气和信心去掌握自己的命运。我创作的初衷、作品中推崇的东西也正是自我的坚持与奋斗，是平等、独立人格的呈现。

15. 在与多位网络作家的交流接触中，我感到他们在现今的写作中或多或少地存在内心焦虑。导致焦虑的原因便是自由创作与迎合粉丝的矛盾所致。毋庸置疑，网络文学从发展之初写手们的自由爱好到现如今的商业资本的规模运作，确实令许多网络作家更多地关注作品的点击率与金钱实利的获得，从而无法潜心静气地进行创作与修改。那么，你对商业性和文学性复杂的关联持何种观点？在你的创作中，又将怎样规避过度的商业化对文学性的戕害？

听到这样的问题，其实，我想我应该是警惕了，这是一个有陷阱的提问。

其实商业和文学并不是敌人，并不一定要对立起来，也不见得商业化就是对文学的戕害。

让作家"为理想为信念"而枵腹从公，提倡作家"贫困才是圣洁"的理念，饿死作家、饿跑作家，认为作家不应该有钱，任意侵害作家的权益、侵夺作家的收入，还认为作家不应该申诉，否则就是"有失高雅"，这种言论和行为，才是对作家、对文学最大的戕害。

为点击率和为收入写作，并不可耻，也不应该去贬低，也不见得就不能写出好作品来。大仲马和 J.K. 罗琳凭着写作成为有钱人，不见得他们的作品就不是好作品。如张恨水或者还珠楼主当年照样为了养家糊口，进行了大量的商业写作，但不见得他们就不是大家了。而许多"潜心写作、埋头修改"许多年的作品，也未必就是好作品了。

写作，不管是为了打赏而写，还是为了诺贝尔而写，本质上并没有多少的不同。只要你想写，只要你想得出来，只要还有人看，你的写作就是有价值的。

不要讲到商业写作就好像不要用心了，就不要努力了，就不要提升了……你当读者是傻子吗？如果你一直写低端写劣质，那么分分钟就有其他作者来取代你。有竞争才有努力，有努力才有进步，这个世界很公平，如果你没有进步，那就会被抛弃。

文字在某一方面来说，仍然是心的交流。创作是一件绞尽心血的事，如果读者没有看到你用心的创作，你再迎合再关注数据，最终，你什么也不是。

16.《芈月传》的红火热闹，对你的写作和生活有什么影响？你是否关注报刊评论和网上的议论？你的心态和创作理念是否因之发生了变化？

并没有什么影响。

我暂时不看评论，免得影响创作。

我依旧如往常一样地创作。

17. 知晓你新的创作计划依然是以女性为主角，通过其生命历程和精神成长来折射宋、辽、夏宏阔的历史和人文样貌。新作与以往作品最大的不同点在哪里？预计用多长时间完成创作？

每一部创作都是一个进步，以及，我会努力最大限度地拉开与上一部的距离。新作预计在 2016 年下半年完成。

18. 最后，请你聊一聊你的日常生活及业余爱好。

我的日常生活是非常规律地读书和写作。业余时间喜欢种花养草、闲适地散步、爬山或者外出旅行。但目前正在紧张地创作中，实在没有时间兼顾自己的业余爱好。

附录：蒋胜男主要作品目录

1999 年，长篇小说《魔刀风云》出版。

1999—2000 年，于清韵书院连载《魔刀风云》及其续集《玉手乾坤》等长篇小说，发表《秦可卿之死》《东方不败回忆录》等中短篇文章。

2001 年，于新浪网连载《血衣蝴蝶》等长篇小说。

2002 年，于榕树下发表《妲己之死》《狐仙》等中短篇小说。于后花园文学论坛开始连载《鹰王》《紫星传奇》《凤霸九天》（原名《大宋女主刘娥》）等长篇小说。

2003 年，晋江文学网成立，受邀成为驻站专栏作家，并开始渐渐将创作主力移至晋江文学网，于当年发表及连载作品有：《洛阳三姝》《紫星传奇之京城除奸》《上官婉儿》《花蕊夫人》《西施入吴》等作品。

2004 年，于晋江文学网开始继续连载长篇历史小说《凤霸九天》（上、中、下）三卷。于晋江文学网连载《孟丽君》《紫星传奇之龙潜于渊》，长篇小说《洛阳三姝》出版。越剧小戏剧本《郑袖》发表于《温州戏剧》。

2005 年，合著中篇小说集《古董杂货店》出版。玄幻小说《紫宸》于晋江文学网初发，并连载于《九州幻想》杂志。长篇小说《鹰王》出版。同年5 月，戏曲剧本《妲己》获第四届中国戏剧文学奖大型剧本铜奖，部分内容发于《中国剧本》2006 年第 2 期。2006 年，完成首部长篇历史小说《凤霸九天》，共七十多万字。并于晋江文学网开始创作历代太后系列评述文章。

2007 年，长篇历史小说《凤霸九天——政治倾轧中的大宋女主》（上、下两卷）出版。同年，历史评述《女人天下——中国历史上的执政太后》出版。于晋江文学城开始连载第二部历史长篇小说《铁血胭脂》（第一卷）。戏曲剧本《妲己》发表于《戏文》杂志。

2008 年，长篇小说《紫宸》出版。电影《不能没有爸爸》（独立编剧）获

2008 年度国家广电总局电影局儿童资助奖励，中华孔子学会推荐电影。开始于晋江文学城连载历史长篇小说《铁血胭脂》（第二卷），创作《他们离帝位只差一步》（历代太子系列），完成《汉武帝与太子刘据》。创作戏歌《古今戏恋》。

2009 年，于天涯论坛及新浪博客上开始连载《历史是怎么炼成的》。于晋江文学城连载现代言情小说《太太时代》。于晋江文学城连载第三部历史长篇小说《芈月传》。同年电影《一代大儒孙诒让》（署名文学策划）获2011 年浙江省电视凤凰奖最佳故事片奖。

2010 年，长篇小说《太太时代》出版。

2011 年，历史评述《历史的模样》第一卷夏商周卷出版。同年 10 月，四十二集大型史诗电视剧《辛亥革命》（署名导演助理），作为辛亥革命百年献礼片在央视一套黄金时间播出。同年 11 月，以戏剧剧本《未央长歌》入选中国剧协首届中青年剧作家高级研修班。

2012 年，开始创作由长篇小说《芈月传》改编的五十三集电视剧本（至2014 年完稿）。

2013 年，戏剧剧本《未央长歌》，发表于《剧本》杂志第 4 期，戏曲剧本《鹤纹传奇》列入温州市艺术精品创作题材规划。

2014 年 1 月，当选为浙江省网络作家协会副主席。

2015 年，长篇历史小说《芈月传》（六卷一百八十万字）出版。同年 11 月，首届华语网络文学双年奖颁奖嘉宾。同年 11 月，历史评述《权力巅峰的女人》出版。同年 11 月，电视连续剧《芈月传》即将于北京卫视、东方卫视、乐视网等播出。

论少数民族抗战文学的书写向度

抗日战争爆发后，在国家民族危亡的情势下，中华民族大家庭中的少数民族作家以文学作品为武器，倾力创作出众体兼备的抗战文学作品。少数民族抗战文学的创作实绩具有宏阔的精神维度，它的出现不仅丰富了中国现当代的文学生态，而且也成为世界反法西斯文学沃野中不容忽视的殊异风景。少数民族抗战文学的书写表现出独特的美学向度与伦理向度，在抗日战争的连天烽火中，取得了救亡与启蒙的双重功效。但同时，少数民族抗战文学在意识形态以及战争年代特殊的时代背景下，也不可避免地存在诸种缺憾，如民族性质素的不够充分、叙事艺术的粗放简单、人道主义的普遍缺失、存在之思的浅表折射以及终极价值追求的匮乏等。少数民族抗战文学尽管存在着艺术上的"失"，但它在文学维度和思想维度上的"得"也是不争的事实。更重要的是，少数民族作家的抗战作品显示出中国人民强大的自我更生能力，博大雄强的坚忍抗争以及中华各族儿女对祖国的无限热爱和深切认同。

一、少数民族抗战文学的创作实绩

少数民族作家作为中华大家庭中不可或缺的成员，在"九一八"事变后，面对日本法西斯的悍然进犯，他们自觉担负起时代赋予的使命，责无旁贷地投入抗敌斗争的爱国行动中。在他们的抗战文学作品里，少数民族作家怀着对祖国母亲的深切挚爱，控诉着残暴的日本侵略者犯下的滔天罪行，以高昂的爱国激情奋力吹响抗日战争的号角，以此召唤各族儿女保家卫国的抗日斗志，以及深入骨髓的家国情怀。

在中国抗战文学的谱系中，少数民族抗战文学率先发声，不仅参与的少数民族作家族属多样，而且文学体裁全备，取得了令人瞩目的文学实绩。因东北大地率先沦陷在日本侵略者的铁蹄下，故生活在黑土地上的少数民族作家群最先发出了抗日的怒吼，发出了和着血泪的呐喊。

在小说创作方面，满族作家李辉英在"九一八"事变后的次年便写出了中华民族第一部抗战题材的长篇小说《万宝山》。在这部长篇小说中，作家悲愤地控诉了日本侵略者对朝鲜劳工的残酷压榨，以及中国劳工和朝鲜劳工不甘奴役，奋起反抗的抗战故事。小说的结尾，中国和朝鲜两国人民共同发出了"全世界被压迫民族解放万岁！"的呼喊，体现出作家开阔而广博的胸怀，而由国内到国际的空间拓展，也极大地提升了世界反法西斯文学的政治意义和美学内涵。此外，中国现代文学史上第一篇反日爱国的短篇小说《最后一课》同样出自李辉英之手。早在1932 年 1 月，作家便在丁玲主办的《北斗》杂志上，发表了这篇作品。小说主要描写了日伪军警对爱国学生运动的残酷镇压，传达出国破家亡的深哀剧痛以及爱国志士决心抗争到底的斗争精神。此后，作家又相继为中国现代文坛贡献了"抗战三部曲"——《雾都》《人家》《前方》等重要文学作品。

在少数民族抗战小说的书写谱系中，另一位满族作家端木蕻良也是不容忽视的作家。他在东北沦陷的危亡情境下创作了长篇小说《科尔沁旗草原》和具有史诗风格的长篇小说《大地的海》等诸多作品。其中，《大地的海》通过艾家父子对土地观念的转变过程，淋漓尽致地揭露了日伪军占地毁田的罪恶行径，以及广大农民在国家危殆的情势下，不甘做帝国主义的奴隶，逐渐觉醒并走上民族自救道路的英勇斗争故事。令人感佩的是，在整个抗日战争期间，端木蕻良以笔为旗，专注于抗战文学的写作，其中《鹭鸶湖的忧郁》《遥远的风沙》《浑河的急流》《爷爷为什么不吃高粱米粥》等一大批作品广为人知，激发着广大民众的爱国反帝热情。与端木蕻良一样，同样为满族作家的舒群在1935年创作出其抗战代表作《没有祖国的孩子》。该小说讲述了朝鲜儿童果里失去祖国母亲后所遭受的蔑视和迫害，以此鼓舞中国人民奋起反抗的精神斗志。

继此之后，舒群以充沛的才情、火热的爱国激情，接连创作出了《蒙古之夜》《奴隶与主人》《老兵》《婚夜》《战地》《难中》《誓言》《画家》《肖苓》《祖国的伤痕》《沙漠中的火花》等一批抗战题材的中短篇小说。其中，《沙漠中的火花》记述了一群蒙古族工人因不堪忍受压迫，选择与日本侵略者抗争到底的血性故事；而《蒙古之夜》则歌颂了年轻的蒙古族姑娘舍身营救抗日战士的英雄事迹。舒群的抗战小说一方面悲愤地控诉了日本法西斯肆意践踏中华大地的残暴与罪恶；另一方面，则满怀敬畏地歌咏着中华儿女面对强敌时可歌可泣却又毫不屈服的抗争精神。此外，满族作家马加的抗日小说《登基前后》《复仇之路》《潜伏的火焰》《北国风云录》《雪映关山》《同路人》《寒夜火种》等作品也表达了同样的意旨。其中，尤为出色的是《寒夜火种》。这篇小说在悲慨日军残酷压榨、奴役中国人民的同时，也传达出中华儿女并未沉沦而是如同火种一样充满抗争精神和信念之力。此时期，值得铭记的还有满族作家老舍的长篇小说《火葬》及《四世同堂》。皇皇巨著的《四世同堂》从民族文化、地域文化和世情人性的维度呈现日军侵华时期古都市井社会中老中国儿女的精神样貌和生活样态，该小说以深刻的意蕴与精深的艺术成为抗战文学中难得的具有史诗气度的杰作。

不仅满族作家善于小说体裁的写作，其他少数民族的作家也创作了数量宏富的小说作品。比如朝鲜族作家金昌杰的《罢课》《逃亡》和《名落孙山》；回族作家穆青的《搜索》《雁翎队》；壮族作家万里云的《"共产军的俘虏"》《一支枪》；壮族作家陆地的《参加"八路"来了》《钢铁的心》；壮族作家华山的《鸡毛信》；侗族作家苗延秀的《小八路》等。这些作品如匕首般投向日本法西斯，歌咏了中华儿女可歌可泣的英雄业绩。

新时期以来，少数民族文学在抗战小说的深入影响下进一步深化和拓延，在新的时代背景和历史情状下，书写出一批令人印象深刻的"后抗战小说"。比如回族女作家白山的中篇小说《日月痕》及长篇小说《冷月》、蒙古族作家韩静慧的《额吉与罂粟花》、蒙古族作家乌兰的中篇小说《富贵荣华的岁月》等。

概而言之，少数民族抗战小说控诉了日本法西斯在我国犯下的滔天罪行，悲悯着在血泪中挣扎的世间众生，同时传达出中国人民澎湃的爱国热情与不屈的抗争精神。

小说之外，抗战诗歌以其迅捷性和便于宣传的特质成为少数民族抗战文学中颇受青睐的文学体裁。早在 1936 年，满族诗人金剑啸便发表了歌颂东北抗日联军的第一部长篇叙事诗《兴安岭的风雪》。该诗描写了抗联小分队与敌人展开的殊死斗争，当队伍只剩下十八个人时，战士们用他们的钢铁意志，毫不畏惧地去迎接新的残酷斗争——

　　我们是铁的／我们要前进／我们携着手／前进，前进／完成
我们的使命／我们爬过了死亡／前进／待到光明的来临。

　　除此之外，金剑啸在抗战时期发表的诗作还有《哑巴》《洪流》等；
另一位著名的满族诗人关沫南也发表了一系列的抗战诗篇，其中具有代
表性的诗作为《狭的笼》《堕车》《沙地之秋》《某城某夜》等；老舍在
1939 年也发表了著名的长篇叙事诗《剑北篇》，该诗作描摹了战火中的
中国哀鸿遍野的凄惨情境，读之令人痛彻肺腑。朝鲜族诗人李旭的《北
斗星》《岩石》《帽儿山》《金鱼》《新花园》和金血铁的《战歌》等作品
也是抗战诗歌中的名篇。在朝鲜族诗人中，尹东柱因其诗作的博大与深
厚而尤其令人瞩目。他的《序诗》《悲哀的族属》和《故乡的故居》等
诗作蕴藉深广、感情深婉。他的大部分诗作从中华民族精神的源头切
入，探寻抗争的不竭动力。

　　在抗战诗歌的园地中，被称为"抗日战争的英雄诗人"的维吾尔
族诗人黎·穆塔里甫创作了《中国》《我们是新疆的儿女》《直到红色的
花朵铺满了宇宙》《五月——战斗之月》《战斗意志》《爱与恨》《解放的
斗争》《致人民》等诗篇。这些诗作彰显着新疆儿女对祖国的炽热深情，
表达出战胜日本帝国主义侵略者的乐观精神以及建设美好国家的愿景。
与黎·穆塔里甫相似的另一位维吾尔族诗人尼米希依提发表了《伟大的
祖国》《觉醒》等诗篇。面对日本侵略者的不义之战，诗人坚信胜利一
定会属于"伟大的祖国，我的爱母！"（《伟大的祖国》）。值得铭记的还
有维吾尔族诗人安尼瓦尔·纳斯尔的《致东风》。该诗充满了战斗的豪
情，歌颂了抗日前线英勇作战的勇士。

　　在抗日战争时期，比较著名的诗作还有蒙古族诗人纳·赛音朝克

图的诗作《压在苦笆下的小草》，该诗呈现了抗日力量不可阻挡的态势；壮族诗人黄青也号召全体中国人要为祖国母亲而奋战，发出"用血肉保卫我的国土，用枪炮声振奋我的民族"（《来到祖国南方》）的豪迈之语；壮族诗人蓝鸿恩的《黄昏，我渡过红河》和黄海波的诗歌《访俘虏》同为壮族抗战诗歌中的力作；白族作家赵式铭的《军歌》，纳西族诗人李寒谷的《献诗》《丽江吟》等也是抗战诗歌中比较具有代表性的作品。

抗日战争的发生发展，促使少数民族的报告文学、戏剧文学及散文文体的丰收与繁盛。在报告文学的文体写作中，蒙古族作家萧乾的《血肉筑成的滇缅路》详细地记叙了中华各族儿女为了滇缅路的修建完工，以赤诚的爱国激情战胜一切艰难险阻的壮举。此外，《由香港到宝安》也是萧乾的代表性作品；彝族作家李乔，曾经亲临前线，亲历战争。在紧张的战斗之余，作家创作了《禹王山的争夺战》《活捉铁乌龟》等报告文学作品。这些作品集中描摹并礼赞了英勇抗击日军的英雄们，赞扬他们为了国家民族的胜利而舍生忘死的崇高精神；壮族作家华山在此期间创作了《太行山的英雄们》《窑洞阵地战》《向白晋线挺进》等多篇优秀的报告文学作品。他的抗战文学作品真实地书写了太行山军民联合起来共同参与抗日的光辉业绩；其他壮族作家也纷纷撰写出比较优秀的报告文学作品，如兰歌的《李西露之死》和《战斗的开始》；李志明的《同蒲路上》《大王庄》和《夜袭云盖山》等；万里云的《巨峰抗击战》和《碉堡线上》；满族作家骆宾基在抗日战争期间创作了《救护车里的血》《我有右胳膊就行》等报告文学作品。

在戏剧文学的创作中，满族作家老舍以旺盛的爱国激情，接连创作了《国家至上》《残雾》《张自忠》等剧本，这些剧本在呼唤歌赞民族英雄的同时，也批判了抗日战争中不利于团结的因素，显示出作家不同流俗的清醒和睿智。回族作家在此时期也积极地参与抗日宣传活动，他们的作品张扬着保卫家国的热烈情怀。其中，具有代表性的作家作品为李超的《悔》《湘桂线上》和胡奇的《模范农家》等；朝鲜族作家也为抗战戏剧的大家庭中增添了许多值得铭记的剧作，如朴东云的《韩国一勇士》、金学铁的《北京之夜》等；此外，其他民族的作家也为抗战戏剧的繁荣做出了不可忽视的积极贡献。比如锡伯族作家郭基南的《满天星》和《太行山下》，哈萨克族作家尼合迈德·蒙加尼的《战斗的家庭》，维吾尔族作家祖农·哈迪尔的《相逢》《游击队员》和黎·穆塔里甫的《死亡线上的挣扎》，乌孜别克族作家秀库尔·亚里坤的《上海之夜》等。

总之，这些戏剧文学作品的共同主旨是控诉日本法西斯在中国的酷虐行径，宣达浓烈的爱国情感以及中国人民不屈不挠的抗争精神。

散文文体的写作在少数民族抗战文学中虽不及小说、诗歌、报告文学和戏剧文学成果宏富，但在 1931 年到 1945 年间，少数民族作家也发表了一定数量的散文作品。其中比较优秀的如土家族作家萧离在 1942 年创作的散文《当敌人来时——乌镇战役中含血带泪的穿插》，该文章控诉了日本法西斯强盗们在中国的血腥暴行，以及中国军民血战到底，最终夺回乌镇的胜利之战。此外，满族作家安旗的《磨刀河》、维吾尔族作家黎·穆塔里甫的《皇军的苦闷》、锡伯族作家郭基南的《月下闲谈》等散文都是此时期少数民族抗战文学中的精品。

新时期以来，回族作家马瑞芳发表于 1981 年的散文名篇《祖父》和阿慧发表于 2010 年的《大沙河》均为"后抗战散文"的典范之作。马瑞芳的《祖父》追溯了医术高明的祖父在战争年代秉持虔诚的民族信仰，因痛恨日本侵略者对其宗教信仰的亵渎和践踏抑郁而终的悲情故事；回族作家阿慧的散文《大沙河》则饱蘸情感的笔墨讲述了姥爷在面对日本侵略者的诬蔑和刺刀威胁时，表现出刚烈的抗争精神和自尊自爱的人格操守。

二、少数民族抗战文学的审美向度

抗日战争的连天烽火，惊醒了中华民族大家庭中的各族儿女。在民族生死存亡的危急关头，少数民族作家们迸发出强烈的爱国热情，他们用作品揭示出日寇的恐怖凶残，表现出对浴血奋战的抗战英雄们的由衷敬佩，宣示出对祖国前途命运的深切关注。少数民族抗战文学井喷式的涌现，同时改变了"五四"以来我国现代文学反帝文学的薄弱态势，真正促使"启蒙"与"救亡"实现了汇合与重奏。

少数民族抗战文学集中控诉了日本法西斯对中国人民的奴役与虐杀，讴歌了祖国儿女的坚忍斗志。作家们以高昂的政治热情和强烈的使命感与责任感，将文学作品磨砺成匕首和投枪，刺向侵略者。在 1931 年至 1945 年的抗战文学谱系中，少数民族抗战文学采用现实主义的艺术手法，悲愤地控诉日本法西斯对各族人民的凌辱和残害。如满族作家李辉英在《万宝山》中揭露道："他们把高丽人渐渐往北赶，赶到东三省，空出来的地方，他们就占过去，到现在，高丽人自己没有一寸土地，穷透了。……他们又想出剥削高丽人血汗的方法，强用我们高丽人给他们做工，不管是在工厂里或是到田间里，都一定一天从早做到晚，做得一个人不剩一点精力！他们不给工钱，不给饱饭吃，铁打的人也担当不住呀，所以每个人都黄皮瘦弱，渐渐衰弱了。"①在这段文字中，作家借人物之口，控诉了日本侵略者的狡黠残暴，表达了被压迫人们反抗斗争的合法性与必要性。

诸种体裁中，少数民族抗战诗歌因其短小精悍、易于宣传而成为少数民族作家创作体裁的首选。纵观此时期的抗战诗歌作品，大多语言直

---

① 张毓茂主编：《东北现代文学大系·长篇小说卷》，沈阳：沈阳出版社，1996 年，第 463 页。

白、质朴，甚少晦涩的意象，而是直抒胸臆，洋溢着真诚的爱国热情、反抗精神及抗争意识。比如在金剑啸的革命叙事诗《兴安岭的风雪》中，英雄们的抗争虽笼罩在暴力与死亡的阴影下，但他们却没有丝毫的犹豫与退缩；同样，维吾尔族诗人黎·穆塔里甫也创作了大量歌颂祖国的诗歌，对国家的爱，犹如"一堆炽热的篝火"，诗人号召各族儿女为祖国母亲的新生而英勇战斗；壮族诗人黄青也在诗歌中鼓舞青年男女们与侵略者奋战到底，用血肉和生命来捍卫祖国的尊严。

值得注意的是，少数民族作家的抗战文学作品往往能够顺畅地将战争的阴霾、凄凉的气氛转换成昂扬的斗志以及必胜的乐观。少数民族作家在抗战文学的书写中善于化悲剧为壮剧，建构出壮美、开阔、畅达的艺术境界。如满族作家端木蕻良的抗战文学书写始终绵延着民族的自信心和抗争伟力。在他的文学世界中，活跃着一群极具草莽英雄气质的地之子。典型的为《科尔沁旗草原》中的大山、《遥远的风沙》中的煤黑子以及《大江》中的铁岭和李三麻子等。这些英雄人物都不是尽善尽美的完人或神人，但在面对国家倾覆的危险时，他们绝无妥协退缩，始终保持民族必胜的自信，在保家卫国的抗争中凸显彪悍雄强的生命活力。

回族作家白平阶的《驿运》和《古树繁华》等作品在广阔的背景中描写了抗日战争中各族人民奋勇争先的抗日热情。少数民族作家在抗战文学中揭示出日本侵略者的残暴，歌赞了各族英雄儿女忠诚的爱国豪情。作家们坚定地相信战争的胜利一定是属于中国人民的，并热切地期盼着日本法西斯覆灭时日的到来。少数民族抗战文学不仅为中国现代文学注入鲜明的时代特色，而且还表现出坚忍的反抗性和顽强的战斗精神。同时，少数民族抗战文学的创作实绩，忠实地记录了全民抗战的民族向心力与凝聚力，彰显出中华各族儿女在国难面前同呼吸，共命运的家国情怀。

在抗日战争的历史语境下，少数民族作家的抗战文学被纳入救亡与启蒙的主旋律合奏里，其民族性与地域化的特色在"国家兴亡，匹夫有责"的政治热情中尚未得到充足的展现。此时期，少数民族作家在创作中并不刻意强调作品的民族质素。但即便如此，由于世代累积的文化熏染、宗教浸润、历史积淀等因素的合力作用，促使少数民族抗战文学作品依然携带着本民族的文化遗传符码。

"每一种民族文化，都充分地表现为一个完整的、复杂的、全息的系统。它们都会做到，无一遗漏地涵盖着本民族的民俗社情、宗教观念、宗法秩序、道德伦理、价值取向、思维方式和心理积淀，涵盖着本民族的各种文化艺术样式以及从中体现出来的审美追求……"①少数民族抗战文学作品真实地描摹了作家所在民族对抗战生活的整体观照，而他们笔下的抗战文学作品所彰显出的明朗昂扬的状貌，也与少数民族乐观、豪迈、直率的民族性情直接相关。

少数民族抗战文学甚少流露出失望和颓废的情绪，这一点，构成了与充满忧患意识的主流汉文学抗战文学的大不同。新时期以来，少数民族作家在寻根文学的热潮中开始珍视本民族独特的民族文化瑰宝，在作品中有意识地凸显极富民族特性和地域文化的贮藏，开启了全新的美学视阈，同时也预示着少数民族抗战文学在新的世代中逐渐走向成熟的发展里路。比如蒙古族作家韩静慧的小说《额吉与罂粟花》以民族国家的反侵略战争为宏大背景，讲述了抗日战争时期一位普通蒙古族老额吉的遭遇。小说控诉了战争对无辜平民生活的暴力改写，以及蒙古族人民面对侵略战争时的豁达与抗争。文本中的额吉原本是一个远离现代文明，热爱自然万物的慈悲母亲。她平静安然地度日，却没料到一场突如其来

---

① 关纪新、朝戈金：《多重选择的世界——当代少数民族作家文学的理论描述》，北京：中央民族大学出版社，1995 年，第 55 页。

的侵略战争将她带入一个全然陌生及残酷的现代空间。但最初的惶惑过后，额吉以她源自草原文化的坚忍丰饶和母性伟力直面日本侵略者的残忍暴行。草原文化精神所携带的强大救赎力量和敬畏生命的传统消解了战争的非人性。平凡的额吉在母性的高贵和草原文明的博大中，解构并鄙弃了现代战争中奉行不二的"丛林法则"和"胜王败寇"的庸俗论调。在《额吉与罂粟花》的文本中，可以读解出作家意图用博大悲悯的草原文化精神救赎现代性文明灾难后果的执着努力。

少数民族抗战文学的书写旨在唤起中华民族各族儿女的抗日斗志，宣传抗战的合理合法，鼓舞全民族抗战的信心。"人们永远不能忘记的是：抗日战争是关系到中华民族生死存亡的大搏斗，在这样的时代里，任何一个有爱国心、责任感的作家，要想置身于时代主潮之外，那都是不可想象的。因为这不仅仅是一个文学问题，而首先是一个民族良心问题。"①因此，此时期的少数民族抗战文学极端重视作品的通俗化和宣传性。同时，救亡与启蒙的功利目的，也决定了战时的少数民族抗战文学的审美向度——质朴直白的语言风格，凝练紧凑的情节推进，线性简洁的叙事逻辑，强烈深浓的情绪渲染。

时代的激变，语境的置换，读者的更替，导致了少数民族作家的抗战文学在接续"五四"新文学传统的同时，必须在内容和形式两个方面进行必要的变革。换句话说，少数民族抗战文学欲最大化地达到宣传之目的，必须从庙堂的高义邈远置换为民间的江湖认知。由此，才能将文学的大众化和化大众发挥到极致。

在通俗化的过程中，少数民族作家吸纳了本民族民间文学的优长，借鉴民间文学的叙述方式与艺术形式，将抗日战争的神圣性与合法性用通俗易懂的语言与形式表达出来。比如著名作家老舍满怀热情地参与和

---

① 房福贤：《抗战文学的精神价值》，《理论学刊》，2011 年第 2 期。

倡导与抗战相关的通俗文艺。整个抗日战争时期，老舍在处理文协繁重琐碎事务的同时，还创作了大量的通俗文艺。其中包括相声、快板、鼓词、坠子、戏剧等民众喜闻乐见的文艺作品。在戏剧文学方面，老舍倾力写出了《张自忠》《残雾》《国家至上》等十多部剧作。这些作品颂扬了中华各族英雄儿女的爱国情怀，鼓舞与激励全国人民与日本侵略者做坚决的斗争。尤其在《国家至上》的剧本中，老舍以一位回族拳师张老师为主人公，生动地呈现了回族人清洁正义、虔诚刚直的民族性格。同时，该剧也成功地宣扬了民族团结、共同抗日的时代主题。

值得注意的是，在抗日战争中，少数民族抗战文学中的诗剧、活报剧、话剧均取得了较大的发展。因为当时的少数民族作家意图通过戏剧的演出，取得广大百姓的认可，及时地传达抗日战争的信息，有效地增强人民反抗日本法西斯的斗志。基于这样的认知，爱国的少数民族作家们异地联合，通力合作，纷纷创作出宣传抗战的剧作佳品。例如哈萨克族作家合迈德·蒙加尼的话剧《战斗的家庭》，维吾尔族黎·穆塔里甫的《战斗的姑娘》和《死亡线上的挣扎》，乌孜别克族作家秀库尔·亚里坤的抗战话剧《上海之夜》等。

综上，抗日战争的爆发，激发了全国各族少数民族作家的创作活力。少数民族抗战文学以其质朴的描写、昂扬的情绪、热烈的赞颂、悲壮的咏叹自成谱系，成为中国现代文学园地中不可忽视的殊异硕果。少数民族抗战文学的审美向度，也为世界反法西斯文学的广博做出了有力的拓延，中国的抗战文学由此汇入了近代人类文明史的潮流之中。

三、少数民族抗战文学的书写局限

战争是人类历史发展进程中无法避免的文明痼疾。它破坏了人类社会的和谐宁静，暴力地改变了历史的时间流程和人类的生存秩序。战争以其极端化和残酷性考量着人类的肉体和灵魂，从某种程度上说，战争文学的创作实绩，可以反映出一个民族的精神高度和内在心性。中华民族具有悠久的历史与灿烂的文明，但同时，也是一个战争频频发生的国度。近代以来，衰落的清王朝致使中华大地时常笼罩在西方列强的侵略硝烟中。尤其是日本法西斯的入侵，将全体中华儿女拖入了战争的泥淖。作为一个历经艰苦卓绝斗争的民族，战争以及战争记忆成为中国文学书写的母体之一。

抗日战争期间，由于特殊的政治文化环境的桎梏，少数民族抗战文学的创作动机和宗旨便是为了完成救亡任务和革命历史的塑造。在宏大叙事的历史激情中，少数民族抗战文学并不特别注重作品的文学性与艺术性。由于民族—国家利益的至高无上，作家们普遍对政治主题的关注超越了对个人命运与生存际遇的思考。单独的个体遭际与人性挣扎在整个时代潮流中显得不值一提，个人的欲念在神圣全美的英雄身上荡然无存，而且只要是以集体的名义便具有天然的合法化与暴力豁免权。战争的理性逻辑要求个体应该而且必须为集体的利益做出牺牲。在这样的创作理念之下，少数民族抗战文学中的作品鲜少能够深刻地塑造出令人信服的人物形象，达不到经典文学所具备的对人类存在的深层叩问以及对人类的终极关怀。

李泽厚在论述中国的抗战文学时曾睿智地指出："在如此严峻、艰苦、长期的政治军事斗争中，在所谓你死我活的阶级、民族大搏斗中，它要求的当然不是自由民主等启蒙宣传，也不会鼓励或提倡个人自由人格尊严之类的思想，相反，它突出的是一切服从于反帝的革命斗争，是钢铁的纪律、统一的意志和集体的力量。任何个人的权利、个性的自由、个体的独立尊严等等，相形之下，都变得渺小而不切实际。个体的我在这里是渺小的，它消失了。"①因此，如何最大程度地启发广大民众参与到保家卫国的战争中，如何能最大限度地揭露日本法西斯的残忍和可憎，如何建构民族—国家的集体荣誉感是少数民族抗战文学中的重中之重。这些因素决定了抗战文学在书写中总是带着过于强烈的概念化色彩和功利化目的。人物形象不过是政治理念的化身，而非有血有肉、有情有义、有爱有恨的"真人"形象。

从 1931 年直到 1976 年的时段内，主流意识形态话语规定了英雄形象的"神"化与"圣"化。与此相对，对日本侵略者则粗放地采用了"鬼"化与"丑"化的标签化塑造。纵观此时期少数民族创作的抗战文学作品，我们惊异地发现在塑造日本侵略者形象时，各族作家不分地域民族地一律将其塑造为"魔鬼"般的存在。而且，这些人间的魔鬼往往又透露出与他们年龄身份不相符合的愚蠢。譬如舒群的小说《没有祖国的孩子》里凶神恶煞般的日本兵，端木蕻良的《浑河的急流》中那些粗莽野蛮的"小日本"。又如老舍在 1939 年创作的长篇叙事诗《剑北篇》里描摹出重庆、成都等地在日本侵略者的战火中鬼蜮森森的恐怖气氛："血与火造成了鬼境 / 微风吹布着屠杀的血腥 / 焦树残垣倚着月明 / 鬼手布置下这地狱的外景 / 也只有魔鬼管烧杀唤作和平！"

诚然，在战争的特殊历史背景下，少数民族抗战文学如此的写作自有其合理性与必要性。但问题是，抗战文学中的大部分作品陈陈相因，同期或此后不乏邯郸学步的作者。幽微复杂的抗战历史与人性被粗暴地简单化处理。以至于有的论者甚至认为抗战文学的抗战性消弭了文学性，救亡性压倒了启蒙性，使抗战文学成为口号和宣传的代名词。在少数民族抗战诗歌和抗战戏剧方面，部分作家直接引入了大段的议论以及

---

① 李泽厚：《中国现代思想史论》，天津：天津社会科学出版社，2004 年，第 27—28 页。

当下的政策口号，而"诗朗诵"运动和街头戏剧试验则将此类创作推向极致，诗歌和戏剧文学的蕴藉美和语言美被无情地解构。

在少数民族抗战小说中，既定意识形态的规限拘囿导致了对人类生存困境和人性洞察的粗暴简化。少数民族作家的抗战作品让文学承担了过重的民族国家的责任和社会国家的重建，极端地强化了经世致用和政治教化的功用，遮蔽了人类自我生存和精神存在的在场。而文学一旦放弃了对终极价值的不懈追索，一旦简化了对存在之思的追问，中国的抗战文学便很难与《一个人的遭遇》《这里的黎明静悄悄》《静静的顿河》等世界经典战争文学相比肩，更难以获得开阔而深邃的人类性品格。

战争年代，郁达夫曾在《战时的小说》中判定："当战争正在进行的时候，是不会出现'伟大的小说'的。"原因是读者每日面对生死的考验，没有细读文学的闲暇，也不会轻易地被感动。而作家们为了更好地完成政治宣传的任务，会极端重视文章的时效性，从而不可避免地失掉思想艺术的深度。然而时至今日，距离抗日战争的胜利已经过去了七十周年，我们的抗战文学依然不得不面对经典化寥寥的遗憾与尴尬。事实是，只有切近人本的细部才能廓清历史，也只有书写广大民众在战争中的生存世态，精神样貌才能有效地切入战争的内核。当下我们的少数民族抗战文学的书写仍有相当一部分作品停留在简单的国家主义和暴力美学的展示中。对战争的思考，依然徘徊在"正义"与"非正义"的二元对立模式的演绎。更有甚者，将抗战题材的书写拽入消遣化、戏谑化和娱乐化的媚俗队列中，轻巧地放弃了严肃文学对幽微人性的呈现、对历史真实的寻觅以及对民族精神的探寻等重任。

诚如陈晓明在《鬼影底下的历史虚空——对抗战文学及其历史态度的反思》中所论："不管是以文学的形式，还是思想的方式，我们都没有把历史经验转化为个人经验，不能在个人的意识深处以个体生命的自觉意识去追问历史，去承担责任。历史不被个人的生命体验和追问穿透，就只能是虚空的历史，只能是被历史看不见的历史之手任意摆布的历史。在这一意义上，文学的书写不过象征性表现出整个时代对待历史的态度和方式而已，如何回到生命个体本位反思历史和书写历史，今天依然是一个尖锐的课题。"①

　　令人欣慰的是，新时期以来，经受西方现代文学洗礼的中国少数民族战争文学日渐重视个人存在，加之新历史主义观念的文学思潮，部分少数民族作家的战争文学叙事开始有意识地摆脱意识形态化和正史化的规约，以个人化、民间化的立场和话语重新叙述和建构抗战历史的文本陆续涌现。少数民族战争文学的书写重心不再是抗日战争的残酷血战与爱国英雄的深情礼赞，而是深入地揭示了诡谲的历史中个人、国族、乡土与抗日战争之间偶然或戏剧性的遇合。人物形象的塑造也出现了非英雄化的倾向。比如蒙古族作家乌兰的中篇小说《富贵荣华的岁月》，作品虽然以抗日战争为背景，但在文本的叙写中，更多地讲述了蒙古营子里的凡俗众生在特定的历史情境下展示出的荒诞悖谬，呈现出对个体生命的美学观照，以及对人性幽微的深入审视。作者试图告诉读者，战争与革命不过为暴力的上演提供了合法的舞台，大历史所遮蔽的是身历期间的个体生命的无意义消殒。作者所要揭开的，恰是被正统的英雄史观所掩盖住的历史真实。由此可见，新时期以来少数民族的战争文学，部分地消解了战争年代实用理性的紧箍咒，逐渐构建出新的审美视阈。但这样的"后抗战文学"在少数民族抗战文学的书写中尚未形成气候，通行的教化与致用功能的文学依然大行其道。

---

① 陈晓明：《鬼影底下的历史虚空——对抗战文学及其历史态度的反思》，《南方文坛》，2006 年第 1 期。

今天，当我们用回溯的视角来检视少数民族抗战文学的书写时，还可以轻易地指认出少数民族抗战文学中存在的其他缺憾——民族性质素不够充分，叙事艺术粗放，人道主义欠缺，存在之思的浅表折射以及对终极价值追求的匮乏，等等。但即便少数民族抗战文学存在如上局限，也不能因此而全然否定它的历史功绩与作家们所做出的丰饶坚忍的努力。少数民族抗战文学彰显了中华民族在非常时期迸发的家国认同观和宝贵的抗争精神，携带着中国人民强大的自我更生能力及博大雄强的抗争力量。少数民族抗战文学馈赠给中国现当代文学乃至世界反法西斯文学一笔丰厚的精神财富，仅从这个维度而言，它理应获得我们的衷心珍爱和无上敬畏。

论当代回族文学的苦难叙事

在当代回族文学的书写中，苦难叙事成为回族文学极为重要的叙事特色。无论是散居区的张承志、霍达、阿慧，还是宁夏回族聚居区的石舒清、李进祥、马金莲等的文学作品中都对苦难叙事情有独钟。诚如陈晓明所言："苦难在文学艺术表现的情感类型中，从来就占据优先的等级，它包含着人类精神所有的坚实力量。苦难是一种总体性的情感，最终极的价值关怀，说到底它就是人类历史和生活的本质。"[①]当代回族文学的苦难叙事一方面忠直地书写出回族民众的生存苦难，另一方面也凸显出回族民众在面对苦难时所表现出的文化心理与精神伦理。从某种程度上来说，当代回族文学的苦难叙事不仅对苦难的本质与根源进行追溯，而且奠定了当代回族文学独有的精神力量与叙事方式。

一、苦难生活的忠直描摹

"五四"新文化运动以来，在思想启蒙的核心话语下，中国现代作家笔下的苦难叙事在总体上呈现出精神层面的苦难重于物质层面的苦难

---

① 陈晓明：《无根的苦难：超越非历史化的困境》，《文学评论》，2001 年第 5 期。

的价值判定。进入新时期以来，当代文学逐渐从宏大的政治文化主题过渡到人的日常生活主题，物质贫困导致的烦恼人生及生存悲剧成为新写实作家书写的重心。尤其是"底层写作"风行后，叙写普通百姓在经济迫压下的苦难人生成为作家们热衷的写作向度。由于作家有意规避了宏大叙事与历史意义的深度勘探，所以此时期的苦难叙事不过是红尘男女庸常琐屑日子中的烦恼人生。与之相较，当代回族文学的苦难叙事则持重而全面——不仅详细地书写出回族民众在世俗生活中所遭受的物质贫困，而且揭示出封闭保守的人文生态导致的精神苦难，由此全面而透彻地呈现出当代回族百姓的世俗生活和精神伦理。

恶劣的自然环境、偏僻的地理位置以及历史的因袭等原因导致了西部经济发展的严重滞后。石舒清曾在《西海固的事情》中写道："纵目所及，这么辽阔而又动情的一片土地，竟连一棵树也不能看见。有的只是这样只生绝望不生草木的光秃秃的群山，有的只是这样的一片旱海。"①对于这个天然的"残民之所"，物质生活的匮乏和温饱问题成为西海固回族作家群难以忘怀的童年记忆和生存体验。

在现代乡土小说中，饥饿既是苦难的根源，也是贫弱中国的表征，深刻地折射出中国人的生存状态和思维方式。而在当代回族文学中，由于自身阅历和历史记忆的双重影响，饥饿书写成为普遍的现象。对贫穷生活的细致描摹成为当代回族文学创作的显著特征。尤其是在西海固长大成人的作家，他们中的绝大多数都曾在文章中毫不隐晦地谈到童年记忆中贫穷窘困的生活。譬如马金莲在作品中反复诉说着底层回族百姓在贫困和饥饿的阴影下彰显出的人性与人情，为西部大地上苍凉而悲壮的苦难人生作证。在《柳叶哨》这篇小说中，马金莲通过小女孩梅梅的塑造，细致入微地写出了饥饿的感受："她觉得肚子里盘了一肚子的蛇，

---

① 石舒清：《西海固的事情》，北京：北京十月文艺出版社，2006年，第4页。

这会儿全苏醒了，蠕蠕爬动，那么急切地寻找吃食。……她从来没吃过面糊糊，连一口也没尝过。新妈的话像刀子悬在头顶，再说，小妹子也实在可怜，这么小的人也在挨饿。八个月的人了还不会坐，瘦得皮包骨头，叫人看着可怜。"①饥饿如同一张巨大的网罗，带给每个生命个体生的哀伤和死的威胁。

随着城市化进程的加快，越来越多的农民涌入城市，成为打工一族，希望通过辛勤的劳动改变贫穷的生活。然而，在城与乡、出走与回归的对峙冲突中，广大的回族农民工因为宗教情结和伦理道德的坚守而遭遇更为艰险与复杂的苦难——当他们怀揣着梦想进入城市谋求生存的时候，摆在面前的不仅仅是空间的位移，还包括既定生活经验、生产方式、伦理道德以及宗教文化认同的巨大撕扯和变革。在历史上的这一特定时期，所有族群都无一例外而又无可挽回地被抛进了时代的浪潮之中。

李进祥的短篇小说《你想吃豆豆吗?》深刻揭示了此种现状。虽然乡村中的回族青年阿丹非常留恋家乡的生活，但贫穷的日子迫使他不得不和村里的青壮年进城打工。由于夫妻常年分隔两地，阿丹在工友们的带领下，差点与歌厅中的小姐发生关系，而他在愧疚感和宗教规约的作用下抵挡住诱惑后，却意外地发现留守的妻子因为不堪忍受身体的荒寒而与别的男人做出了越轨之举。这篇小说揭示出乡村结构的改变与人性欲求之间的矛盾。窘困的物质生活成为悲剧的根源，从而不可避免地给底层人的肉体和精神带来伤害。

对于西部底层民众来说，艰窘的经济状况和恶劣的自然环境已经让他们的人生充满了深重的苦难，而权力阶层对底层民众的精神压迫更如

---

① 马金莲:《碎媳妇》，银川：宁夏人民出版社黄河出版传媒集团，2012年，第99—100页。

枷锁般沉重而冷酷。漫长的封建皇权统治，使国人普遍形成了牢不可破的"官本位"思想。在中国的权力场中"体制之内的政治身份是最具权威的权力话语。在体制内对政治权力的掌控，不仅意味着对物质财富的占有，而且代表着对他人言论、行为甚至是思想的自由支配。因此，政治权力一方面对底层民众起到控制和威慑的作用，而正是因为这样的权威性，它又成为底层民众向往的话语领域"①。

石舒清的小说《恩典》生动而细致地阐释了权力阶层的迫压对普通民众生活的巨大影响。文章从一个乡下木匠马八斤与王厅长的"认亲"展开叙述。马八斤在没有和王厅长认识前，他的生活是自在而平顺的。然而在王厅长和他们家结成帮扶对子后，他失去了一贯自信、老练和稳健的风范，家庭地位也一落千丈。尽管马八斤对厅长的随意到访感觉到了紧张和愤怒，但对"大官"的隐隐期待和惧怕又让他不敢断然拒绝王厅长的"认亲"。小说用近似白描的语言揭示出普通小人物对官员的畏惧与艳羡、拒斥与驯顺的复杂心态，但其中心意旨则直指底层人民在权势的迫压下心灵的屈辱感和尊严丧失时的无奈与无助。

如果说经济贫困导致的生存苦难令读者感慨而无奈，那么封闭保守的人文生态环境导致的精神苦难则带给读者复杂难言的况味。当代回族作家用悲悯的目光注视着西部大地上长存的精神痼疾，同时也潜隐着对民族民性中的某种恶劣根性不无严峻的审视与揭批。

陈腐落后的婚恋伦理和"看客"式的心态成为悲剧性人生的诱因。石舒清的小说《乡土一隅·乡村浪漫》中讲述的便是村人对"父母之命，媒妁之言"的认同和遵守。而且这种认同深入骨髓，如果出现了大胆的叛逆者，那么全村的人，甚至当事人的亲属都会站在道德的制高点上歧视这些不合规矩者。小说中的小木匠尔玛与那个自己跑来想做他媳妇的

---

① 金春平：《边地视野下的西部文学》，南京师范大学博士论文，2011年，第87页。

女子互有好感，尔玛非常喜欢这个大胆而又漂亮的女子。但是因为没有遵从传统的婚姻伦理，使一村子的人，尤其"女人们几乎一律地向这个自己跑来做新媳妇的女子表明了自己的轻蔑与不齿。女人们一律地从这个自己跑来做新媳妇的女子身上获得了某种自得与补偿"①。在村里人鄙视的言行和陈腐理念的共同作用下，硬生生扼杀了这桩原本可以美满的婚姻。

此外，儒家文化中"男尊女卑"的性别规约和宗教禁忌也在客观上成为回族民众精神苦难的根源之一。在西部，大量的农村女性生活在前现代文明保存完好的乡村社会中，她们要么作为男性主人公沉默的附庸，要么以符合男性想象的传统形象示人，甚至还有为数不少的女性在暴力毒打的家庭环境中屈辱生活。这些乡村女性是一个异常沉默的女性群体，无论在家庭生活还是社会生活上都被剥夺了发言权，发不出自己的心声，只能任由男性主导和支配她们的命运。即使时代历史早已走入现代化的今日，这些女性的思维认知依然被陈腐的理念绑缚和限制。她们中的大多数人要么为没有为夫家生下儿子而感到自卑自怜（马金莲《碎媳妇》），要么在明知已被丈夫抛弃的情况下依然固守着名存实亡的婚姻（马悦《陪嫁》），要么则在不情愿的情况下由父辈包办婚姻大事（保剑君《央央儿》）。

当代回族作家对女性的苦难生活书写充满了复杂的情感，一方面对女性毫无主体意识和自由精神的现状感到"怒其不争"式的不满；另一方面又不得不遵从现实生活的逻辑，揭示出女性不得不如此的悲哀与无奈。

总之，当代回族文学忠实地直面生活的诸种苦难，在贴近时代脉搏的书写中书写出现世生活中的世道与人心，进而折射出我们时代普通大

---

① 石舒清：《暗处的力量》，石家庄：花山文艺出版社，2001年，第140页。

众面临的生存苦难与精神危机。

二、苦难生活的诗意化解

二十世纪八十年代以来，"在寻根文学中，文学的苦难叙事被诗化为一种历史行进中的传统文化的重新显影，物质匮乏和文化苦难都成为可以审视的民族心灵史，成为可以进行现代性转换的话语资源，成为能够修复和审视现代文化、现代人精神和心灵结构的历史前进的动力，以对抗或修复破碎的文化和迷失的人心，从漂泊无根的精神困境里突围到温暖的心灵家园。"① 与之相似，当代回族文学的苦难叙事不仅包含着作家们对民族文化坚定的自信，还含纳着引领回族民众从苦难的迷雾中挣脱出来的内心期许。

如果说现代文学的"为人生派"对苦难的书写是指出病灶，不开药方的写作，那么当代回族文学的苦难叙事不但要揭出病灶，而且还指出了疗救世间芸芸众生的路径——在记忆重组和淳朴民情民性的歌咏中达到淡化或诗化苦难的目的。温情而诗性的回忆成了对抗苦难生活的良药，它安慰着人心，维系着希望，让挣扎在世俗生活中的普通大众获得心灵的慰安。

马金莲的小说《永远的农事》用儿童视角详细地书写了农家艰苦繁重的农事劳动。一家人为了糊口，几乎一刻不停地在农田里劳作。然而，在回忆中，曾经劳累不堪的生活被涂抹上温馨的色调，伴随其间的，则是少年少女成长的明媚与喜悦。马金莲用纯真的目光和纯净的文笔告诉读者，只要用心体会，细心揣摩，苦日子也有属于它的甜蜜。同

---

① 吴雪丽：《"现代性"视野下的苦难叙事——以"文革"后小说为考察对象》，《重庆社会科学》，2006 年第 8 期。

样，在阿慧的散文作品中，温馨的记忆涤荡了物质的艰窘和政治的狂谬。《大沙河》中的姥爷虽屡遭生活的磨难，但他却能够使黯淡的日子重新焕发出勃勃的生机。他留在儿孙辈中的记忆永远是温馨的场景：一村子的人来家里吃云皮肉的热闹以及姥爷给姐弟四人带来好吃的食物的欢乐。在记忆的重新组合中，苦难变得渺远，快乐却变得真实。

当代回族文学在回忆中对普通民众的生活方式和历史文化心理倾心书写，以简约、诗性的风格化解了现实生活中人物所遭遇到的诸多苦难。在温饱都得不到保证的荒谬混乱年代中，回族民众以洁净、洒脱、安详、不执妄、不贪婪的文化人格，消解了由现世生活中极端的物质匮乏所导致的人生悲苦。在心灵维度上，因为传统文化的坚守，他们的内心并不贫乏，而是用生命的自然状态，将世俗苦难生活化为艺术化人生，并对精神生活和世俗生活进行了超越。

此外，在当代回族文学中，抵抗苦难生活的另一条路径则为忍耐。在面对残酷的命运时，回族文学在苦难叙事中信守的忍耐精神并不是消极被动的，而是生命主体自救的方式。坚忍的忍耐精神成为他们应对苦难生活，拒绝走向虚无的有效武器。忍受，是为了生命的存续以及对社会和他人所担负的责任而主动做出的选择。柔韧地活是为了守住心中的"一点幽光"，凭借这个信念，个体脆弱的生命守住了身心的尊严和价值，延续了内心的纯洁和良善，从而在忍耐苦难中获得救赎的力量。从某种意义上说，忍耐是一种自救，一种自我解脱的精神体系，蕴含着悲壮和凄美，自有它高贵的意义和价值。

李进祥的小说《女人的河》里的阿依舍就是一个隐忍的母亲形象。在隐忍中，她发现了丈夫对她的深情，更与婆婆达成了精神上的和解。自从做了母亲后，她对情窦初开的那段情愫和生命有了更透彻的理解。她开始坚忍而坦然地接受庸常日子里的琐碎不满和淡淡的孤寂，默默地承担起媳妇和母亲的双重职责。而在《向日葵》这篇小说中，作家想要探讨的是宿命般的苦难突然降临后，普通而平凡的人如何应对和化解的故事。正是在这种应对中，小米和喜子这对历经磨难的夫妻获得了尊严的荣光。当猝不及防的灾难接二连三地向他们袭来后，夫妻二人并没有被残酷的命运吓倒，而是克服重重困难，与命运展开了不屈不挠的搏斗。

与李进祥一样，马金莲的小说也在反复地书写着苦难对人物的轮番进攻：环境的严酷，繁重的劳作，饥饿的威胁，亲人的隔阂，身体的残缺，心灵的孤寂……在她的作品中，苦难从来不曾缺席，然而马金莲笔下的苦难叙事不同于余华笔下的苦难叙事，她没有为她笔下的人物安排极端的命运结局，更少有残酷的暴力和血腥场面的描摹，所有受苦受难的人，不论男女老少，不论高低贵贱，一律凭借自然而强健的韧性积极地活着，并在苦难的生活中不乏发现美、呵护美的能力。

譬如，尕师兄的母亲在丈夫病故后镇静地带着儿子继续生活。苦难没有压垮她，反而淬炼了她的生存意志（《尕师兄》）；丈夫去世后，妻子没有消沉，在艰苦繁重的劳动中，不失达观豁达的胸襟。为了一双儿女能够真正融于养父养母家的生活，母亲狠下心冷淡儿女，用她特殊的方式默默地关爱着他们（《父亲的雪》）；嫁为人妇的母亲与婆家人一起面对令人震惊的赤贫，年轻的小媳妇果断地承担起一家人的吃喝拉撒。她像个果敢的指挥官，在承受苦难的同时，营构着生活的幸福（《山歌儿》）；留守的女人不仅要照顾三个年幼的娃娃，还要承担繁重的田间劳作。但这样的生活并没有让她抱怨，反而在新生命的孕育过程和艰辛的生活中体会到生命的美好（《搬迁点的女人》）。

值得注意的是，在当代回族文学的苦难叙事中，不管生活的现状如何不堪，不论命运如何的波折，绝大多数的人物都没有丧失主体的抗争精神，而是在苛酷的生存环境中顽强求生，努力向善。他们没有被苦难摧毁，反而怀着对未来生活的美好期许，拒绝虚无和冷漠，执拗、隐忍而又强悍乐观地活着。当代回族文学深入而透彻地表达了苦难可以在原始的、未经现代商业浪潮席卷的淳朴生活理念中得以消解的主张。回族人所秉持的生活理念是自然而坚忍的，这一理念明显是属于中国式的，充满了通透、安详、奉献的精神美德。同时，也涵盖着个体在苦难命运面前迸发出的昂扬、奋进的生命韧性与人之为人的价值与意义。

三、苦难的救赎与超越

在浸润着基督教文化的西方文学作品中，苦难被理解成上帝的启示，而宗教是经受尘世之苦的人类获得救赎的唯一途径。伟大作家陀思妥耶夫斯基的作品《罪与罚》就是这种宗教信念的产物。在这部作品中，陀氏采用了他一贯善于写小人物的传统，他让这些小人物经历着贫困、卖身、潦倒、流放等一系列的苦难，而正是这些苦难让他们理解了上帝，唤醒了潜藏在心中的良知，意识到上帝的救赎才是苦难的唯一出路。在作者的观念中，苦难成为坚定信仰的前提，正是在重重苦难的淬炼下，使宗教信仰成为内在生命的支撑，灵魂因信仰而得到升华，个体苦难因信仰而获得救赎与超越。

毋庸置疑的是，当代回族文学与宗教文化是剥离不开的。当代回族文学在宗教文化的强力影响下，关注人类身体与灵魂的谐顺关系，让苦难中的人们找到了心灵的寄托和灵魂的救赎。诚如王树理在《斋月》中所言："自从虔诚的穆斯林拥有了莱麦丹月这个斋戒的时段，斋月便给回回人的心里镀上了一层神圣的光环。那置个人饥渴与磨难于度外的圣洁信仰的园地里，便有了善与美的种子在体验疾苦、磨炼意志、参悟博

爱的过程中萌芽；便有同情心、怜悯心、廉洁心的滋生；便会情不自禁
地口赞真主，省非去过，克己自明。不管这个时段轮转到哪个季节，也
不管身在他乡还是远走高飞，只要他真心封斋，真心聆听真主的口唤，
就会油然产生一种走在通向天园的大路上的感觉。"[1]不可否认的是，人
性是幽微的，人的自然本性与伦理道德常常陷入悖论之中。正是这种永
恒的悖论，造成了心灵的迷惘和孤苦。但当代回族文学的苦难叙事则由
于宗教文化的深入滋养，缓释了现实人生的生之悲苦，化解了心灵深处
的焦灼迷惘，让每个孤独的个体获得灵魂的救赎。

石舒清的《果院》探究的便是身体欲念在宗教规约的矫正之下慢
慢止息的故事。耶尔古拜的妻子是一个普通的农家妇人，她对自己的婚
姻生活，没有什么特别的不满。相反，在性情上，在生活习惯里，她和
丈夫称得上是夫唱妇随，相得益彰。能够成为耶尔古拜的妻子，她心里
是满足的，喜悦的。但当她独自面对年轻的园艺师时，火一般的欲念炙
烤着她，催逼着她。耶尔古拜的女人在面临身体欲念的冲动下，在必须
面对"我该怎么办"的抉择时，到底没有听凭身体的自然属性，而是用
宗教理性压制住了情感的冲动。为了避免犯错，她甚至不同意丈夫再去
寻找这个年轻的园艺师来为自家的果院剪枝。在这篇小说中，石舒清试
图揭示出人的自然欲望与道德伦理常常处于冲突中的现实，但如同果树
需要不时地修剪树枝一样，人心滋长的芜杂也需要定时地修剪。身处果
院中的女人与果树构成了奇妙的同构关系——一同进行着洗心修身的
过程。

在当代回族文学的苦难叙事中，回族作家赋予他们笔下的人物具有
宗教—道德责任共负的可贵意识："道德的责任共负原则认为，我们应

---

[1] 王树理：《第二百零七根骨头》，银川：宁夏人民出版社黄河出版传媒集团，2012
年，第206页。

该真切地感到，我们在任何人的任何过失上都负有责任；它还指出，即使我们不能直观地看到我们的实际参与的尺度与规模，我们天生地在活生生的上帝面前，作为自身内责任共负的统一体的整个道德领域为道德和宗教状况的兴衰共同负责。"① 现世生活中的罪恶、冷漠、黑暗都与每个涉身其间的人密切相关，而每个有良知的人，都应该意识到自身应该承担的责任。对一个全民信仰伊斯兰教的少数民族来说，回族作家笔下人物普遍具有这种可贵的品质，他们自觉担负起人类的罪责，怀着悲悯和忏悔的意识度过此世的苦难生活。

石舒清的小说《贺家堡》描摹了主人公杨万生老汉基于宗教情结的罪感体验。事实上，杨万生老汉勤勤恳恳地活着，他并没有做过任何违法犯罪的事情，然而他却总觉得自己的罪非常大。以至于他总感觉到："一些冷水浇在他的心上，或者是一团火来烧他的心，或者是一把刀子，从他的心里穿过去了。对他来说，这是必需的，心是太污杂了，需要一些非常手段来提醒和清理。杨万生老人做礼拜的时候，会把不少的时间用来哭。"② 为了减轻罪责，杨万生老汉不仅将自家的田地果园的一半捐给了拱北，而且还将自己最喜欢的孙子送到了拱北。值得注意的是，在贺家堡这个村子中，不仅杨万生老汉一个人有如此的感受与行动，其他的村民也对风调雨顺的好日子心怀不安与感恩。宗教情结的深浓令村子里的人将自觉担负人类罪责视为每个人应尽的义务，安顺地接受命运的考验，从而赋予苦难可贵的质地。

与之相似，张承志也是少数自觉书写人类罪感的作家。他在一系列的作品中表达着他的这种人生思考和信仰认同。比如《黄泥小屋》中的

---

① 刘小枫：《二十世纪西方宗教哲学文选》，上海：上海三联书社，1988 年，第 1008 页。
② 石舒清：《灰袍子》，银川：宁夏人民出版社黄河出版传媒集团，2012 年，第 45 页。

苏尕三带着忏悔和负罪的心情痛苦地活着，他的忏悔是以精神自苦和拒绝爱情为代价的。值得庆幸的是，这些遭受苦难的人物最终凭借宗教道德的罪感意识与忏悔精神实现了灵魂的救赎。

除此之外，当代回族文学的苦难叙事的救赎之路还来自对生活的"发现之心"及感恩之情。对回族民众来说，溶于骨血中的宗教文化让他们明白人的此岸生活注定要经受考验和磨难，而且也只有经受住苦难生活的考验并有所敬畏的人才能在亡故后进入彼岸的天国乐园。所以，他们在苦难的生活中也能发现生的欢乐。在苦难中寻找美，体会美，呵护美，并对此充满感恩之情成为回族文学颇具特色的艺术品性和精神追求。在当代回族作家所建构的艺术世界中，处处弥散着对苦难生活的超越与救赎。

例如，手上有残疾的王爪爪娶了一个半哑的老婆过日子。在他们所生育的四个孩子中，小儿子遗传了父亲的病，也是一个残疾人。然而夫妻两个对此却毫无怨言，他们甚至觉得非常幸运，因为在四个孩子中，只有一个有残疾，这是多么值得感恩的事情。他们感念着真主对他们的慈悯，并热火朝天而又精打细算地过着属于他们的日子（石舒清《低保》）。突遭横祸的喜子和小米夫妇没有被接踵而至的一系列变故压垮，相反，他们的生活在经历过短暂的悲伤后，又坚忍而顽强地重新起航。残疾后的两个人总能在平凡的日子中发现生活的乐趣：他们为儿子的懂事和乖巧而高兴，香甜地吃着简单的食物和水，甚至为向日葵的开放而感到活着的美好。他们对生活知足，并坚定地认为真主对人是公平的，因为"男人自从少掉那两截小腿后，再没受啥磕碰，连个感冒发烧啥的都没得过。各种各样的恓惶人都很少得病"（李进祥《向日葵》）。①舍舍和丈夫黑娃组建的小家庭尽管并不富裕，而且还要承受艰辛的劳作，但

---

① 李进祥：《换水》，桂林：漓江出版社，2009 年，第 228 页。

是他们对生活却非常满意。夫妻和睦相处，相亲相爱，对孩子更是呵护备至。舍舍很满意她的婚姻生活，并用心地经营着他们的日子，在柴米油盐的烟火人生中感受生命的美好和生活的幸福（马金莲《舍舍》）。

　　与削平生活深度、拒绝宏大话语的新写实小说中的苦难叙事相较，当代回族文学的苦难叙事并没有陷入对生活的琐屑描摹中，更没有显现出精神的贫乏和虚无。而是在神性光芒的照彻下，向死而生，向苦而乐，常怀"发现之心"与感恩之情，进而确认苦难重压下那些浩大、强悍、坚忍的个体生命所具有的可贵勇气与灵魂深度。

清水河边的知与痛

——评李进祥的短篇小说集《换水》

大约从 2004 年起，偏居西域、远离文坛但却一直默默创作的回族作家李进祥凭借短篇小说《口弦子奶奶》逐渐纳入批评家和读者大众的视域之内。声名鹊起并没有让作家产生趁热打铁的躁动，他仍然不紧不慢，从从容容地侍弄着自己的文学园地，只有确认到"果子"完全成熟，他才敢采摘下来，让它们面向公众。清明的李进祥不做拔苗助长的智巧之举。也许，正因了他的勤谨、朴拙、不机巧的写作态度和靠作品说话的信念使他收获了更为广泛的认可。2011 年李进祥的短篇小说集《换水》获得第十届全国少数民族文学骏马奖。对此，他依然保持着惯有的沉稳平和。他的目光固执地注视着清水河边的土地和民众。他知晓这片热土的前尘往事，体恤着人心的创痛，哀悼着失掉的信仰，耐心地讲述着我们时代里人性人心的变革图景。

阅读《换水》这部短篇小说集，会发现李进祥在城市与乡村的对峙融合中，在离开—回归的传统结构里深情抒写了边地中那些被侮辱被损害群体的生之悲剧。天然暗合了大众传媒所津津乐道的"底层叙事"。然而，与时下流行的将人性人心之变毫不费力地转化为现代化进程中必然产生的衍生物不同，李进祥笔下的人物不单是被悲悯的纯然客体，人性固有的缺陷也是促成他们悲剧人生的质素之一。苦难和贫穷并不能成为道德堕落，不顾操守的万能挡箭牌，作者理解同情他笔下人物所遭受到的苦难，但他没有卸去他们应该承担的责任。所以，他对笔下的穷人、农民工和小人物保持了必要的疏离和审视。他的笔触深入人心深处，探寻他们如何在历史、社会、宗教、金钱、欲望、道德的层层包裹和相互揪扯中做出的艰难抉择。他的勘探，不只揭示时代的暗疾，还揭露人性的痼疾。

进城寻梦是李进祥笔下人物共有的生活欲求。土地的贫瘠，生活的窘迫，挤压催逼着清水河畔的人们必须从熟识的故乡出走，去陌生而纷繁的城市谋求生路。然而，外来者的身份和无常的世事却让他们在别人的城市中四处碰壁，遭遇艰险。充满诱惑的城市并未给他们带来预想的富裕、成功、体面和清洁。相反，城市向他们张开了狰狞的血盆大口，毫不留情地吞噬他们的肉体和尊严。这样一场逐梦之旅结束后，身心俱伤的寻梦者幡然醒悟：高歌猛进的城市拒斥了闯入者卑微的梦想。然而可悲的是，梦醒后他们却无路可走——城市是罪恶的渊薮，乡村是贫穷的泥淖。他们的人生命运在现代化的隆隆进程中进退失据，左右为难。

《屠户》里的马万山本是老实巴交的农民，因为忠实地恪守着农民的传统美德成为乡村老人教育子女的典范。然而，为了供养儿子上学，也为了不被妻子嘲讽，安于农人生活的他无奈之下进城打工。最终却因小小的贪婪导致了儿子的惨死。有意味的是，马万山没有将儿子安葬在他所爱恋的乡村，反而倾其所有购买了城里的墓地。城市是他的伤痛所在，却也是他世俗成功的标志，所以他固执地把儿子安葬在城里——生不能为城里人，死也要为城里的鬼。爱与恨的交织中渗透出生命的大悲大恸。同样，《天堂一样的家》里的马成和林娴儿都是从农村出走，进城谋求别样生活的人。为了成为城里人，他们吃苦受罪，坚忍而缓慢地逐步靠近理想的生活。他们似乎成功地融入了城市，可是他们的内在生活却遍布创痛，长存一个无法言说也不能言说的隐秘心结。充满难言苦痛的还有《换水》里的马清、杨洁夫妇。这对名字里包含"清洁"二字的夫妇却在短短一年的进城生活中灵肉俱损。伤残的不只是躯体，还有那曾经清洁的灵魂。那么就回去吧，回到故乡，就像马清说的："咱回家，清水河的水好，啥病都能洗好！咱回家！"事实果能如此吗？即便清水河真的能洗去杨洁身上的病痛，那么它能医治好遗留在灵魂里的伤痛吗？答案是否定的。因为在李进祥那里，城市固然暴烈残酷，但乡村也不再是美好的栖居之地。

李进祥的乡村写作没有遵从沈从文式的价值判定——城市为戕害人性之善的罪魁祸首，乡村为孕育人情之美的诗意家园。他看到的现状是千百年来积淀而成的乡村道德观正以"进步"的名义被篡改和轰毁。置身其中的人群如片片浮萍，悬浮漂荡，永远地失去了慰安灵魂的家园。《遍地毒蝎》中的瘸尔利只因会赚钱先富裕起来便惹得一村人对他充满了怨气和嫉妒。这种情绪如此强烈，强烈到村人可以漠视一个无辜小生命的消逝。而《你想吃豆豆吗？》中的阿丹不顾一切跑回农村后却发现他深爱的故乡水因造纸厂的污染变成了臭水，他喜爱吃的麻豌豆干硬苦涩，他爱恋的妻子不堪忍受身体的荒芜做出了背叛之举。记忆中的乡村早变了样，走了形，不知不觉中，这些出走的人失掉了故乡，失掉了生命中最可宝贵的东西。

由于忠于现实，长于体悟，李进祥没有将人生的悲剧全部轻巧地推给时代。他清醒地叩问悲剧成因中人性的某种恶劣根性，进而忧惧地指出，这种痼疾其实漫漶在每个人的行为举止中，成为习焉不察的集体无意识，直接或间接地导致了他人的生命之殇。《鹞子客》和《想起几个外乡人》里的群众不再是麻木的看客，而是运用暴力积极剿灭爱情的悲剧制造者。而《方匠》里的村人更为卑劣，他们见不得韩铁的幸运和成功，时时盼望着他的失败，为此，他们用下三烂的手段去勾引他的妻子，直至韩铁家破人亡才善罢甘休。女人作为弱者，她们的命运处境更为不堪。《寓言二则》里的叶赛媳妇没有被可怕的病魔夺去性命，而是死于丈夫的毒打，村长的威逼。无独有偶，《关于狗的二三事》里的女人只因不能生育便被丈夫活活打死。在这些含悲带泪的人间惨剧中，作者焦灼地揭示了人性之恶对生命的荼毒，进而指斥我们民族根性中长存的某些巨大精神缺失。

作为一个族属回族的少数民族作家，李进祥试图用他的文学抒写，让世人了解这个多灾多难的民族。在他的文学世界里，总少不了戴白帽戴盖头的穆斯林男女。他们虔诚地礼拜，大方地散乜贴，频繁地换水净身。比如《屠户》里的马万山在儿子活着的时候从不自己宰牛，而是遵照伊斯兰教的规定，请阿訇来施行。《梨花醉》里的李根老汉无论走到哪里都要带上他做礼拜的拜毡。《狗村长》中的德成老汉依然保持着去清真寺做礼拜的宗教功修。

但随着社会的迁变、环境的移易、人心的贪婪，年轻一代的回族青年渐渐背离了宗教的诸种规约。在《你想吃豆豆吗？》的小说中，我们看到以穆萨为代表的青年农民工抑制不住生命的本能冲动，他们不再理会宗教的禁忌，而是不管不顾地饮酒和找小姐寻欢。更有甚者，《宰牛》里的伊哈亚甚至从事起了贩毒的罪恶勾当，而贩毒在宗教中被论定为是十恶不赦的大罪。村里人均知晓伊哈亚爆发背后所埋藏的罪恶。可他们的选择却耐人寻味——对有钱的伊哈亚充满了趋奉，对恪守教法但贫穷的易卜拉欣则抱以蔑视的态度。在新的时代里，当宗教规约与世俗利益发生冲突时，相当一部分人选择了金钱拜物教，有意无意地贬损了宗教曾经尊崇神圣的地位。

面对教门松动、世风日下的社会现实，作者在行文中情不自禁地发出这样的感叹："现在的人有了钱就一俊遮百丑，也没人管你的钱是哪里来的。"社会转型时期流失掉的宗教信念和道德情怀对依然虔诚的教众而言，无疑增加了他们的心灵负累，他们的惶惑无助感也更加痛彻。对此，作为小说家的李进祥和他笔下的人物一样的无奈和惊恐。他们无法抗拒也无从阻止，只留下忧戚的面容，悲怆而不倦地吟唱曾经良善的生存信念和虔诚信仰。

站在社会与人性的纵深处，李进祥的怀抱是阔大的，双眼是疑惧的，思维是敞开的。他不遮蔽，不逃遁地沿着清水河寻觅人生的悲喜，一路记下他的思索和疼痛。他不拥抱前路，而是顽强地保持着回望的姿态，那里有他恒常坚守的生命真谛，他需要时时体悟，然后才能拂去时代的躁动迷离，清醒地行走。

罅隙中的女性新变

——论《海上花列传》中青楼女子的时代新变

《海上花列传》用娓娓的絮语讲述了一群青楼女子的日常生活以及她们与各色恩客情爱纠葛的故事。由于近代欧风美雨的思想浸润和都市商业文明的注入使文本具有了时代新质。得近代风气之先的作者韩邦庆用自然而朴质的笔法书写了这些青楼女子初步具备的自主自立意识，揭示出她们对父权传统规约的大胆反叛，集中呈现出这些女性在近代都市消费语境下滋生出的利欲诉求以及对传统两性关系的大胆解构。这种颇具现代意味的摹写令文本中的青楼女子在一定程度上充当了妇女解放急先锋的角色，正是在这个维度上，《海上花列传》具有了充盈的可资探讨的价值和意蕴。

翻阅中国古代堪称经典的四大文学名著，可以发现其中的女性形象的叙写几乎无一例外地被打上了深刻的男权烙印。在"五四"文学革命未发生之前，男女两性的性别认同基本上是由儒家道德体系所决定的。在这些文学作品里，或隐或显地流露出封建社会为女性妇德构建出的种种要求、训诫及掌控。《水浒传》中的市井女子如此，《红楼梦》中的贵族女性依然如故。但这种状况在十九世纪末二十世纪初期的狭邪小说《海上花列传》中却得到了部分的改观。在这部出版于 1894 年，长达四十多万言的长篇小说中，作者韩邦庆赋予他笔下的女性形象颇具现代意味的性别观念和人生理想。虽然这种变化并不彻底甚至显得十分微末，但毕竟在近代西方文明的熏染下，开始了蹒跚而曲折的前行。

晚清时代是一个众声喧哗的价值多元时代，在民族救亡启蒙的语境下，知识分子一方面试图在古老的中华大地上建立起自由民主的崭新国度；另一方面则大肆鼓吹具有现代品格和健全心智的新型国民的出现。而女性由于担负着生育和教育下一代的"国民之母"的重任，所以她们也被纳入国家—民族的宏大建构中。晚清女界改革与政治改革相伴相生，女性议题首次被置放在国家民族的大背景中，新的变化催生出知识分子对女性身份地位的重新审视。虽然青楼女子因身份的敏感和特殊性而不具备充当新型国民的资格，但是时代风气和文化却不可避免地裹挟着每一个置身其间的个体。

与传统的描摹青楼女性的文本不同，韩邦庆在"平淡近自然"的艺术追求中，有意识地让他笔下的女性呈现出颇具现代意味的女权意识及性别认同。作者用史家笔法为百年前的一群上海青楼女子作"列传"，所描述的是"十九世纪末浮沉于早期上海的一群妓女与嫖客的日常交往的事情。从《海上花列传》伊始，海派小说的叙事形象开始建立，也可以说关于女性的叙事形象开始建立"①。小说通过对这些女性蓬勃的物质欲望和都市生活经验，来细致地书写青楼女子经由私人空间进入社会公共空间的摩登生活。为读者提供了青楼女子鲜活而颖异的世俗欲望和精神状态。由于家长里短、吃喝玩乐和情爱荣枯的温婉叙述，使这部小说的女性形象相较于晚清社会流行的被置于国家—民族建构中的"新女性"形象多了几分真实蔼然感。虽然这部小说的女性主义还远未达到与

① 姚玳玫：《想象女性：海派小说 1892—1949 的叙事》，北京：中国社会科学出版社，2004 年，第 83 页。

西方现代女权主义所倡扬的女性解放相比肩的地步，但它已经为女性关注自我，注重身体的物质享乐，追求心性的自由，以及在一定程度上解构女性对男性的人生依附方面开启了一扇小小的门窗。

一、冲破妇德的重围

十九世纪末的大上海浸淫在欧风美雨的洗礼中。在这个王纲解纽、不孝不肖的弑父文化时代浪潮里，裹挟着老中国的女儿们。历经着东西方文化冲突的晚清文人们正处于敏感、活跃、勇敢、怀疑的巨大思想动荡中。西方的价值观念冲决着千百年来占据统治地位的儒家伦理道德观念，加之商业化、物质化的西式生活方式对中国沿海城市的全面渗透，促使晚清社会中的女性具有了崭新的、异质的生活理想。掌握文化知识的女性与开明男性一起，鼓吹妇女解放运动，她们要求女性自觉担负起女子对国家传种改良的国民义务，提倡女性走出家庭的束缚为实现国家的建构而奉献出女性的力量。在这样一种社会风尚之下，虽为特殊阶层的青楼女子们也不可避免地受到时代风气的熏染。身处大都市的她们在自身能力的范围内，努力追求并实现个人利益的最大化。韩邦庆及时捕捉到这些青楼女子的现代新变，记录了她们对传统妇德或主动或被动的放弃，书写出她们跳出贞操道德和家庭伦理的层层枷锁后愉快地拥抱西方商业文明的诸种情态。

在上海这个殖民化的大都市中，青楼女子因特殊的身份反而比传统女性更容易接纳西方的物质文明。彼时的她们，少了传统女性不言阿堵的清高，多了金钱利益上的计谋盘算。俏人寡情，只为钱财的社会现实令混迹风月场中的晚清文人发出人心不古、世风日下的慨叹。《海上花列传》的作者没有回避青楼女子的世俗追求，如实呈现了这些女性对金钱利益的汲汲以求。为了占有更多的财富，她们甚至会巧设机谋，布下陷阱，对多年的恩客也毫不手软。而且，这些女性对自己的身份、欲求不再遮遮掩掩，反而大胆表露，勇敢追求。沪上的青楼女子们视自己的身体为商品，大大方方地"做生意"。在她们的语言表述和行为举止中传达着这样的理念——她们的身体"生意"和男性的"生意"没有本质上的不同，所以男性没有权力在道德伦理层面上对她们指手画脚。

尤为特殊的是，《海上花列传》中的女子投身于欢场并不都是出于被迫和无奈，她们出卖身体的背后，也没有多少不得已而为之的血泪史。相反，许多女性自愿地选择了这样的生活方式。比如从乡下走入大上海寻找哥哥的赵二宝。在乡村生活时，二宝和母亲的日子虽说不宽裕，却也没有到了山穷水尽、无以为生的凄惨地步。赵二宝主动挂牌招客，完全自愿陷入由丰厚物质织就的情色网罗里。她狂热地迷恋大上海灯红酒绿、夜夜笙歌的享乐生活，为了不再回到乡村过刻板平庸的日子她义无反顾地留了下来。无独有偶，她的好朋友张秀英也是如此，只因偶然的机会进入上海，从此迷失在物质的诱惑里无力自拔。为了长久地留在都市，张秀英便毫不犹豫地做起了身体生意。当然，从传统的道德伦理方面来考量，她们的行为不值得倡扬。但不可否认的是，她们是一群开始正视身体欲望的女性，在她们的人生谋划中，她们不再满足贤妻良母的命定角色，而是魄力十足地自主选择了她们认为适意的生活方式。

商业思潮的涌动，亦改变了青楼女子和妓院老鸨的关系。从韩邦庆《海上花列传》的描绘中，我们可以得知她们之间的关系变得比较松散，形式也多样起来。此时，许多青楼女子与妓院经营者已经不复传统的依附和被依附的关系，更类似于现代意味的生意伙伴的合作关系。金钱上，她们遵照事前的约定分成。有了矛盾，红倌人甚至可以斥责鸨母，据理力争地维护自身的利益。闹翻了，还可以算完银钱走人，另觅出路。《海上花列传》中的青楼女子有了一定的知名度和独立的经济能力之后，大都有自立门户的打算，自己充当老板，不再受雇于人。例如黄翠凤赎身后便走上了这样一条发展之路，她不愿依附一个男人生活，更不愿给人做妾，而是勇敢地选择了独立谋生。还有许多诸如赵二宝这样的女子，她们从挂牌营业伊始，便是自己的老板，不必受老鸨的管制和剥削，初具职业妇女似的独立自主性。

走出家庭，融入社会的青楼女子用自己的身体和脚步丈量着每一条艰难开拓的道路，努力拓宽属于她们的生存空间。这些女人经常和客人们去游园或参加聚会等社交活动，成为城市的自由游荡者。女性生活空间的拓展意义非凡，它意味着女性对传统礼教规范的僭越。空间扩展同时暗示着女性精神和思想的敞开，从而带来个体的逐渐醒觉，进而达到自我独立和自我解放的目的。虽然青楼女子的城市游走有将自身物欲化和商品化的危险倾向，但是作为用身体和男性"做生意"的女性来说，她们的游走却在无形中颠覆了传统的"男主外，女主内"空间活动模式的规约，挣脱了长久以来女性一直被束缚在家庭闺阁的幽闭状态。青楼女子积极主动介入城市空间的目的便是为了充分地享受城市生活的乐趣。

据记载，当时上海青楼女子的活动范围已延展至大戏院、西餐厅、弹子房、跑马场、公共园林、茶楼酒肆等城市各个娱乐休闲场所。韩邦庆在《海上花列传》中多次描写到这些女性坐着华丽的马车去张园游玩的情形。譬如第八回黄翠凤与罗子富坐着四轮马车，电掣飘驰地去游园。据资料记载，开埠后，上海的张园一直是个热闹的所在，"每值春秋佳日，游人纷织，而夏日尤胜。午夜以后，好游者喜乘马车纳凉，罔不麇集于此，虽格于捕房之禁令，十二时即须闭园，而园外之草地上犹轮蹄络绎风驰电掣而来，凉露宵深，依依不去，此中以挟妓来游者尤居多数。"①青楼女子们如盐着水般地融入上海的都市生活中，她们与男子并相杂坐、谈笑风生，享受着新兴娱乐业带来的诸种便利，炫耀着女性的美丽姿容和华贵的衣饰。通过消费享乐，女性自身的欲望在一定程度上得以释放，隐含着女性对自由平等的两性生活的热望。青楼女子作为女性解放的"开路先锋"，确实在潜移默化中影响着其他女性群体的穿衣打扮，激发了她们挣脱闺阁枷锁，融入社会公共空间的欲念。

父权传统的掌控下，在漫长的中国古代社会里均是由男性的话语权利操纵着整个语义系统。男性创造了女性的词语，创造了女性的价值和她们的行为规范。总之，男性创造了有关女性的一切，同时也便塑造规定了女性的一切。在话语使用上，男性更是为女性设置了诸多的清规戒律。"内言不出，外言不入"，"七出"等律例，剥夺了女性自己的声音。女性在这种系统中被遮蔽和埋没，一如她们的经济、政治处境，均带有边缘化的特征。在男性话语原则的严密监视下，女性总体上处于失语的焦灼状态。但《海上花列传》中的女子们却敢于反叛这一金科玉律，在男人们的世界里，她们凭借一张利嘴，游刃有余地表达自身的意愿，反击男人们的话语压迫，维护自身权益。

譬如第九回"沈小红拳翻张蕙贞，黄翠凤舌战罗子富"一回，便淋漓尽致地摹写了青楼女子在咄咄逼人的男性话语体系面前的不甘示弱。黄翠凤伶牙俐齿的一番论辩，使她的恩客罗子富甘拜下风，承认自己的嘴是说不过黄翠凤的。话语权的部分拥有，看似简单，却蕴含着复杂而微妙的情势，只有否定男性的话语权，拒绝男性的话语规范，才能开启女性对男性中心的社会积习、对整个男性统治秩序的反动和叛逆。唯其如此，女性才能保有自身的独立和自主，才能打破男权稳固有序的话语

① 胡祥翰：《上海小志》，上海：上海古籍出版社，1989年，第22页。

剥削。

二、追逐物欲的享乐

十九世纪末的大上海如同被西方社会强行注入大量激素填充起来的巨型婴儿。他先天带着农业社会的固有胎记，而后天西方资本主义的催熟又使之看起来显得过度肥胖，一时间给国人带来亦东亦西、不伦不类的怪异感觉。但无论接受与否，其商业气息已经渗透到生活的各方各面。在上海，人们的生活环境、生活方式与传统农业社会相较显示了巨大的不同。随着中外贸易的迅猛发展，商业繁荣、百货繁复、商贾云集、洋货充盈已经成为晚清上海最重要的标签之一。它的城市景观和消费娱乐空间呈现出向所有人敞开的态势，不论身份贵贱高低，只要拥有金钱，具有消费能力，便可以消弭阶层的差距、权势的悬殊、声望的高下，自由游弋在大上海的花花世界里。

彼时，商业贸易活动成为人们经济活动和社会活动的中心。它激荡、诱惑着所有侧身其间的人们。"做买卖"的商业思维深入人心，生意人的社会地位不再卑贱，反而受到人们的普遍尊敬。商业的强势介入，改变了传统社会千百年沿袭下来的生活观和义利观。在大上海，儒家的"重义轻利"价值观逐渐式微，而"重利轻义"的价值观念则大行其道。在现实生活中，金钱变得至关重要，它的多寡，意味着身份地位的高低，以及掌控生活的强弱。商业观念的深入人心，使青楼女子学会了用商业的眼光来衡量一切，男女之间的情感也被纳入其中进行称量。如何最大限度地享受商业时代带来的好处，成为她们生命中的重中之重。小说中的当红倌人们在金钱的攫取方面毫不手软。类似的例子不胜枚举。比如沈小红短短几个月便花费掉王莲生两千多洋钱；黄翠凤一年仅仅出局一项便可以赚到三千多。嫖客们为讨她的欢心，更是花费大把金钱在她的身上。罗子富当初迷恋她时，送的一个金臂钏就价值一千多洋钱；周双玉因当不成朱淑人明媒正娶的妻子便立即断了与对方的情感纠葛，狠狠地敲了一万洋钱来弥补自己的损失。深谙金钱重要性的上海妓女与晚清以前的同行们相比没有了情感上的期期艾艾，更不会为负心的男人舍弃性命。一旦自身的利益受到损害，她们会毫不妥协地与恩客们进行斗争，用金钱的索取，换得心理上的平衡，更为今后的生活提供物质上的保障。这些青楼女子明白在唯利是图的风月场所中，男人们逢场作戏般的感情是不可靠的，只有抓到手的金钱才是安身立命的根本。所以，一旦感情受挫，她们唯一能够想到的便是用金钱进行弥补，以保障未来的生计。

《海上花列传》中的青楼女子在上海的商业消费浪潮中随波沉浮，充分享受金钱消费带来的生活便利及身心愉悦。有了金钱，便可兑现物质上的享乐，体会消费的快感。饮食上，她们除了享受传统的中餐外，来自异域的西餐也成为她们喜爱的食品。"吃大菜"成为上海滩的新时尚，小说第十九回写众人为商人黎篆鸿祝寿，所吃的便是"外洋所产水果干果糖食暨牛奶点心"。席终之后，"各用一杯牛奶咖啡，揩面漱口而散"。此外，西洋的香槟酒这些怡情悦性的高档消费品也已经进入了青楼女子们的日常生活，成为寻常的饮品。上海商业化都市的繁荣在第六回吴雪香和葛仲英到大马路亨达利洋行购物中得到充分体现。韩邦庆对亨达利洋行内奇巧新奇的商品进行了细细的描摹：

> 一眼望去，但觉陆离光怪，目眩神惊；看了这样，再看那样，大都不能指名，又不暇去细细根究，只大略一览而已，那洋行伙计们将出许多玩意儿，拨动机关，任人鉴赏。有各色假

鸟，能鼓翼而鸣的；有各色假兽，能按节而舞的；还有四五个
列坐的铜铸洋人，能吹喇叭，能弹琵琶，能撞击金石革木诸响
器，合成一套大曲的；其余会行会动的舟车狗马，不可以更仆
数。[①]

葛仲英选取了齐备的应用物件，吴雪香则精心挑选了还是奢侈品的
手表，这些都由葛仲英买单，让洋行伙计送货到家。此外，《海上花列
传》中的女子不仅外出选择光顾西洋商行，而且她们的闺房内部装潢也
开始仿照西洋的式样，力图达到富丽堂皇的效果。阔大的穿衣镜、舒适
的沙发、华丽的吊灯等现代化的西洋家具无不具备。物质上的充裕不仅
方便了青楼女子的日常生活，更满足了她们的虚荣心，使她们体味到商
业社会的诸种好处。

小说中，韩邦庆仿照《红楼梦》对女性日常生活琐事的细节描写，
也详细交代了这些青楼女子的饮食起居，行动坐卧。尤其对她们的穿衣
打扮更是不厌其烦地一一呈现。服饰除了具有原始的遮羞蔽寒功用，还
隐含着当时的社会文化和人们的社会心理。在摩登现代的上海，青楼女
子通过炫人耳目的奇装异服吸引众人的关注，引领着上海的都市审美时
尚。当然，对服饰的倾情投入与青楼女性的职业特点紧密相连。作为一
个以貌娱人、以色侍人的群体，天生美貌固然重要，但后天的妆饰打扮
也是必不可少的。要想在竞争激烈的行业中脱颖而出不费心思计谋是不
行的。因之，服饰上的花样翻新、穷极巧靡显得尤为重要。

譬如城府极深的黄翠凤为了吸引更多的恩客，便抓住一切机会展
示自己的魅力。尤其坐马车兜风前总不忘精心修饰："拣一件织金牡丹
盆景竹根清杭宁绸棉袄穿了，再填上一调膏荷皱面品月缎脚松江花边夹

---

① 韩邦庆：《海上花列传》，北京：人民文学出版社，1982 年，第 44 页。

裤，又鲜艳，又雅净"，如此一来，果然效果奇佳，竟至于让风月老手罗子富失态到"呆着脸只管看"的地步。除了中国传统的服饰，西洋做工精良的衣料布匹在青楼女子中也大受追捧。为了求新求异，达到鹤立鸡群的效果，她们中的许多人纷纷采用西洋面料来裁制衣服。乡下姑娘赵二宝和好友张秀英初入上海之时，便对上海的流行服饰目眩神迷，心向往之。她们迫不及待地买来了西洋的云滚茜纱面料，还穿上了蓝洋布背心，招招摇摇、快快乐乐地跌进令人目迷五色的都市生活里，不能自拔也不愿自拔。

华丽的服饰，多变的发型，加之价值不菲的金银珠宝的佩戴，使上海的青楼女性身上体现出商业繁华的胜景。她们通过奢靡富丽的妆饰来彰显自己的富足和美丽，成为城市中一道独特而又不容忽视的景观之一。不管良家妇女对青楼女子的态度如何，却在实际生活中有意效仿她们艳丽奢华的穿衣打扮。抛弃传统妇德观念，行走在社会公共空间的青楼女子潜移默化地引领着上海女性的时尚之风，她们自身便也成为开风气之先的一个群体，并在这个过程中享受商业社会带来的乐趣，肯定自我和自由的价值。

三、婚姻关系的解构

封建文化对传统女性的规约，主要经由性别角色的规定来达成。正是性别角色的不同体现了父权文化对女性的设计，如将两性性别角色关系的认识寓于乾坤阴阳等本体论的思想中，其隐含的文化意味昭然若揭，那便是天尊地卑、阳主阴次，男女的地位从而被强行确立。完整的一套规范女性思想行为的文化体系在历代封建父权文化的演绎中更加完善和缜密，甚至发展到推举几个女性代言人来规谏同性从而达到更加隐蔽地束缚女性的目的。这样的合谋具有强大的榜样作用，同样也为文化压迫罩上了一层甘愿如此的粉饰面纱。

千百年来，女性接受的教育便是知晓身为女性的天然附属性，即在家从父、既嫁从夫与夫死从子的三从理念。在这种规约中，她们的活动范围只是家庭闺阁。角色也被规范为单一的家庭角色——女儿、妻子、母亲。因此"中国的妇女解放实质上就是女性角色的解放。女性只有通过打破由父女、夫妇、母子组成的，以男性为目的、女性为手段的不平等关系集合体，才能摆脱单一的家庭角色，追求自由的多元化角色"[①]。青楼女子的特殊身份使封建的文化规范发生了裂变，她们的人生至少在一定程度上摆脱了父女、夫妇、母子的角色定位，活动空间也从家庭的四角庭院扩展到繁华都市中的各种消闲娱乐场所。

在大上海这个物欲高涨的地带，青楼女子的身体是男性乐于利用和消费的物品，在这里，性与商业意识相伴相生，彼此纠缠。也正是这一新变，当男性用充满情欲的目光窥探女性身体的同时，青楼女子可以凭借个人好恶自由决定是否接纳，而不必有身为妻子不得不如此的压迫感和无奈感。在《海上花列传》里，许多女性均可以相对自由地支配她们的身体，部分体现了个人具有的自由和自主。虽然青楼女子的身体依然没有跳出被物化和被商品化的厄运，但是她们秉持的却是等价交换、自主互利的原则。与传统的婚姻内被规定和被强迫的角色定位明显不同。这方面具有代表性的便是沈小红与王莲生的情感关系，他们在一起长达四五年之久，王莲生在情到浓处时也提出过要纳沈小红为妾，但自由惯了的沈小红却有意推诿，不愿受家庭生活的限制。更为大胆的是，沈小红在王莲生之外，还暗中与年轻英俊的武生小柳儿关系暧昧。她用从王

---

① 刘光宇、冬伶:《女性角色演变与中国妇女解放》,《山东师大学报》,2000 年第 2 期。

莲生处得来的金钱贴补情夫，养起了小白脸。显然，她认为她的身体和情感除了赚取金钱谋生外，亦有自由自主的支配权，她正视女性身体的欲望，享受生命的欢娱。为了这种自由，她甘愿放弃传统的家庭依附关系，不愿成为妾室，也不想担负起妻子必须贞洁自守的责任。

值得注意的是，《海上花列传》中的青楼女子们对那些心存幻想、欲要长久地跟定特定客人的天真想法充满了鄙薄。理智清明的她们早已窥破了男女情爱的虚妄和短暂，明白欢场中的男子都是不可靠的，他们的誓言更不能当真。如果哪个痴情女子真相信了恩客们的话，不仅金钱利益上要遭受损失，还要面临沦为别人谈资笑料的尴尬。比如赵二宝、周双玉、李淑芳三人都曾有过与恩客缔结姻缘的向往，但是没有一个人能达成心愿，最终全都落了空。相较之下，大多数青楼女性则是明敏与睿智的。她们早早打消了那份为人妻为人母的心，周旋在不同的男人间只为了赚取钱财，不愿空妄地投入过多的感情，从而减少了情伤的负累，落得自在悠闲的生活。这一转变背后潜隐着青楼女子对传统两性关系的怀疑、嘲讽和弃置的心态。她们用疑惧的态度来看待男女两性的情感，对传统的婚姻家庭生活充满了不屑。走出家庭，融入社会的青楼女子不再寻求婚姻的缔结，而是通过占有金钱来保障自己的生活。

《海上花列传》中的青楼女子形象与传统的妓女形象相较，呈现出颠覆性的巨变。传统的青楼女子如霍小玉、杜十娘等，她们钟情一个男子时便将全部身心都投入了进去，苦苦地痴恋。当遭遇到背叛时，明知道自己所托非人，却依然痴情不改，甚至还要赔上自己的身家性命。说到底，她们依然期盼着有一个男人来依附，当这种依附断裂成空之时，便觉得自己的生命也没了意义，所以她们的选择往往是决绝的，悲剧性的。而《海上花列传》中的女子面对男性和情爱的时候，却保持着一份清醒和算计。她们精刮地投入，细细地计谋，真真假假，虚实相间地与嫖客们玩着"拟家"的游戏。即便是周双玉和朱淑人这一对情窦初开的少年爱恋，也夹杂着金钱利益上的揪扯，当双玉意识到淑人的背叛时，她立即收回了曾经的期盼和不切实际的想法，转而为今后的生计打算。为此，周双玉抓住有利时机，狠狠地敲了朱淑人一笔洋钱。而曾为人称道的陶玉甫与李淑芳的生死爱恋似乎谱写了青楼女子与恩客之间真诚爱恋的传奇。但是深较起来，却也并不是那么纯粹和超然。其间依然夹杂着男女各自的心思和计谋。陶玉甫始终不能娶李淑芳为妻，除了家庭的阻碍外，他自己对这桩冒天下之大不韪的婚姻也没有表现出多少坚决的勇气。他的懦弱和犹疑是导致情人郁闷而死的关键因素之一。同样，李淑芳在投入真情的时候，也没忘维护妓院的经济利益，她将年幼无知的李浣芳推荐给陶玉甫，要他看顾好她，此举巧妙地保证了妓院客源的稳定，使妓院不会因她的去世而蒙受生意上的损失。

诚然，在一个整体上均是男权主导的社会语境下，青楼女子逃不脱本质上对男性的依附关系。但在传统父权文化和西方资本主义商业文化的互相对峙中，却给青楼女子留出了一块既背离传统，又不完全靠近西方文明的可争议地带。这个地带狭小紧窄，犹如一道罅隙，然而却提供了一条女性从私人空间过渡到公共空间、从物质世界行进到精神世界的路径。为即将到来的真实的女性自我叙事开启了一扇弥足珍贵的门窗。

守望神性的湘西

——评聂元松的散文集《湘西记忆》

湘西，一个诗意而神性的文学原乡。在这里，土家文化、苗族文化、汉族文化的汇融滋养，建构出湘西这块天然长养文学食粮的沃土。独特的地域文化，孕育出丰硕的成果。从古代的诗文辉煌到现代的新文学实绩，湘西大地上培植出的文学植株根深叶美，绵延不绝。

在中国现当代文学史中，沈从文深情而热切地描摹出湘西大地一群"地之子"蛮强而质朴的生命活力。作家用清新、纯雅的语言再现了故乡山水的恬淡静谧。在极富地域文化的风土人情中构建人性的"希腊小庙"。接续沈从文文学薪火的韩少功则继续探寻湘西大地的文化根系，发掘含蕴其间的楚文化的烂漫神秘，并在历史积淀与人情世事中寻找我们民族的种族之根与因循之痛。在这些作家所建构的文学世界中，彰显出湘西大地迥然殊异的文化样式和审美理想。当热爱文学的读者惊异于沈从文和韩少功飞扬的文学想象，痴迷于湘西文化的灵动、神秘、诗意、古朴之时，必然会产生探寻与了解现实湘西世界的意绪与心境。因为作家的内在精神，必然需要地域文化的细滋慢养；文学作品呈现的面相，也必然带着特定地域的文化密码和风俗遗韵。

也许正因如此的探寻冲动，才有了与聂元松的散文集《湘西记忆》

的因缘际会。细细阅毕《湘西记忆》中的文字，明晰了湘西文化的繁复缤纷，也就不难理解沈从文和韩少功等作家对神秘诗意湘西的刻骨记忆与灵动书写。从地域文学维度来看，聂元松的写作无疑是对现代人文文学的承续。

《自序》中，作者深情而动容地写道："在岁月的尘埃消磨了祖先曾经的足迹、掩埋了他们曾经鲜活表情的今天，幸好我们还拥有湘西这片古老而神奇的土地，这里雪藏着人类文明的碎片，这里蓬勃着先人原始的表情。而守护者正是书中这些湘西淳朴可爱的山民……这是一场何等漫长艰辛的旷世守望，又是一段如此感天动地的文化苦旅。"身为土家族的湘西女儿，聂元松对翠翠、夭夭、三三们的生命故事与日常生活熟稔感怀，对痴心不改、薪尽火传的湘西文化的保持者和传承者漫溢着无上的敬畏和感佩。透过这些带有心音体感的清丽文字，读者解读出的是作家对故土的挚爱，对文化湘西的真情守护，以及寻找人类健康、古拙、合理而又不可或缺的生命活力的炽热情怀。

《湘西记忆》具体分为守望诗心、复活记忆和传承天籁三个模块。概而言之，三个模块集中书写了至今依然存活在湘西民间的语言文化、工艺文化和表演文化。作者巧妙而睿智地选择了十八位国家级非物质文化遗产继承人来集中展示湘西文化的婉妙多姿。如苗族银饰的传承人龙米谷、麻茂庭，土家织锦的传承人叶水云、刘代娥，踏虎凿花的传承人邓兴隆，蓝印花布的传承人刘大炮，毛古斯舞的传承人彭英威，土家梯玛的传承人彭继龙，摆手舞的传承人田仁信，苗族鼓舞的传承人石顺民，打溜子的传承人罗仕碧，土家咚咚喹的传承人严三秀，辰河高腔的传承人向荣……这些非物质文化遗产及其继承人携带着古朴的诗意，激情昂扬地持守着祖先的文化传统。

翻开岁月泛黄的旧历，可以发现这些传承人大都历经过特殊年代政治风暴的裹挟，物质的窘困与生存的压力成为挥之不去的阴霾。然而，即便如此，他们也没有放弃对湘西文明的呵护。例如土家族摆手舞的传承人张明光在"文化大革命"中目睹了摆手堂被捣毁，服装、道具、资料也被焚毁的惨痛场景，但他始终没有放弃对摆手舞的练习，私下里常常偷偷默念祈祷词，温习摆手舞。无独有偶，辰河高腔的传承人向荣也在政治风暴中被打成了"牛鬼蛇神"，被迫回到农村老家以种田行医为生。即便如此，他也无法完全放弃对辰河高腔的挚爱，上山采药或行医之余，总要在无人之处唱上几句……这样的例子俯拾皆是，折射出湘西民性的坚忍以及湘西文化的恒常魅力。

聂元松的《湘西记忆》执着而纯雅地叙写了一个文化的、地域的群体在湘西大地上面对历史与世事、政治与文化、生存与超越、俗事与灵魂之间的冲突与谐和。在作家的艺术世界中，传统的、质朴的、神性的湘西文化、乡土及乡民迎面向读者走来，在一种明白如话的家常叙述中，真实、温润、庄重地敞开，渐次入目入耳入心。由此，沿着人文湘西的路径一路检索，可以发现从沈从文、韩少功直到聂元松，现代人文文学的传统虽崎岖蜿蜒，却绵延不绝地向前伸展。人文的、素朴的湘西犹如一块恒定的空间，隔绝着喧嚣时代的浮躁与欲望，纯然而固执地呵护着先祖们世代累积的文化遗产。

然而，坚守湘西人文文化的传统并非易事。全球一体化的发展，现代物质文明的强势入侵令湘西文化的传承者面临巨大的挑战，携带着人类原初文明的湘西文化不得不直面后继乏人或断代消弭的惨淡现实。在《湘西记忆》中，聂元松满怀喜悦地搜集整理着湘西文化的"常"，倾情书写这些非物质文化遗产传承人的坚守姿态。但作家并未忽视湘西文化在当下时代的"变"，这种"变"是消费社会无孔不入的主动侵蚀造成的。那些灿烂而可珍重的文化遗产，无可避免地遭受着被搅扰，被支离，被损害，甚至被消解的厄运。面对如此境遇，作家在《湘西记忆》的字里行间屡屡传达出作为文化坚守者的现代性忧思和内在性焦虑。现代工业的大发展，挤压着传统苗族银饰、土家织锦、蓝印花布等工艺文化的文化蕴意和私人化的个性表达；现代娱乐业的发展，挤占着毛古斯舞、摆手舞、土家梯玛等表演文化的拓展空间；商品经济的潮流涌动，压榨着年轻一代的时间精力，使他们无法宁静心绪，赓续传统。

文章中，非物质文化遗产的十几位传承者几乎都面临着古老文化后继乏人的严峻局面。作家真切地诉说了古老而诗性的湘西文化在现代性的路途上艰难跋涉的蹒跚身影，揭示出传统的人文文化在商业社会物欲生存观念影响下的困局。传承者们的焦虑、寻找与期待，与虔诚爱慕湘西文化的作者如出一辙。在这场孤独的文化苦旅中，守护者们珍重的是人类永恒的生存意义，敬畏的是可贵的人文诗学传统。

或许，在聂元松的一些文字中，个别篇章的叙述和抒情显得公共有余、个性不足，而且篇末升华的陈旧模式还时有闪现。所幸的是，这些不足皆因作者强烈的人文信使的自觉承担所致。也是因了这些微末的瑕疵，我们才更见作者对湘西文化及故土家园的骨血般的钟情眷顾。

"记忆"，一个代表过去，带着淡淡感伤的语词。作者用"湘西记忆"来命名她的文字，潜隐的忧思与焦虑不难想见。唯愿人文的湘西不会变为前尘往事，只生长在黯然的记忆中；唯愿千百年后，我们不仅在文字中能够复活湘西的神性魔力，而且还能感知活在现实中的、独属于湘西的人文之魅。

论当代宁夏回族文学的书写困境

新时期以来，宁夏回族文学以其民族风情的彰显、宗教情结的深浓及道德伦理的坚守而成为中华文化版图中令人瞩目的存在。作为偏居一隅的边远省区，宁夏回族文学的创作实绩不容小觑。石舒清、李进祥、马金莲、查舜等作家及其作品日渐被批评家和读者所熟知。然而宁夏回族文学在构成独特风景线的同时，也潜隐着诸多问题。这些问题犹如旋流和旋涡，羁绊着宁夏回族文学向经典文学攀爬的步伐，影响了它本该具有的磅礴气象及精神厚度。

一、乡土书写的浅表化呈现

"乡村与作家似乎存在着永远不能拆解的精神关联，乡村是作家永远的精神故园，是一个遥远而又亲近的梦。"① 当代宁夏回族作家大都具有乡村生活经验，他们的文学创作也多以乡土题材的写作为书写重心。目前比较优秀和活跃的宁夏回族作家几乎无一例外地以乡土题材的写作蜚声文坛，而能够代表他们创作水准的作品，也大抵与乡土题材有关。

① 孟繁华：《本土叙事与全球化景观》，《当代作家评论》，2003 年第 3 期。

宁夏回族文学的乡土书写承继了"五四"乡土文学的写作路径。狂飙突进的文学革命发生后，乡土文学被赋予了启蒙的现代性诉求。对于鲁迅及其之后出现的台静农、王鲁彦、蹇先艾、彭家煌等乡土作家群来说，乡土书写是他们以知识分子的俯视目光揭批老中国儿女国民劣根性的利器；而在沈从文的文学理想中，乡土题材的写作是他建构"人性小庙"的桃源圣地。他笔下的乡村人性是淳朴、善美而又强悍的，与城市中虚伪、丑陋、毫无生气的人性人格形成鲜明的比照。由此，乡土文学从构建之初就呈现出两副不同的面孔——现实的精神揭批与记忆的温情缱绻。深受影响的当代宁夏回族作家的乡土文学书写呈现出批判性与抒情性兼具的特色。但由于对故乡血地的深情眷恋，入乎其中的宁夏回族作家拘囿在吾土吾民的情感融入中，很难以客观和冷静的态度去审视洞察乡土世界的病灶和症结。

在乡土题材的写作脉络里，虽然类似阿Q式的人物形象并不鲜见，回族作家也以体恤的态度揭示了农民在社会历史中被侮辱与被损害的世相，但绝大多数作品却不能站在历史的纵深处和时代的新高度给予冷峻的剖析，而是依循现实生活的逻辑，将乡村人性放置在世俗生活实践层面，不断地发出"哀其不幸"的喟叹。乡村人物人性的缺失与悲剧性人生的酿成，则全部被归结为社会与时代的外部罪责所致。与"五四"乡土现实主义作家相比，宁夏回族作家在历史理性和追问生存本质方面还存在着根本性的欠缺。在情感体认和创作路径上，宁夏回族作家更倾向沈从文式的浪漫乌托邦叙写——吟唱乡土人生的诗意温情和人性善美成为回族作家乡土文学的主流和正宗。譬如马金莲的《父亲的雪》《山歌儿》《柳叶哨》；石舒清的《小青驴》《逝水》《残片童年》《节日》等，均传达出乡村社会人情暖热的古朴之美。虽然乡村生活面临着物质上的艰窘，但宁夏回族作家们所建构的生命世界却洋溢着勃勃生机。贫困而恶劣的世俗生活在安时顺命的人生哲学下得以纾解。在不断刻意营造的边地风情里，现实与理想、困厄与顺遂、麻木与质朴调和在一起，从而造成了艺术情境的清浅与单一。

诚然，"在部分少数民族作家的头脑中，由于本土文化的规定，往往更多地依赖于理想主义、浪漫化的历史主义或乌托邦理念。这些理念不是不可以表现，而是这些理念不应当成为当代少数民族文学创作的全部目的。"①当代宁夏回族文学中的乡土书写在记忆的回望中维系着田园牧歌式的写作。但这种理念的重复式书写，在某种程度上规避了人类文明的历史演进，忽视了新的时代背景和人性之变，导致它所包含的美学价值的逐渐贬值。

与主流汉文学一样，当代宁夏回族文学在乡土文学书写传统中有意设置了乡村与城市这两个截然对立的世界。作家凭借他们的乡村生活阅历和对城市的想象性叙事，峻急地批判城市文明的种种弊端。他们固执地确信，如果不是现代文明的罪恶入侵，乡土世界依然会秉持上古社会"路不拾遗，夜不闭户"的纯净美好。而城市则是罪恶的渊薮，"近百年来中国文学写到城市，基本上都是与肉场、欢场、角斗场、绞肉机、火坑，与嗜血者、阴谋家、道德败坏者、伪善者等画等号的。启蒙文学如此，革命文学如此，当下的乡土小说同样如此。"②宁夏回族作家在叙写到现代都市时，情不自禁地站在传统乡土文明的价值和伦理立场上否定城市生活的种种"怪现状"。

例如宁夏回族女作家马金莲的文学书写中充满了对都市的拒斥与恐惧，在她近些年创作的《短歌》《贴着城市的地皮》等作品中便极为典

---

① 欧阳可惺：《再谈少数民族文学中的本土意识》，《民族文学研究》，2000 年第 1 期。

② 周保欣：《论乡土写作的困境》，《文学评论》，2011 年第 5 期。

型地传达出城乡对立的二元思维模式。李进祥的《你想吃豆豆吗?》《换水》等作品则将都市作为异己力量,揭露罪恶都市对乡土中国善与美的侵袭与解构。在当代宁夏回族作家笔下,乡村人物一旦进入城市,就会面临德行操守的严峻考验,而苦难的人生大幕则必然开启。商业文明的冷酷律令不仅残害着乡村底层人物的肉身,更以看不见的手撕扯着他们的灵魂,让他们饱受信仰坍塌的精神磨难。进入城市,便意味着人性的堕落、灵魂的扭曲和情感的残破,城市之恶被书写得淋漓尽致,而在乡村之善的写作维度中,多集中于淳朴、坚忍、仁厚等简单的德行上。在这种泾渭分明的价值预设里,宁夏回族作家们往往会落入概念化和道德化叙述的窠臼中,从而不可避免地失掉了人物形象的阔大与厚重。凝滞的写作理念,固化的思维模式,窄化了文学想象的空间与艺术体验的宽度。此外,面对时代的失语与回避策略,一定程度上也影响了作家们对乡土题材的深层审视与深入勘探。

无论是本国的鲁迅、沈从文,还是他乡的福克纳、托尔斯泰,读者都能在他们笔下见到乡土文学的多维面影。乡土文学犹如地母一样孕育出无数伟大作家和他们的经典作品。所以,乡土文学本身是一座富矿,但如何挖掘、何种角度的挖掘便显得至关重要。停留在前人掘进的层面,或者干脆只在外部草草逡巡而归的人注定与瑰宝无缘。当前,宁夏回族作家不仅要书写乡土经验,而且要敢于创造乡土经验。以现代意识与历史理性去展望乡土文学的未来与远方,充分发挥作家的创作灵性和才能,从既定的观念与束缚中超越出来,发现别人还未曾发现的生存样态。唯有如此,宁夏回族作家的乡土文学才能摆脱清浅,达于深邃。

二、现实生活的镜像化描摹

美国理论家艾布拉姆斯在讨论十九世纪以前小说历史的时候，提出了三个著名的比喻，即"镜""泉""灯"，而这三个比喻则神奇地对应了西方文学史中的"现实主义""浪漫主义"和"现代主义"。在浪漫主义发展之前，是现实主义的一统天下。同样，在中国文学史上，现实主义文学也占据着醒目的位置。尤其是二十世纪九十年代以来，随着"个人化写作"的兴起，个体经验成为现实主义文学的核心表达和创作源泉。"可以说，经验既是现实，又是意识；既属于对象世界，又是主体的认知实践；既具有'真实性'，同时又非绝对的'客观真理'。它符合当下急剧变动中中国人的感受方式与特点，也符合文学中'现实'的再度攀升。"①

个体经验的书写，有其发生发展的内在逻辑与存在的合理性。它是中国固有文学传统的复活，更是认识论哲学在文学领域中的神威大显。更重要的是，在当代文学史的坐标里，它构成了对宏大叙事和巨型话语的突破与拆解，矫正了此前被意识形态束缚后变形和扭曲的文学主题。这一变化，承载着新时期以来，随着"人"的发现与觉醒而重新认识自我的现代性诉求。与主流汉文学相似，当代宁夏回族作家的文学创作大都采用现实主义的创作方法，而且尤其强调对个体经验的叙写。作家们可能缺乏写作技巧及写作经验，但却从来不缺少生活和写作的素材。以个体经验为内容的作品俯拾即是：民俗节庆的细致呈现（古原：《斋月和斋月以后的故事》）；四时农事的艰辛劳作（马金莲：《永远的农事》）；家族往事的爱怨情仇（马知遥：《亚瑟爷和他的家族》）；人情世故的冷暖自知（石舒清：《底片》），等等。这种叙述有其天然的优势，呈现出

① 张清华：《当代文学如何处理当代经验》，《文艺争鸣》，2011 年第 1 期。

毛茸茸的原生态生活面貌，在亲切可感中增强了日常生活经验的丰富性。由此可见，个体经验书写成为宁夏回族文学的主要叙事策略，也是作家们最为倚重的创作源泉。

但是，现实主义文学并非完全等同于现实生活。文学反映现实生活是其最基本的要求，然而从艺术和叙述的维度而言，现实主义自有其逻辑和美学上的严格要求。当下宁夏回族作家的作品"高度地关注现世、关注生活，但问题是，这未必意味着我们能够'贴近'它，我们提供的可能仅仅是表象，而不是经过思想探索的'真实'"①。文学创作中的现实生活逻辑，与日常生活中习以为常的逻辑常常处于悖反的情状。不能把现实主义文学机械地理解为对生活的粗疏模仿。有时，为了更深刻更真实地呈现出罗伯·格里耶所说的那些"浮动的、不可捉摸的现实"恰恰需要借鉴诸如拉美文学中的寓言化或魔幻化叙事。譬如在《百年孤独》里，马尔克斯将马孔多小镇上的人生故事和繁复驳杂的现世生活悉收笔底，与此同时，作家又恰切而生动地隐喻了历史与存在的无穷奥秘，从而获得了更高意义上的真实。

遗憾的是，当代宁夏回族文学的现实主义书写被严格限囿在个体经验中所面对的现实生活层面。对人世的种种不公和生民的生存苦难，停留在镜像式描摹和事无巨细的琐碎书写里，由此导致了文学与现实生活的距离太过紧密，甚至部分作品与纪实文学和记者报道无异。典型的表征为地域风情和民俗节庆被机械而大量地建构，以至于有些批评者尖锐地指出作家们不过是一窝蜂地干着"贩卖荒凉"的投机写作。

这些批评是否过于极端有待商榷，但不可否认的是，宁夏回族作家的文学创作确实存在自我重复之嫌：当我们割裂地看待某一部作品时，会有新异和精致之感；但当我们将这些作品进行整合性阅读时，则会产

① 李敬泽：《作家终究要和心灵对话》，《人民日报》，2009 年 12 月 26 日。

生令人气馁的审美疲劳，逐渐丧失了持续关注的兴趣。一个不容忽视的常识是，无论平庸之作，还是经典之作，都是现实生活的反映与再现。但作家们在反映现实的深广度，切入生活的层面视野和勘探人类存在真相的能力方面却存在着云泥之别。不论是现实生活，还是个体经验，当它们进入文学创作领域之时，都必须要经过作家艰苦的审美提炼与艺术升华。否则，艺术与生活，形式与题材的结合就会过于紧密，就会不可避免地造成文学作品的粗疏与失范。而且，个体经验的泛滥讲述容易导致作家的文学创作生命被迅速地消耗，文学创作会陷入难以为继的困境中。文学史上，类似的前车之鉴并不在少数。

总之，现实生活如果不经哲学思想的观照，不放置在新的人文人世之变的背景上加以表现，便很难窥破存在的真相和那些"看不见"的世相人心，更谈不上基于个体真理的新鲜发见，达不到与伟大心灵对话的高度。当作家们以充分的认同感循规蹈矩地遵循现实生活时，当高度相似的个体经验和地域文化能够毫无险阻地将罪与罚、生与死圆融化解时，当文学创作中充满了历史必然的判定和对老旧规约的不经省察的认同时，现实主义文学的伟大内涵只能被粗暴地简化，而文学是人学的常识或遭到曲解或依然悬置。

鉴于此，宁夏回族作家的写作亟待走出个体经验的陷溺，要在更为广阔驳杂的精神空间中使经验获得存在的品格。努力在文学书写中建立起思想、文化和美学上都"有意味"的艺术创作路径，并警惕可能滋生出的褊狭的地方中心主义的魔障。质言之，日常生活中的个体经验必须被放置在存在主义和人文关怀的维度上才能获得审美的意义。

三、文学思想的封闭保守

地域文学具有自足性是其题中应有之义。宁夏回族作家挚爱家园，甘于寂寞的精神坚守更易将这种自足性发挥到极致。问题是，自足性过于强大，则会导致文学创作的封闭性和落后性。新时期以来，各种文学思潮风起云涌，从伤痕文学、反思文学、改革文学再到寻根文学、先锋文学、新历史主义等，这些文学思潮或深或浅地影响着地域文学的写作。但宁夏回族作家却很少受到文学变革的影响，他们更愿意在一个熟悉稳妥的"自留地"中埋头耕耘。

然而，一个不能否认的常识是，作家尽管可以寂寞地固守自己的写作根据地，但却不能在文学创作与美学思想中故步自封。当代文学的创作实绩在总体上不尽如人意的原因之一便是许多作家的写作理念沉滞落后。对此，蔡翔曾批评道："八十年代的文学界有一个优点，它和思想界是相通的，思想界有什么动静文学界都有响应，甚至那时候文学界有时还走到思想界的前面。可现在，文学界就是文学界，躲进小楼成一统，成了自我封闭的小圈子，根本不注意思想界和学术界发生了些什么，这使得九十年代作家视野很窄，有种小家子气。"令人担忧的是，宁夏回族作家中极少数人能够意识到这些问题。大部分作家已经形成了固化的创作模式，没有探索和继承经典文学艺术经验的勇气。甚至固执地形成一种共识——宁夏地域文学的传统足够强大，没有必要做出冒险的新尝试，更不必关注当代文学的前沿动态，以免被裹挟而去。

然而，在时代巨变和多元文化并存的今天，地域文学的健康发展应是博采众长而非抱残守缺。纵观新时期以来的宁夏回族文学创作，绝大多数作品在思想审美和文学形式方面都显示出因循守旧的缺憾。从情感维度而言，我们尽可以对逝去的往昔怀抱眷念情谊，但却不能因此而不假思考地将陈腐思想与老旧套路顽固地延续在当下的文学创作里。譬如，在宁夏回族作家的作品中，我们可以轻易地感受到男权中心主义的宣扬，男尊女卑的陈腐观念充斥在字里行间。男性形象多以果敢、自强、虔诚的正面形象出现，而女性形象则大多作为"第二性"出现在文本中。慈悯隐忍的母性与贞顺驯良的妻性成为宁夏回族作家塑造女性形象的核心要点。有意味的是，在回族文学作品中，鲜少能够看到具有时代气息的新女性形象出现。女性形象要么作为男性主人公沉默的附庸，要么以符合男性想象的传统形象示人。在部分回族作家笔下，虽然可见女性主人公细腻的心理独白与生活感悟，但依然不见女性主体精神的确立和彰显。

晚清以降，国人的认识"由'男女平等'到'男女平权'，进而直指'女权'，越来越突出了对女性权益的尊重和强调"[1]。但时至二十一世纪，部分宁夏回族作家的思想依然停留在前现代文明的认知中，书写毫无主体意识与自由精神的隐忍女性群像。尽管我们不能否认现实生活中诸如此类的女性形象依旧存在——尤其在前现代文明保存完好的西部乡村里，这样的真实人生屡见不鲜。但作为作家，应该以清明的思想与质疑的精神担当起建构现代文本的重任。同样，"发现唯有小说才能发现的东西，乃是小说唯一存在的理由。一部小说，若不发现一点在它当时还未知的存在，那它就是一部不道德的小说。"[2]优秀的作家，应该以健全的心智审视生活，要意识到精神主体性的巨大力量，以强烈的个性意识和自由精神突破重重迷障，探寻生存的本质，揭示心灵的内在困境并书写出时代历史的复杂内核。

---

[1] 夏晓虹：《晚清女权思想溯源》，《文史知识》，2011 年第 3 期。

[2] ［法］米兰·昆德拉：《小说的艺术》，董强译，上海：上海译文出版社，2004 年，第 217 页。

对于当代宁夏文学而言，我们有必要重申文学的先锋精神——"所谓先锋，其实就是精神的自由舒展，它是没有边界的——任何的边界一旦形成，先锋就必须从中突围，以寻找新的生长和创造的空间。"① 诚然，先锋文学留给当代文学最宝贵的遗产是艺术的自由精神和永不停止的探索勇气。尽管先锋文学有各种各样的缺憾，但它的历史功绩同样是不容抹杀的。它让文学艺术摆脱了巨型话语的掌控，为文学生长开辟了新的园地，彰显出文学在文化思想与哲学意义上的纵深。反观当代宁夏回族文学的创作，绝大多数的作家没有先锋精神，他们不敢突破熟悉的套路和写作模式，甚至不愿睁开眼睛看世界，由此导致了文学书写保守封闭的样貌。

宁夏回族文学应积极悦纳先锋文学的优长，拓宽文学的艺术空间和思想宽度，采纳多样化的艺术方法进入到文本的创作中。真正做到"写什么"和"怎么写"的合理调配。当代最优秀的作家如格非、余华、莫言、宁肯等人的作品，都是极其重视形式的。在这些作家笔下，形式并非只是为了更好地表现内容，而是被赋予特定的美学品格和哲学意旨。其实，不独先锋文学的遗产可资借鉴，世界文学累积的一切优秀经验都可以"拿来"。地域文学并不是封闭和凝滞的代名词，真的作家与好的作品从不安于现状，而是不竭地寻求突围之路，渴望照亮人类认知的盲区，打捞人性世界的暧昧不明。

当然，当代宁夏回族文学还是值得期待的。因为有的作家已经意识到问题的症结所在，宁夏回族诗人单永珍曾说："宁夏诗人集体住院了，得的是古典狂想症和乡村梦想症……中庸是可怕的，它不诞生思想。叩问现实的时候，必须要有疼痛感。"而在文学创作中，李进祥近些年的作品有意识地打破保守和封闭的厚障壁，他以一种上下求索的劲头汲取

① 谢有顺：《先锋文学并未终结——答友人问》，《当代作家评论》，2005年第1期。

着古今中外的优秀文学养料，显现出地域文学和民族文学新的可能性。

大浪淘沙之后，我们希望宁夏回族文学能够在非同寻常的地域经验中弥散出生命本然的诗意，勘探出沉默而被遮蔽的存在真相。在高远处，在清明里，书写出宁夏文学入世的忠直与出世的幽阔。

论当代宁夏回族作家的意象书写

"意象"作为文学表象和深层意蕴的美学复合体在东西方的文学理论中都有过详尽的探讨。在中国古代美学范畴内，有关意象的论述层出不穷。意象的概念最早见于《易传·系辞》，而在随后的一系列具体论述中，则以刘勰的《文心雕龙·神思》和司空图的《二十四诗品·缜密》为代表性的篇章。总体而言，在古代文论的体系内，认为"'意象'就是指诗人的主观情志与客观景物在审美感兴中相碰撞而产生的'意中之象'或'心中之象'或'人心营构之象'。它源于物，孕于心，是审美主客体意向性结合的一个产物"①。而在西方文学理论谱系中，对意象的探讨则更为具体和深入。其中美国理论家韦勒克和沃伦在他们的专著《文学理论》一书中对意象做过详尽的探讨。概而言之，西方理论认为意象不是一种图像式的重现，而是理智与感情的复杂经验的交融和各种完全不同的观念的联合。

但无论东方还是西方，都认同意象的创作来源于作家对宇宙世界的直观经验材料的艺术加工变形，用以传达复杂的思绪和体悟，进而构建

---

① 张燕玲：《中国古代文论中的"意境""境界""意象"辨析》，《北京科技大学学报》，2006 年第 1 期。

起文本的血肉情感世界。具体到当代回族作家的文学创作，由于自觉的民族意识、独特特色的民族文化，以及宗教信仰的坚守等因素的叠加令回族文学的意象书写具有鲜明的民族性和宗教性特征。在绝大多数当代回族作家笔下，他们对意象的选取审慎而严格。回族作家笔下的意象选取承载着回族穆斯林民众对信仰的虔诚、对道德伦理的坚守，以及对人性尊严的守护等复杂而深刻的精神内蕴。当代回族文学的意象书写，一方面反映出回族文学在伊斯兰文化影响下的独特的艺术品性，另一方面则在文本叙事功能中传达着回族穆斯林民众的生命状态和精神追寻。

一、自然意象：贫瘠的土地与宗教化的人生

辽阔的大自然孕育着万事万物。人类的物质文明与精神文明在人与自然的相互作用中逐渐形成。在文明产生的过程中，不同的地域环境孕育出形态各异的文明板块，因此，自然意象的选取既取决于当地民众的生活和生产方式，同时也折射出不同的道德伦理观和艺术审美观。西部大地雄浑壮丽而又苍凉贫瘠的地域环境养育着这方水土上艰难求生的回族穆斯林。

尤其在"苦甲天下"的西海固地区，大自然充分施展了它狰狞残忍的一面。出生于西海固的作家石舒清在《西海固的事情》中曾哀伤地写道："纵目所及，这么辽阔而又动情的一片土地，竟连一棵树也不能看见。有的只是这样只生绝望不生草木的光秃秃的群山，有的只是这样的一片旱海。"[1] 确实，黄锈红褐的干旱高原在令人恐怖的酷日照射下使庄稼丰收的指望异常脆弱。大旱的年头，土地会令农人颗粒无收。干旱、少雨、多风沙、多荒漠的环境意味着农业和畜牧业发展的困难。然而生

---

① 石舒清：《西海固的事情》，北京：北京十月文艺出版社，2006年，第4页。

活在此地的回族人赖以生存的方式却只能是农业和畜牧业。这注定了人们付出超负荷的劳作却收获微薄的残酷现实。

物质匮乏造成的人生悲剧与苦难生活成为西海固作家群难以忘怀的童年记忆和生存体验。酷烈的自然环境作为压迫性力量，与人类展开了搏斗。回族作家对贫瘠的黄土高原的展示是为了凸显回族民众坚韧不屈的民族特性，强调人的内在精神力量。所以漫天黄沙的高原并不令人厌恶，甚至在情感上，宁夏的回族作家对他们的生身之地充满了感念与眷顾。在精神维度上，这片绝境成为他们灵魂栖居的考验之地。虔诚的回族穆斯林用宗教文化战胜了现实的贫瘠窘迫，守护着精神和心灵上的富足。

可以说，黄土高原承载着回族人的精神伟力，在与它的对抗过程中民族的顽强坚忍和血性尊严得到彰显。这正是回族穆斯林高傲的精神坚守，也是他们能够在艰苦环境中怡然自乐的原因所在。强悍沉默的回族民众常怀对真主的感恩之心。黄土高原上的一场雨，一场雪，或者是一个风调雨顺的好年景，都会令他们由衷地感念真主的慈悯。孤独而倔强的回族人不贪婪不痴妄，他们对黄土高原的贫瘠心知肚明，但怀恋和皈依却是他们的共同选择。虔诚的回族穆斯林舍不得走，因为一旦搬离他们的生身之地，他们的精神坚守便会面临商业文明的濡染与侵蚀。在物欲的"得"与精神的"失"之间，他们宁愿舍弃物质的享乐，在清贫中，养护心性，皈依宗教。当代宁夏回族作家们普遍对黄土高原倾注了一腔柔情，因为在他们心内"那不仅是一片皲裂的大地，那还是一个精神充盈的价值世界，在天人之际自有不可轻薄的庄重"。黄土高原意象的集中书写，体现出西部回族民众的坚忍气质和清洁的精神坚守，歌咏了普通的回族民众强悍的生存意志及清静自守的道德风尚。

当代回族文学在自然意象的选取时，对月亮意象可谓偏爱备至。在回族作家笔下，月亮早已成为一种深具民族象征性与隐喻性的审美对象。皎洁的月亮与神圣的宗教信仰紧密相连。伊斯兰教宣称宇宙万物皆为真主所造，而万物所呈现出的美好亦与万能的真主密切相关。早在很久以前，阿拉伯半岛的穆斯林便开始密切地观察月亮的变化，并将它的圆缺变化视为真主显示的迹象之一。此外，月亮的温润宁静与回族穆斯林含蓄安顺的内在气质相吻合，而月亮的清冷寂寞又与回族民众孤寂苦难的族群记忆相契。"'月亮'的色、形、质，分别负载了中国回民尚洁、喜白、思乡、念亲与坚忍内隐等独特的民族心理、民族性格及民族精神，'月亮'便成为回民心象的最恰切的载体。"①概而言之，月亮意象的美学感悟与回民族的历史、文化、心理、民性有着诸多的相通之处。恰是这些因素，决定了当代回族作家对月亮意象的大书特书。在回族文学中，月亮不仅仅是大自然中的独特存在，它还是回族穆斯林精神和道德的象征，是神圣而不容亵渎的。

例如，查舜在长篇小说《穆斯林的儿女们》中多次书写月亮意象。他笔下的月亮如同黑暗路途上的一盏明灯，指引着回族穆斯林在信仰的道路上不屈不挠地前行。诡谲多变的社会历史，贫瘠艰难的生存环境，孤苦坎坷的寻梦之旅令广大的回族民众的现世生活充满难言的苦难。历史与现实的轮番重击折磨着回族民众的身体与灵魂。然而，回族穆斯林因为拥有虔诚的宗教信仰实现了灵魂的救赎和苦难人生的超越。默默无语的月亮以它的神圣肃穆诉说着真主的慈悯，支撑着梨花湾的回族穆斯林坚忍地奋斗和拼搏。人性在神性光辉的照耀下，获得了身与心的宁静谐顺。同样，在石舒清的文学世界中，他除了让月亮意象承载着宗教意蕴外，更寄托着作者对西海固民众艰难生存的痛惜，以及对生命的哲理

① 马丽蓉：《20世纪中国文学与伊斯兰文化》，合肥：安徽教育出版社，2000年，第109页。

性感悟。在石舒清的文学世界中，挂在无垠天际的月亮如同慈祥安静的智者或和蔼可亲的母亲，安抚着弱小无助者的灵魂伤痛，解答着凡俗众生的生之迷惘，以此来缓释回族穆斯林经受的灵与肉的苦痛。

除此之外，在自然意象中，水意象也是当代回族作家集中书写的母题之一。毋庸讳言，水在干旱皲裂的西部大地无比贵重。从世俗生活层面上来说，水是人畜不可或缺的生活必需品。由于极端缺水，西海固人对水可谓倍加珍惜，舍不得一丁点的浪费。并不多见的下雨和下雪的日子成为西海固人的狂欢节日。在雨雪的日子里，人们满怀欣喜地收集大自然的馈赠，感念着真主的慈悯。而从宗教层面来说，水是穆斯林民众遵循真主规约，达到"外清内洁"要求的重要中介物。因此，水意象在回族作家笔下具有了传达民族宗教情感与特定民族心理的意象功能。这也解释了回族穆斯林民众在珍惜每一滴水的同时却毫不吝啬地用它来洁净身体的原因——他们可以忍受口腹的焦渴，却不会对伊斯兰教规定的"净礼"有丝毫的懈怠。比如李进祥的短篇小说《换水》仔细地摹写了马清、杨洁夫妇对身体的清洁，他们沐浴的程序也是严格遵照伊斯兰教的规约来进行的。而在石舒清的《节日》中，途经拱北的路上有一条清冽的小河，朝拜的信徒需要在河边将一路的污浊洗去，在清洁身体的同时，也把内心的私心杂念淘洗干净，然后才能清洁地去拱北朝拜。

综上所述，黄土高原、月亮、水等自然意象的书写，不仅真实地反映了西部自然环境的酷烈贫瘠，以及回族穆斯林生活的艰难困苦，同时也传达出西部民众不绝望不虚无的人生态度。他们视俗世的苦难为精神的试炼场，守护并保持着精神上的充盈。

二、宗教建筑意象：虔诚的信仰与生死的彻悟

当代回族文学经常会涉及对清真寺的细致描摹与集中书写。庄严肃穆的清真寺是回族民众开展宗教活动、接受经堂教育、增强民族认同、涵养宗教心性的重要场所。来自异国他乡的回族穆斯林初到华夏大地之时总是聚居在清真寺的周围。绕寺而居的他们亲切地称清真寺为"安拉的房子"，并认为清真寺是伊斯兰教的"灵魂所在"。清真寺成为回族民众日常生活中须臾不可离的重要场所。在宁夏西海固的大地上，几乎每一个回族村庄都会有一座清真寺。

从明代伊始，大阿訇胡登洲先生便创办了经堂教育。从那时起，回族适龄男童均要到清真寺里接受教育。在寺里，他们跟从阿訇学习经文，明晰伊斯兰教的诸种规训。经过系统的学习，一代代的回族穆斯林感受着伊斯兰教的博大和神圣，调试着世俗生活带来的身心疲惫，净化着躁动迷离的心灵。清真寺寓寄着永恒、神圣的宗教精神，当代回族作家赋予它承载民族历史、传达民族精神和民族情感的独特意蕴。譬如古原在其短篇小说《老待》里讲述了黑大庄人对清真寺的舍命守护。在"文化大革命"中，疯狂的革命小将们来到黑大庄准备拆除清真寺，这样的举动惹怒了一贯隐忍的回民穆斯林。他们"暴怒了，一个个眼珠子瞪得血红，寺里木梆一响，从家中拿来锋利斧头、长把铁锨，冷视小将们如何妄动。小将们自造反以来是没人敢阻挡的，经受的考验也就不多，这下怯阵了，喊了几声口号，惶惶撤走"[①]。在狂谬荒乱的"文革"岁月，类似的冲突并不鲜见。习惯隐忍的回族穆斯林在对待清真寺的问题上毫不妥协，为了守教护教他们变得勇敢坚忍，哪怕付出生命的代价也毫不退缩，他们的血性悍勇在维护宗教信仰的行动中淋漓尽致地表现出来。

① 古原:《斋月和斋月以后的故事》，银川：宁夏人民出版社，2012年，第201页。

展现回族穆斯林宗教信仰的意象除了清真寺外还有圣人的拱北和埋葬普通穆斯林的坟院。拱北是圣徒的坟墓，它的墓主都是在伊斯兰教历史上做出过特殊贡献的宗教领袖或殉教者。回族人将拱北视为神圣不可亵渎的所在，他们对这些圣徒墓顶礼膜拜。

"回族人常常会去给一些自己从未见过的亡者上坟，譬如一个因反抗强权而不幸殉命的人，譬如一个德高望重的销声匿迹的身心修炼者，即使故去数百年了，他们也会循迹而至，在他的坟头默默地跪上一跪，念诵一段经文，以表达一个后来者的念想和敬意。"①拱北中的亡人在活着的时候用自己的性命和常人难以忍受的灵肉磨难守护着信仰，保持着对真主的虔信。而后代信众因此受到鼓舞，他们在敬意中也坚定了自己的宗教修持。拱北崇拜已经成为回族穆斯林宗教生活的基本内容之一，他们不远千里万里地去拜祭拱北。"穆斯林顺从并追随所信仰的安拉的召唤，跟从圣徒，并把追求和捍卫自己信仰的抽象意义转变为跟从圣徒与崇拜圣徒的行为实践——无论是亡故的还是在世的。"②庄严肃穆的祭奠仪式浸润着回族穆斯林对先贤的敬仰之情。拱北象征着穆斯林信徒所看重的虔信、抓揽、传统和孝道，因而成为世代回民顶礼膜拜的场所。

如果说圣徒的拱北寄托着回族人对宗教的虔敬，那么埋葬普通穆斯林的坟院则表达着回族民众对生命与存在的深沉思索，以及对死亡的哲理式体悟。回族穆斯林的坟院常常聚集在一处，它们一般建在靠近清真寺或挨近住户区的地方。回族人对死亡的看待鲜少恐惧，因为对伊斯兰教的笃信，人们对死亡充满了达观的态度。死亡被称为归真，意即回归到真主那里，所以死亡并不是生命的彻底消亡，而是现世生活的结束，

---

① 石舒清：《西海固的事情》，北京：北京十月文艺出版社，2006 年，第 256 页。
② 施津菊：《中国当代文学的死亡叙事与审美》，北京：中国社会科学出版社，2007 年，第 128 页。

天国乐园的开启。"两世吉庆"的观念让回族穆斯林的生命观与汉族和其他民族相较，具有鲜明的异质色彩。

主流汉文学对墓园的描写，总是充满着难言的惆怅。汉族作家在书写死亡时，常常怀着深深的绝望，对死亡的想象亦是狰狞冰冷的。在中国古代文学传统中，无论是《聊斋志异》还是《金瓶梅》，死亡后阎王殿内的恐怖气氛和对亡人的严酷惩罚成为一种文化传统因袭下来。在汉族人的思维观念中，死亡是人生最大的苦难，由此也导致了绝望和虚无主义的弥漫。而在日常生活中，汉族人有意无意地淡忘这个生命必将面对的结局。尤其在欢乐的时刻，"死"字成为敏感字眼，是必须禁忌的话题。孔子的名言"未知生，焉知死"道出了儒家文化对生的眷顾和对死亡问题的悬置。然而回族文学则直面死亡，在回族作家的思维观念中，死亡并不意味着绝望和恐惧，而是呵护及涵养生命的特殊方式。古原的《清真寺背后的老坟院》里的那片与庄子共始终的老坟院成为兰风奎阿訇每次礼拜完必去的地方。在坟院里，他沧桑而不幸的心灵获得了救赎，滋生出顽强存活于世的意愿。石舒清对坟院的书写也是不遗余力。在他搭建的文学楼台中，坟院成为他念兹在兹的心爱之所。他用宗教的信仰之光化解了死亡的疼痛，获得了超越的视角，安抚着灵魂的焦灼。

由于虔诚信主，回族作家对死亡的书写充满温情的观照。在他们的文本世界里，坟院与回族民众的居所紧密结合在一起。亡人与活人毗邻而居，走出坟院，则是鸡鸣狗叫的烟火人生。生与死的界限不再分明，死亡意味着另一种生活方式的开启。而坟院则成为活着的人缅怀亡人，思索生与死，现世与彼岸的媒介之一。因此，清真寺、拱北、坟院等场所与回族人的生活紧相关联，是他们敬畏真主、养护高洁心性的精神温床。

三、动物意象：人性的异化与生命的超越

毋庸置疑，人类生活与各种动物是相伴相生的。在当代回族文学的建构中，总少不了各种动物灵动奔突的身影。动物不仅是西部回族民众生产和生活中密不可分的伴侣，而且它们还在不同层面诠释着生命的异化与超越。回族文学动物意象书写的主旨在于探查人性，反思人生，并试图通过宗教文化实现俗世人生的超越，进而达到对自然万物的深切理解和体恤。通过动物意象的分析和探察，可以有效抵达回族文学的精神肌理。

首先，回族文学通过动物意象来批判政治文化对人性的戕害。"意象具有直感性和生动性，但真正使其具有意义并发挥作用的，并不在于此，而在于它是一个心理事件与某种文化要素的奇特结合。表面看来，作家似乎是可以随心所欲地选择、营造意象，但实际上，意象的背后隐含着深邃的文化语境，它潜在地制约和影响着作家的创作力。"[1] 回族文学的动物意象凝聚着宁夏聚居区内回族作家对巨型历史和经济迫压导致的人性变异的深深忧惧，揭示出特定时代意识形态对普通回族穆斯林世俗生活的深度介入及精神形塑。

譬如在"文化大革命"时期，在高度政治化的语境中，普通民众的日常生活被强力塑造和改写。当代回族作家在书写这段历史时，不无激愤地借助狗这种动物来揭示强权人物对平民大众的肉体戕害和精神侮辱。在现代文学传统中，狗这种动物成为象征奴才嘴脸，谄上欺下的恶人形象代表。尤其在鲁迅的动物意象谱系中，他嬉笑怒骂最多的动物就是狗。"对狗，他穷追猛打恶骂，一生乐此不疲。他最早刻意写狗应该

---

[1]　靳新来：《"人"与"兽"的纠葛——鲁迅笔下的动物意象》，复旦大学博士学位论文，2004年。

是在《狂人日记》中，小说中的'赵家的狗'是作为'吃人者'的形象登场的，它的眼光，它的叫声，笼罩全篇，渲染出一种阴森可怖的氛围。"[1]此外，在鲁迅笔下，他对"叭儿狗""丧家犬""宠犬"之类深恶痛绝。可以毫不夸张地说，鲁迅一生都在进行着打狗的事业。在对狗的穷形尽相的细致描摹中，揭示出它们所象征的那类丧失独立人格，极尽奴颜婢膝丑态的人格范式。

回族作家李进祥继承了鲁迅式的批判，他通过花狗（《关于狗的二三事》）狐假虎威的恶劣行径指斥狗性和人性的扭曲变形。原本，瘦小的、见了人就夹紧尾巴的花狗给村里人的印象是驯良的。然而当它突然获得了威武的黑狗的庇护后，便摇身一变成为咬人的恶狗，在猝不及防中，穷凶极恶地扑咬着弱小的马强。此时的花狗与它的主人会计达到了惊人的一致，可以说，令人望而生畏的大黑狗隐喻着小村里权势最大的村长，而孱弱的花狗则象征着身有残疾不甚强大的会计。黑狗的彪悍虽然令人恐惧，村长的权威也对弱小者形成了精神压迫，但这种压迫却是摆在明处的；而花狗和会计的凶恶却更具隐蔽性，他们平日里以驯顺的面目出现，一旦获得威势，便会暴露出他们骇人的恶劣根性。李进祥通过对花狗的贬斥和厌恶，揭示出在"极左"思潮的笼罩下，在政治权力的滥用中，基层社会中一类人表现出来的双重样貌——对强权者奴颜婢膝地奉承巴结，对柔弱者毫无底线地欺压迫害。

其次，当代回族文学通过书写动物意象来讽喻金钱物欲对人性的异化。随着商业时代的到来，人们在享受物质文明的同时，也不可避免地被金钱物欲所裹挟。膨胀的金钱欲求使回族穆斯林曾经信守的伦理道德面临倒掉的危险，失去了规范约束的效用，从而导致了一幕幕人间惨剧

---

[1] 靳新来：《"人"与"兽"的纠葛——鲁迅笔下的动物意象》，复旦大学博士学位论文，2004年。

的发生。

在李进祥的乡土小说中，作家在衷情描写清水河边回族民众生活的苦与痛、变与常的书写中，无奈地揭示出商业社会金钱物欲对老中国乡村儿女们良善人性的无情摧毁。千百年来遵循的道德伦理及谐顺的人际关系在这样的冲击下无可挽回地走向了没落。譬如《遍地毒蝎》中的蝎子虽然为乡民们带来了金钱实利，但在捕获蝎子的同时，村庄里的人们逐渐被嫉妒、贪婪所俘获，更可怕的是，人心的异化，最终导致了无辜孩童的死亡。毒蝎预示着金钱对良善人性的毒害和腐蚀。小说结尾，到处爬行、无处不在的毒蝎令人毛骨悚然。李进祥毫不遮掩地揭示出金钱物欲社会中良善人性失掉的残酷现实，而且，这一深具寓意的结尾表明了作家对现状的深切忧惧。

无独有偶，《屠户》中那头用牛血掺和饲料喂养起来的黑犍牛也隐喻着物欲统治下的现实一种。小说中，本分做生意的屠户为了积攒钱财，听信了给牛喂血以便快速增膘的"秘方"。不幸的是，因为回老家秋收，屠户将喂养黑犍牛的任务暂时交给了儿子，并不知晓"秘方"喂养方法的儿子被犯了嗜血之瘾的黑犍牛顶死。可怖的是，疯狂的黑犍牛最终吃掉了屠户寄予无限希望的儿子。在李进祥的小说中，他始终用清明和疑惧的目光关注着商品经济大潮中人性的异化和扭曲。在他所建构的艺术世界中，一幕幕血腥悲剧的发生警醒着世间的众生。作家用作品发出了焦灼的呐喊——不要被物欲完全掌控，不能任由贪婪之心恶性膨胀，不然，人类终将付出不可挽回的沉重代价。因此，李进祥所选取的诸如蝎子和黑犍牛等动物意象具备了价值评判与反思人性的功能。

最后，当代回族文学通过动物意象的塑造达到敬畏真主和超越现实羁绊的目的。礼赞生命、敬畏真主的写作维度赋予当代回族文学独特的价值内涵，从而令回族文学的动物意象书写与主流汉文学的动物意象书写在表现出不同的审美特色。有学者认为："西部宗教作家常常通过富有宗教意味的动物书写，来表达西部人对宗教信仰的虔诚，对灵魂意义的追问，对生死命题的思考。"[1]宗教文化的浸润，令回族作家对高洁的生灵充满了由衷的挚爱以及摹写的热情。内心深处的宗教情结使回族穆斯林在人性向恶还是向善的十字路口中不至于迷失心性，误入歧途。尽管在商业社会中这种坚守显得极其艰难，然而在与充满神性的高贵生命的比照中，回族穆斯林执拗地守护着信仰，获得了生命的安详。

在主流汉文学中，尤其在狂飙突进的文学革命时代，以"启蒙立人"为宗旨的"五四"先贤们在动物意象的选取中倾向于批判和揭露国民的麻木与冷漠。其中具有典型性和代表性的为鲁迅的杂文《一点比喻》。文章中，鲁迅犀利而悲愤地描写了一只领头的山羊带着一大群胡羊浩浩荡荡地奔赴屠宰场的场景。在鲁迅笔下，那头领头的山羊寓示着被封建文化驯养出的愚昧帮凶，而这群柔顺的、待宰的羊群则象征着麻木不仁、毫无个体自主意识的愚民群像。它们的死亡，是毫无价值的死。

然而，当代回族文学在描写羊和牛这两种动物时则与鲁迅式的批判全然不同。同样是面对死亡，同样是温驯的羊和牛，回族作家对它们的主动赴死充满了深情的礼赞。这些被献上祭坛的动物承担着现世的穆斯林与真主进行精神交流的神圣使命。某种程度上，动物的安详肃穆也正是西部回族民性的生动写照。虔诚的穆斯林在日常生活中要恪守宗教规约，一旦发现自身存在不符合教规的思想和言行时，便需要深刻的反省和忏悔。

例如石舒清的小说《节日》中的主人公环环媳妇就是一个通过舍

---

[1] 金春平：《边地文化视野下的新时期西部小说研究》，南京师范大学博士论文，2011 年。

散羯羊来求得真主宽恕的穆斯林。作为一个普通的农村妇女，环环媳妇敬畏真主，安顺度日。但是她的丈夫却在世俗欲乐中快速地沉沦，并毫无心理障碍地触犯伊斯兰教的诸种禁忌。环环媳妇规谏着丈夫，同时她自己也在一次偶然的事件中窥见深埋在心底的贪婪欲望。这个发现震惊了她的灵魂，然而令人欣慰的是，她对自身滋长出来的人性之恶非常警觉，她为自己想要霸占别人财物的想法而深深地愧疚，并决心去拱北舍散一只羊来救赎丈夫和自己的灵魂。此外，在《清水里的刀子》的短篇小说中，石舒清用虔诚的心态书写了一只搭救亡人的老牛。文本中那头任劳任怨的老牛被赋予高贵的神性内涵。当它知道生命行将结束的时候，就自觉地"不再吃喝，为的是让自己有一个清洁的内里，然后清清洁洁地归去"①。作者通过老牛的灵性及它对死亡的通达理解，启悟着生者如何坦然地面对生命与死亡的重大人生课题。

总而言之，生活在宁夏聚居区的回族作家通过一系列具有地域色彩和宗教意蕴的意象书写呈现出回族文学的艺术特色和价值坚守。清洁的自然意象、宗教建筑意象和动物意象与生活在黄土高原上的回族穆斯林休戚相关。这些自成谱系的意象折射出回族文学对宗教文化的认同，对西部大地雄浑生命的热爱以及对自然万物的尊重。

在虚无主义和庸俗主义甚嚣尘上的时代，当代回族文学执着寻觅生命尊严和寻求灵魂慰安的努力令人钦佩。高洁意象的营构与回族穆斯林民众的精神品性紧密相连，从而不仅使回族文学充溢着来自俗世的烟火气息，同时又弥散着来自真主的神性光辉。

---

① 石舒清：《暗处的力量》，石家庄：花山文艺出版社，2001年，第303页。

呓语中的轻与重

——阿舍散文阅读记

同许多有才华的作家一样，阿舍也是散文和小说兼善型的作家。与大多数作家尤为重视小说写作不同的是，阿舍并未以"玩票"的心态看待散文写作。她在散文写作方面投注的精力并不亚于她的小说创作，甚至，在某种程度上说，阿舍的散文创作成就要优于其小说写作。面对散文这种古老而悠久的文体，阿舍没有怠惰地沿袭传统，而是以不断求索的精神开辟异地异路，力图寻求散文别样的新生。

阿舍的散文写作具有鲜明的先锋性，她把散文当作创造性文体来进行试验。在篇幅上，作家改变了传统散文短小凝练的陈规，她的散文多为长篇大论，从而敞开了散文写作的内部空间。在创作理念上，阿舍的散文彰显出个体生命面对历史与现实的存在之思，具有动态的思辨色彩与执着探究意义的深度。尤其令人称道的是，阿舍的散文不但注重内容，而且强调形式的美感。毋庸讳言，在当下的散文写作中，能够很好地处理内容和形式的作家是极为稀缺的。而阿舍笔下的散文篇章几乎无一例外地显示出高超的叙事技巧及独立不倚的美学风格。比如在散文《被繁殖的流水账》中，作家创造了颇具新意的形式来叙述一个有关访问的故事。在每个小节的开篇，都如同日记一样，详细地交代了时间、天气、地点、交通状况、事因和人物。然而在表层略显琐屑的罗列中，潜隐着一个女性对另一个女性贴心贴肺的体恤，以及对生命内在难局的体察与纾解。形式与内容的创新，并未离开真切的细节和生活的现场。相反，它们之间形成了某种奇妙的融合，达到既新鲜颖异，又生动有趣的艺术境界。

"新散文"的代表作家祝勇曾在《散文的新与变》中说："散文离不开思想，即使想离开也无法办到，因为在所有的文体中，只有散文是对'思'与'想'的直接表达。而所有的'思想'，都将从对生存经验的叙述中自然地产生。传统散文的语言寄生于所谓的'思想'，实际上是对'思想'的僵化的表达，最终戕害了思想。而'新散文'的语言恰恰在与思想形成一种互生关系，也为思想的生长提供了最佳的土壤。"[①]这为阿舍的散文书写提供了恰切的注解，她的散文多采自故乡记忆与生活日常，但这些生存经验又是经过炼金熔炉冶炼后的结晶，有作为思想者的透彻省察，以及生存个体直面存在的勇毅果敢。

譬如在长达四万多字的《我不知道我是谁》这篇散文写作中，阿舍以点带面地讲述了多民族文化混血者在面临别人指认"你是谁或者不是谁"时的焦灼与尴尬经验。作者以自身的个体经验，在时间的裂口中，在往事渐次回流的场景里，层层呈现出多民族融合的后裔们因自身的生物和文化基因的独特而感受到的孤单、彷徨与进退失据的复杂心路历程。而在《某个春天的记事》中，作者用简净的语言、克制的情感书写出父亲葬礼上肃穆庄严的礼仪与细枝末节的小事小情的纠葛。生命的宏大与无数的细小缠绕在一起。地域差异、繁复仪式、天气潮冷、亲情暖热错综缝合，恰似一江生活春水奔涌而出，清冷而又温热地灌洗着读者的身心，进而引发出生与死的恒长思悟与无限感喟。

---

① 祝勇：《散文的新与变》，《文艺报》，2013 年 9 月 30 日，第 002 版。

自然界中的平凡生灵，尘世中的爱恨情仇，日常生活中的人情世故……这些司空见惯的庸常事物，经由一颗敏锐善感的心灵的反刍与触摸，便具有了卓然明慧的气质。阅读过阿舍的散文后，当我们再次面对蝴蝶、沙漠、戈壁、河流、云海、山川时，会感受到全然陌生而又别有启悟的感念。而在《小席走了》《1989年的火车》等散文中，则以绵密的日常、动人的细节及凡俗中的众生故事令人印象深刻。但同时，阿舍没有让她的散文仅仅停留在记事抒情的维度上，而是经由实写建构起一个深广的意蕴世界。这些饱含着作家心灵发见与精神寓意的散文篇章既具有小说家的沉实，又兼具思想者的智性。因此，阿舍的散文精致、耐读，令人过目难忘。

作为一名少数民族的女性书写者，阿舍并不刻意强调她的族属身份，她的笔下也未见泛滥的地域风情和民俗节庆的书写。她的大部分散文作品关乎的是现代人的精神肌理与心灵秘史。她喜欢让她的文字回到内心，在自省中，以心灵呓语的形式探寻着我们时代里人性与灵魂的轻与重。在《断想：作为细节的上圈》里，阿舍认为"在这个静谧的小山村里，我下意识地认为，任何背离它的心态与举动，仿佛就是对人类家园的理想的背离，也是对本心的背离。这使得我开始怀疑自身，那些在日常生活中所表达的对安宁和舒缓的诉求，经这一刻的慌张与匆忙的映照，令它们显得如此虚假和空洞。时间在这里所呈现出的缓慢形态，人因为这种缓慢所呈现出来的生命形态，似乎已与我自身的内在节奏无法合拍。我知道，如今，再怎样努力，我自身的内在节奏已不完全是我的了"①。——由此可以看出，阿舍的断想来自经验的感发，是心灵的呢喃，灵魂的私语。

---

① 阿舍：《撞痕》，银川：黄河出版传媒集团阳光出版社，2013年12月，第77—78页。

面对转型时代剧变的万千世象，阿舍在沉静地观察，用心地记录。她的散文发散出斟酌深思的气质，她的语言仿若沉吟日久后的自然奔涌，精准而犀利地说出此生此世我们的精神疼痛及悬浮无依的情感困惑。在保姆小席的故事里，这位来自农村的女性既要忍受经济的赤贫，还要遭受丈夫无情的背叛及酷烈的家庭暴力。但令人意外的是，已经在城市里能够自食其力的小席还是选择了回归乡村。对此，阿舍并未站在启蒙的高处俯视小席的生活，而是以体恤之心理解着这个可怜女性的"自知"：

"因为没有安全，因为无爱，小席最终只能像狼一样用自己的鼻息取暖。我猜想，那贫穷灰暗的村庄，能给小席一个自如的呼吸。而在城市，小席会不会像一个脚戴镣铐的囚徒？这副镣铐就是她对自己身份与地位的判定。那些来自于城市对农村的高高在上，那些高高在上的隔绝，而村庄满足了她最为低微的需求，自如地呼吸，因为离开了那些陌生和鄙视，让马尾藻一样的肺在村庄的天空下展开，成为一个生存者，而不是一个囚徒。"[①]（《小席走了》）理性的陈述，人心的揣摩，勾画出偏远处、弱小者生命中的悖论式境遇。面对现世现状，阿舍不躲闪，不游移，她与她笔下的人物一样，叹惋着生活的无解与生命的哀痛，呈现出心性的温厚与精神的宽广。

在优雅诗性的语言背后，阿舍的散文能够自如地在历史与现实中穿梭往复。曾经空洞、抽象的历史被还原成复杂、幽深的面貌。作家更愿意在遗漏处，在遮蔽里探寻历史的情状及其对几代人或隐或显、或深或浅的影响。她的散文时常笔涉父辈的艰难人生，尤其是二十世纪六七十年代巨型历史对渺小人群的碾压。彼时，"在雷霆般的时代潮汐里，似乎有同一种渴望、同一种热情、同一种恐惧、同一种伪装同时进入过他

---

① 阿舍：《白蝴蝶　黑蝴蝶》，乌鲁木齐：新疆美术摄影出版社，2015年，第84页。

们的内心，他们中的许多，连爱情都是一种权宜之计，为了逃脱时代的清洗，迫切或者无可奈何地选中了那些有着贫寒出身的伴侣与他们同床共枕、生儿育女，如同中和两种温度的水。所有的人必须稀释自己的浓度、降低自己的温度，所有的人必须热爱同一种语调、同一种颜色、同一种意识。他们嘴上不说，但心里都明白，必须消灭自我，自己才能被周围的人接纳。"（《白蝴蝶 黑蝴蝶》）历史的内在迷乱与个体的创伤性记忆紧相关联，这既是对一代人的追思痛悼，也是对人类局限的清醒认知。沧桑晦暗的往事重提，并不是"伤痕文学"的惯性延续，而是在"娱乐至死"的浮躁时代中，良知者必要的警惕与铭记——必须承认，人间悲剧的反复上演，除了个人之错，还有历史之弊。

有迹象表明，阿舍的散文写作正力图展现出当代人辽阔的心灵疆域与精神肌理。作为一名"坚硬的呓语者"，她固执而热切地诉说着对生命、对历史、对文明的智慧发见。她的"坚硬"源于她不同流俗的旷野精神，而她"呓语者"的自言自语，则在蔼然、谦逊中唤起读者隐秘的心灵体悟，在红尘纷扰中得以谛听生命的轻与重，并重新召唤出我们对世间所有善美的惜重与虔敬。

为了不能忘却的记忆

——评南翔小说集《抄家》

"文革"叙事在当代作家笔下并不鲜见。在"伤痕文学""反思文学""寻根文学"等文学思潮中，"文革"的荒谬和残酷犹如精神梦魇般沉潜在作家们的记忆深处，促使他们拿起手中之笔记录与重构"昨日"的故事。但不能否认的是，由于囿于国家意识形态的规约以及作家个人思维视阈的褊狭，彼时的"文革"叙事大都集中于喋喋不休地指认历史与社会之罪。"关于'文革'，这个人类历史上最严重的创伤之一，中国作家在反思的时候所表达出的清一色的义愤和控诉，有多少是突破了现成的总体话语所给出的简单结论？"①此种发见已成共识，大多数作家在趋同化的创作心态下延续着单一的叙述基调，致使"文革"叙事中凝滞化和类型化的创作弊端屡见不鲜。此后，随着时代历史的飞速前行，"文革"叙事被日常生活和欲望叙事所取代，"文革"历史也成为如烟往事，逐渐消逝在文学的天空中。

"对于'文化大革命'，已经很久的时间没人提及了，或许那四十多年，时间在消磨着了一切，可影视没完没了地戏说着清代，明代，唐

---

① 谢有顺：《中国小说叙事伦理的现代转向》，复旦大学博士学位论文，2010年4月，第86页。

汉秦的故事,'文革'怎么就无人感兴趣呢?或许'文革'仍是敏感的话题,不堪回首,难以把握,那里边有政治,涉及评价,过去就让过去吧?"①对"文革"历史的忘却,成为普遍世象。只有部分自觉担负良知使命的作家执拗地拒绝遗忘,并对我们民族迅捷遗忘"文革"历史的现状感到深重地忧虑。这些忧虑者中,便有南翔的身影。大学教师的职业及作家身份的职责让南翔真切地感知到后辈学人对"文革"历史的茫然无知。为此,他有如芒在背之痛。作为亲历过"文革"的民众者之一,南翔对那场贯穿他儿时到青春期的运动难以忘怀。"文革"运动的狂暴与见闻令作家执拗地拒绝忘却。在近三四年的时间里,南翔集中精力创作出十个"文革"题材的中短篇小说作品,并将这些作品收入到《抄家》的集子中发行面世。这部小说集中的作品,用独属于南翔的个性化书写方式,揭露出"文革"浩劫的惨烈荒谬,喟叹着民众精神伤痕的无限绵延,反思着历史的残暴和人性的异化。

不难看出,《抄家》中的"文革"叙事厚重宏大,南翔用手中之笔接续了五四启蒙文学对国民精神创伤主题的探讨,鲜明地流露出独属于五十年代作家对"文革"运动的正面掘进和深入勘探的意向。但同时,"文革"亲历者的特殊经历也让作家以个体记忆的方式挖掘更丰富质感的历史,构成对宏大正统历史的另一种言说。德里达的"唤起记忆即唤起责任"的名言,恰切地解说了南翔关注"文革"故事,逆时代潮流而行的写作原因。作家痛感年轻一代对"文革"历史的不明所以,强烈的社会责任感令他勇敢地面对历史的黑暗荒芜,为一代人的沉重生存作证。

或许,在南翔看来,一个民族的清明和新生,很大程度上取决于后辈子孙对历史的认知与廓清。轻易地埋葬历史之悲,含混地处理历史之

---

① 贾平凹:《"文革"写作的难度》,《商洛学院学报》,2011 年第 3 期。

罪，都不是明智之举。旧日历史的精神疑难如若得不到有效地清理便会牵绊国家民族的未来征程。基于此，我们民族的每一个体，都需要明辨历史并承担"共犯结构"中的罪与罚。唯有如此，才能避免悲剧的再度发生，才能获得灵魂的安妥与救赎。

一、暴力恣肆的"文革"岁月

"阿多诺在解释历史的痛苦记忆时曾经说：'只有过去痛苦的原因不再活跃，才能与过去和解，而正因为那些原因还存在，所以过去的魔咒至今无法驱散。'"①阿多诺的论述，也许可以解释南翔何以对"文革"历史一再叙写的因由。为了对抗习惯遗忘的民族根性，唤醒本应铭记于心的沉重记忆，作家在时间与空间的双重视阈中勘探"文革"历史的暴虐创痕。收在《抄家》集里的小说对"文革"时期暴力频仍的现实并未闪躲，而是忠直地记叙着荒谬年代中血腥残忍事件的发生。

事实上，"文化大革命"本身就是一场暴力的盛会。历史在这里与暴力亲密汇合，不管是表现真实的历史，还是要表现个体的情感认知，都离不开暴力背景的在场。在《抄家》这部小说集中，南翔将"文化大革命"运动中已成常态的暴力——抄家、管制、拘役、批斗、游街、虐刑、杀戮等——逐一发掘。经由作家慧心智性地爬梳，已被遗忘的与不甚明了的，沉痛的与蛮悍的，苛酷的与麻木的，悲壮的与苟且的，诸种暴力事件幽然浮出历史地表，并毫无遮掩地呈现在读者目前。南翔暴力叙事的特点是将此前的"文革"暴力从群体叙事转换成为一种更个人化的叙事，宏大的"文革"暴力历史在个体化和心灵化的过程中显示出殊

① 郭军：《"历史的噩梦"与"创伤的艺术"——解读乔伊斯的小说艺术》，《外国文学评论》，2004 年第 3 期。

异性。在《抄家》的文本世界中，作者如同一位暴力考古学者，经过不懈的探勘工作挖掘出形态各异的暴力标本，让读者明晰"文革"暴力的骇人面目，并因之警醒反思，从而能够在未来的岁月中拒斥暴力的再度出现。

在《特工》这篇小说中，"文化大革命"的发生，让一对隶属于不同阵营的亲姐弟反目成仇。姐弟俩为各自的团体组织放弃了亲情，如仇人般互相敌视。然而随着"文化大革命"的发展，他们的父亲也被揭发批斗，成为革命斗争的对象。于是全家都被打入另册，遭受非人的虐待："父母亲被铜头皮带打得头破血流，且全身淋浇粪便，脸上涂满黑漆，勒令在太阳下暴晒，双双晕倒之后再带走关押！姐弟须得站在一边观看受辱。"①沦落至此，被革命阵营抛弃而不甘长期遭受侮辱的姐弟俩终于和解——弟弟先帮姐姐割腕，然后再自己割腕。结果姐姐血尽而死，弟弟却因邻居的发现而侥幸未死。但他从此被认定为杀人犯，在监狱中遭受残酷虐待后陷入癫狂。

值得注意的是，在这篇小说中，另一位不堪凌辱而自杀身亡的是一位才貌俱佳的女演员，她在"文革"期间的遭遇同样令人叹惋："一个周日赶集，将她一身衣裤从里到外，尽皆褫夺，全身披挂着几十把大小不一的扇子，戴着高帽子游街。一路上尾随多少好色好事之徒，不时撩拨她下身前后的披挂……到底受不了家人和社会的嗤笑，满世界都是寒心冷眼，一个黑漆漆的夜晚，悄悄出门投河自尽了。"②诸如此类令人发指的暴力事件的频发表明了社会伦理体系的坍塌。花样百出、无所不用其极的暴力行径终于让整个社会陷入混乱，并彻底置换了善与恶、美与丑的评判准则。于是，善美消泯，丑恶横行成为无可避免的社会现实。

---

① 南翔：《抄家》，广州：花城出版社，2015年9月，第22页。
② 同上，第23页。

南翔笔下的"文革"暴力叙事，全方位地呈现出语言暴力、身体暴力和精神暴力这三种暴力形态对人格从外到内的多方面摧残。个体民众在暴力侵袭中陷入无助与凄凉，鲜活的生命也在历史的暴力中走向枯槁。尤其在《老兵》这篇小说中，南翔极为典型地传达出"文革"时期的暴力对爱与美的联合绞杀。老兵和黑皮在抗击日本侵略者的战斗中均是骁勇善战的英雄，但曾经的国民党士兵的身份让他们在"文革"运动中成为见不得光的存在。屡遭革命暴力折磨后，他们的身体与心灵都遭到残酷的毁损，不敢再对美的情感和诗意生活有任何追求，纯美的爱情与慰安心灵的诗歌也被迫放弃。此时，老兵和黑皮只求苟活性命于乱世。但"树欲静而风不止"，"文革"风潮的强大破坏力让他们在最低的生存保障都实现不了的情况下双双失踪。

在《抄家》的叙事中，作者通过具象化地再现"文革"时期普通人的生存境遇，状写出整个社会暴虐狰狞的时代氛围。特别值得注意的是，南翔对暴力场景的细节化描摹，并不是对习焉不察的暴力文化的病态痴迷与肤浅展示。他笔下的暴力叙事与作家自己对"文革"运动最核心的记忆相连，在书写中灌注着哲理性的思考，并试图揭示出"文革"暴力狂欢不断升级的深层原因。

南翔在《抄家》中，多次叙写大规模的群众批判运动和派系林立的权力纷争，从而细腻地展现了群体化的武斗场景。暴力由此构成普通民众日常生活中见惯不怪的寻常景观。同时，由于革命正义伦理的不断灌输，普罗大众由最初的犹疑彷徨逐渐转变为麻木野蛮。良善美好的信义伦理要么被弃置，要么被压制。暴力以群体的名义获得了合法化，抄家、批斗、游街、拘禁、杀戮等罪恶行径非但得不到惩处，反而会得到勇敢和忠诚的褒奖。施虐者成为新的时代英雄。榜样的无穷作用，导致了暴力肿瘤的畸变膨胀，身处其中的人们不可避免地变形与异化。

至此，南翔成功地完成了对"文革"暴力狂欢的沉痛反思，促使读者进一步追问历史暴力与普罗大众人性之恶契合的深层原因。这是南翔在《抄家》这部小说集中极为痛切的关注，也是自鲁迅以降几代有识者对民族灵魂秘史的严厉揭批。

二、精神疾患的病象呈现

南翔在《抄家》中除了揭批"文化大革命"爆发期间民众遭遇到的肉体和精神创伤外，更将深邃的目光投注到"文革"结束后人们内部心灵所发生的精神病变。作家无比忧虑地指出一个触目惊心的事实，即被"文革"挤压塑形后的民众，他们的肉体伤痕随着时日的流转可能会逐渐愈合，但遗留下来的精神病患，却殊难疗救。日后，这种精神痼疾将或隐或显地出现在我们的日常生活里，并由此导致无可逃遁的灾难性后果。

在《抄家》的"文革"叙事中，可以看出作者精神叙事的新异性和独特性。作家从当下的生活变奏中发现了"文革"病菌的顽固存活，忧戚中的南翔沿着记忆的河流溯源而上，重新查验死而不僵的"文革"尸骸，从而让精神之殇成为一个急需澄清的问题。在小说中，南翔用他的写作证明了得不到清理的精神疑难依旧在人们的日常生活里轮回转化，并因之严重地影响着我们时代的世俗生活和精神生活的社会病象。

譬如在《甜蜜的盯梢》中，祖孙三代人的婚姻生活均毁在严密的盯梢行为中。这个家庭监视亲人的盯梢举动肇始于"文化大革命"时期的灾难性遭遇。祖父辈的张友生被打成右派后患上了严重的抑郁症，并曾有过自杀行为。为了防止他再度自杀，他的妻子赵医生从此开始了一刻也不敢放松的盯梢监视。后来，"文革"时代虽然已经结束，张友生也早已康复，但被吓坏的赵医生却坚持不改盯梢行为。在严密监视下失去自由与尊严的张友生感到痛苦不堪，在数次反抗无果的情况下他决绝地与妻子分居生活。令人无限感慨的是，直到死亡来临，张友生也不愿再见妻子一面。可悲的是，父辈张庆和的生活也在妻子的严密盯梢中倍感压抑。张庆和理解妻子的胆小怕事和过度提防源于"文革"历史中耳闻目睹的人生经历。动辄获罪的历史教训，亲人们遭遇的人生变故，深深地刺激了她，致使她终生无法走出心灵的困局，在无意识中以爱的名义对亲人们的生活形成窒息性的管控。然而悲剧并没有结束，这种盯梢行为，如基因一般代代传承，后辈们的婚姻生活依旧因盯梢而走向破败。《甜蜜的盯梢》可被视作极具哲学意味的寓言，南翔在回溯"文革"历史时将他的哲理之思灌注在文字中，并指出深藏内心的精神创伤久难治愈的事实。

南翔对"文革"历史的叙述，尤其注重精神维度的掘进。在客观呈现外部环境的同时深入到民族民性的灵魂之中。他试图探寻的是几代中国人在"文化大革命"中形成的心理范式及这种范式对民族未来的深远影响。诚如《特工》所论"大舅的心理范式是那个时代的风雨磨洗出来，那个时代的血火淬砺出来，那个时代的顽石击打出来"[1]的一样，这样的心理范式一旦定型，便可轻易地从肉体的"伤痕"走向精神的"伤魂"，累积的精神疾患会以不可思议的形态借尸还魂，并将造成巨大的生存困境。毋庸置疑，从"伤魂"到"康复"的修补重建无疑是一项耗时耗力的宏大工程。重新树人育人，需要漫长的等待，更需要以史为鉴，避免悲剧的卷土重来。

《抄家》中的精神叙事，一方面勘探个体的精神情状，对人的心灵、情感和隐秘欲求进行精到的解读；另一方面则将广博的思考投注到我们

---

① 南翔：《抄家》，广州：花城出版社，2015 年 9 月，第 27 页。

整个民族的精神共性上。在南翔建构的悲戚惊悚的"文革"故事里,作家用自己的叙事路径,不无沉重地指出"文化大革命"之所以能够肆虐十年之久,除了权力意志和历史暴力的积极践行,国民性中由来已久的中庸、懦弱、盲从、麻木、冷漠等因素也起到了至关重要的作用。这是"文化大革命"能够发动起来的民间基础,也是古老的封建文化长期熏染的必然后果。新文化运动欲图革除的精神糟粕以未完成式进入到"文化大革命"的暴力温床中,在短时间内促使潜隐在民众身上的人性暗影迅疾扩大。

以往的"文革"叙事大都在控诉历史与"他人"之罪,但在南翔的叙事里,他站在历史文化的高度,从民性的精神状貌处冷峻地指认出个体应该承担的罪责。"文革"的悖谬在于,裹挟其中的每个个体,都是受害者与施害者的合二为一。旷日持久的"文化大革命"浩劫的发生,既是历史的偶然,同时也是历史的必然。为此做出生动注解的是《伯父的遗愿》和《我的一个日本徒儿》这两篇小说。前者借大伯为冤死于"文革"运动中的周巍巍写的墓志铭为载体,直指我们民族民性中的某种根本性缺失——"思之当年死刑票决,虽是形式,然满票同意,一足见悲剧发生,一体有责。设若有一二乃至更多正直之士,察其荒诞,当仁攘臂,奋袂而辨,国中剧痛岂可一再重演。后人哀之而不鉴之,亦使后人而复哀后人也。"[1]后者则通过批斗张刘氏的典型化场景,指斥普通民众中普遍存在的粗鄙心灵。倾巢而出的人群,怀着幸灾乐祸的心态,逼问张刘氏被日本人强奸的若干细节。人民群众以革命的名义,满足着看客的无聊心理。对弱者隐私的肆意践踏与人格污损,让我们感受到道德伦理的崩毁。在"文化大革命"荒谬逻辑的庇护下,人性中的恶如火山喷发般流布,由此导致了数以万计的生命悲剧。

---

[1] 南翔:《抄家》,广州:花城出版社,2015年9月,第194页。

可悲的是，劫难过后，我们的民族并未严正地面对历史，随之而来的商品经济浪潮的席卷又丧失了灵魂内省的可能。于是，国民性改造任务依旧任重道远。早在"五四"时代，文化巨人鲁迅写作的第一要义便是改造国民性，但这样的任务何其艰巨。直到当下，我们也不能够罔顾事实地宣称国人的精神病患得到了有效的疗救。俗常生活中，国民性中的恶劣根性依旧时时发作，致使新时代中的新民众不断遭遇新的伤痕。在《抄家》这部小说集中，南翔不无犀利地针砭国民性中长存的精神痼疾，在正面批判"文革"暴力的文字中，透过时间和历史的镜像直抵我们民族文化与精神的缺失。让每个人在惊悸之余，意识到"文革"叙事不仅是一个令人忧戚的文学命题，更是应当长久记取与深刻反思的人性主题。

三、温情存留的人性救赎

在原生态记录与呈现"文革"时期无理性的暴力狂欢及民众精神疾患外，南翔的"文革"叙事一如王德威对贾平凹的《古炉》所论一样，"也希望借助抒情笔法，发掘非常时期中'有情'的面向，并以此作为重组生命和生活意义的契机。"[1]"文革"时期尽管阴霾蔽日，但在回首往事之时，南翔有限度地书写出少许温暖的人性与人情，以便确证我们民族的民性可以获得救赎的内在依据。

在《抄家》中，普通民众的日常生活仍有温馨和煦的时日，彰显出作者热爱生活、珍爱生命的情怀。譬如《1975 年秋天的那片枫叶》中立志与珍珍曾经幸福的甜蜜恋情。南翔细致地描摹了两人窝在宿舍中煮面

---

[1] 王德威：《暴力叙事与抒情风格——贾平凹的〈古炉〉及其他》，《南方文坛》，2011 年第 4 期。

吃饭的温情画面，还有立志送珍珍回知青点时在暮色四合的公路上忘情地呼啸欢叫的场景，更有立志在党校学习期间为珍珍精心制作的、承载着真纯爱恋的枫叶书签……这些庸常的、温情的、浪漫的过往，虽然很快被随之而来的"革命"风暴侵蚀湮灭，但被毁灭后的爱与美，依然成为狂风骤雨后值得存留的记忆。

"文革"运动虽然如洪水猛兽般席卷了人伦亲情，但在《老兵》中，我们也会发现人伦亲情的坚忍存在。例如黑皮的母亲对儿子的不倦守候以及黑皮对母亲的竭力赡养，亲情成为他们在冷酷世界中勇敢活下去的最后依凭。此外，作家在这篇小说中也真实地揭示出"文革"时期民众贫困的物质窘境以及贫乏的精神文化生活。但即便如此，依然阻挡不了人民对精神生活的热切求索。老兵自造矿石收音机，"我"和常思远等朋友们自编诗集等行为都说明人们对高雅、美好生活的深切渴盼。

在《无法告别的父亲》中，南翔礼赞在非常境遇中也能发散善美光辉的人性。这种光辉驱走了世界的寒凉，让沐浴其中的人，从此深信光明和善的力量。北京护士谭晓梅对生命无差别的守护与尊重，照亮了"父亲"的人生之路。当谭晓梅因对"要犯004"的倾力照顾而遭到驱逐时，职位卑微的"父亲"居然不顾位高权重的"特派员"的威势，勇敢地维护了"要犯004"告别世界时的体面。此后，终其一生，"父亲"秉持着人格的高贵操守，坚持着善良的心性，并竭力将他的坚持和固守传承给自己的后代。

忏悔意识的折射及对人性的宽恕凸显出《抄家》博大而成熟的叙事伦理。南翔笔下的"文革"叙事不仅扎实地潜入历史现场，而且又能有效地规避身在庐山的短视局限。在《抄家》中，作家以执拗的文心触摸"文革"历史的阴暗，直视生命劫难后的创伤疼痛。与此同时，南翔也没有忘记养护黑暗中的人性光亮。这光亮虽受困于黑暗，却没有被黑暗完全吞噬。文本中那些经历过"文革"历史的人，在理性的思考中正视曾经的错误，痛苦地意识到个体的责任，并在有生之年尽力弥补过错，展示出人性中高贵的"突围"力量。

譬如，《伯父的遗愿》中的主人公穆大川在病入膏肓之际，犹不能忘怀曾经极富才华的部下周巍巍的蒙冤被杀。而周巍巍之所以被执行死刑，除了来自"上面"的指令，也有所谓"民意"的助纣为虐。穆大川因当年的怯弱和帮凶行径而愧悔不已，他以个体之身，承担起历史之罪。在去世之前，耗费心神地撰写回忆录，坦然面对一生的功过是非。此外，他更是劳心费力地为周巍巍建衣冠冢及亲自撰写墓志铭。这些行为举动，承载着穆大川的追悔，彰显出可贵的忏悔意识。如果说穆大川的忏悔意识阐释出知识分子的灵魂反思，那么《1978年发现的借条》里的吴驼子的赎罪行动则折射出来自底层民众的良知觉醒。作为曾经的施暴者，吴驼子依凭"文革"中通行的行事法则，暴力对待阿平的父祖，致使家学渊源深厚的大家族彻底败落。"文革"结束后，患有政治狂热症的吴驼子等人逐渐清醒，被尘封的良知善意也重新被唤醒和回归。他用行动表明了自己的歉疚，亲自书写材料证明阿平家借条的真实性。虽然事情最后并没有获得完满的解决，但人性复苏的迹象成为不言自明的事实。

有意味的是，南翔在《抄家》这部小说集中，没有赋予善与美坚执的力量，而是书写出它们灵光一现后的寂灭悲剧。亲情、友情、爱情在政治灾祸中要么遭到背叛，要么长存隐痛；人性的良善，诗性的追求，则成为获罪的根由。在南翔的"文革"叙事中，他承认世人皆醉中有个别清醒者，也相信被埋藏的温馨与优容。但他拒绝过滤性怀旧的写作向度，并认为无端地美化"文革"或抽绎细节证明其发生具有合理性的写作，与真实的"文革"不符，也与历史的残暴不符。

在《抄家》的小说集中，作家怀着深深的忧虑，感叹着道德伦理的全面崩毁，哀婉着普通民众人命危浅的情状。南翔悲痛地意识到，在人性恶集体爆发的"文革"岁月中，美与善的力量太过弱小，注定面临溃败的结局。保持良知正义的觉醒者要么被关押杀戮，要么被禁止发声。但作为人文理想的守护者，南翔不忍放弃温情叙事的写作维度，因为从"伤痕"走向"反思"后，接下来面临的应是重建倒塌的民族之魂，让生命健全稳步前行。这既是发掘被掩埋的"文革"历史的动因，又是作家人文理想和悲悯情怀的集中体现。

南翔在《抄家》中书写到的日常美好、亲情存留以及忏悔意识，暗含着作者对国家民性的美好信念，他要在作品中描绘出肯定性的力量以及对生命的大爱大痛。因了爱与温暖的存在，南翔一如鲁迅般自愿扛起黑暗的闸门，给国人的未来一个光明的所在，更希望值得珍重的良善和拒绝狂暴，渴望美好的生命之光，可以祛除暴力环伺的黑暗。

南翔的可贵，在于他反抗遮蔽、拒绝遗忘的勇士情怀与智者忧思。《抄家》的意义，在于它记录暴虐历史，揭批精神遗患的警醒与不竭呐喊。也许，南翔的"文革"叙事对年轻的、消费至上的一代而言，未必能够达到作家的期待愿景，但他上下求索的怆然独立姿态，仍然令人充满敬意并为之感怀动容。

理想主义、精神之父以及孤独的个人
—— 读刘继明的长篇小说《人境》

刘继明的长篇小说《人境》承继了中华人民共和国成立后所尊崇的社会主义文学的叙事流脉。小说以马垃、逯永嘉、马坷、慕容秋、何为、旷西北等典型人物为中心，力图翔实而精准地书写出一群理想主义者在风云激荡的社会变革和波诡云谲的灾难历史中的现实遭际与精神期许。刘继明在《人境》中正面直视当下中国的社会现状，揭示出两种精神文化传统的崛起与消逝，传达出作家在历史大势中思考乡村未来愿景及其重建理想世界的期待愿景。

一、理想主义的倡扬与期许

数百年前，瘦削而又落魄的吉哈诺在骑士小说的鼓荡下决定冲破现实生活的沉滞贫乏，去寻求早已失落的游侠精神。于是，他披挂上阵，云游四方，并以堂吉诃德的名号行走江湖，专意寻找民间社会中的坏人恶事，并对其展开勇猛而鲁莽的战斗。不幸的是，等待堂吉诃德的总是累累的伤痕和令人尴尬的失败。然而，现实的惨痛遭际并未击垮他拥抱自由与理想的坚执信念，他的不合时宜的侠义之举恰恰成全了他荷载独彷徨的勇士形象。

数百年后，在刘继明的长篇小说《人境》中，一位"装扮是十足的外地人模样"，"神情举止都跟周遭的环境格格不入"的马垃在遍历人间的热与冷之后回到了偏远的乡村神皇洲。经过慎重思考后，决定扎根农村的马垃盖起了一座屋顶上耸立风车的房子，他把自己变成了农民，并以退守的姿态开启了理想主义的创业之举。至此，《人境》接续了中华人民共和国成立后的社会主义现实主义文学的叙事流脉，在业已废弃的英雄谱上重新指认梁生宝、肖长春、林道静等社会主义新人的合法地位。更重要的是，刘继明在《人境》中让一种久已生疏的理想主义重新进入了中国当代小说的书写谱系里——这些被他人舍弃，而被作者珍重的文学传统。

《人境》中集束式地书写出理想主义者群像。譬如公而忘私、为抢救集体财产英勇牺牲的马坷；洒脱不羁、怀抱"理想国"愿景的逯永嘉；勤劳忠恳、急公好义的生产队长大碗伯；独立清醒、践行知行合一的大学教授慕容秋；沉静自守、欲图重建乡土中国的何为；犀利清明、选择与底层人民站在一起的旷西北；抵抗流俗、建立同心合作社的马垃。此外，还有老一代知识分子慕容云天、老革命干部丁长水、青春活泼的大学生鹿鹿、新型农民谷雨等不同阶层，不同知识背景的人物，他们的陪衬性出现，丰富和繁荣了理想主义者的生态样本。

壮心不已、心怀家国是这群人共同的精神底座。他们的言语与行动典型地呈现出理想主义者弥散出的英雄情结，深隐其中的，则是一种热切而旷远的救世情怀。在中华人民共和国成立后的相当长时段内，这样的人物，这样的故事，这样的建构成为绝对的中心与重心，是文学写作者必须坚定贯彻的金科玉律。但在社会转型期，启蒙主义的二次起航和资本成为巨无霸后，类似的创作理路遭到了抑制与驱逐。在"人"的文学中，在当代文学语境下，它们逐渐变成了迂腐落后、道德可疑的反现代性写作。

执拗的刘继明在《人境》中以逆向而行的冒险之举重建了在现代写作伦理中几乎失去谈论必要的社会主义文学规划下的理想社会——不仅在思想上膜拜追寻，而且在实践中探究实现的可能。这种重建未必符合经过"集体"而"个人"的时代潮流，更会挑战和触动一批从"青春无悔"的历史激情中幡然醒悟到"青春有悔"的群体及其后来者的痛苦记忆或敏感神经。相较起来，向后回望比顺从潮流更加艰难。这样的选择奠定了小说对许多读者的冒犯，更可能引起一定程度的警惕，而且这种警惕并非毫无道理。当前，我们的疑惧是，当历史已经证明过农业合作化道路的失败以及资本无孔不入的情况下，马垃的"同心合作社"在吸纳几个"老弱病残"加入后真的能够在破败的乡村、荒芜的土地上重建乡村的正义、农业生态的繁荣以及土地的自尊、人的自尊吗？事实证明，他的理想在短暂的时段之内曾经取得过成功，科学化的培育，勤勤恳恳地耕作，沙聚成堆的集体之力，大自然的慷慨馈赠等因素的叠加让合作化道路在最初的时候确实呈现出红火之势。伴随而来的还有神皇洲乡亲们对马垃这个"异乡人"真正地接纳和敬重。

"同心合作社"不仅给予社员们物质上的丰足，更填补了他们在精神维度和文化维度上的某种匮乏。人们再一次意识到团结和集体的力量，并重新确认了乡土中国的自足与人情之美。"一般来说，创造的艺术家的救世欲望过于强烈，他的人类之爱的视野过于广阔，……而他的艺术语言并非向民族，而是向人类倾诉。然而是向未来的人类。这是他固有的信念，是他的苦恼和他的标记。"[1]《人境》中的理想主义书写，归

---

① ［德］尼采：《悲剧的诞生》，周国平译，生活·读书·新知三联书店出版，1986年12月第1版，第169页。

根结底是关于未来中国的构想。这不仅仅是现实主义文学的范畴，更不是文学所能全部涵盖的。面对"失根"的老中国，刘继明激切而伤情地开出了疗救的药方，企图召唤沉入"个人"信仰的千千万万的人民重建一种集体关联，以诚挚的团结力量应对波诡云谲的时代风暴。

然而，一切终究逃不过"烈火烹油"后的残破。因为未来尚未到来，现实依然为现实。既然"结庐在人境"，又怎能毫无"车马喧"？马垃和他的"同心合作社"在诞生之初便被绣进了政权资本这架巨大的时代屏风上，而他的合作化道路之所以能够顺畅开展也离不开政策和资本的保驾护航。刘继明笔下的马垃和梁生宝们一样要面对来自乡村社会的敌对破坏者；不一样的是，历史与时代早已取消了理念中的整全，改变了既定的设定模式。他以及他的探索之路才真正是"摸着石头过河"。

时过境迁，尽管马垃不论在思想上还是行动里都彰显着这些曾经的"社会主义新人"们的磊落风范，但梁生宝们的集体自信与必胜信念不会在马垃身上复现，马垃成不了也不会是社会主义新人。他穿越了幻觉，从一开始就是战战兢兢和寂寞犹疑的。因为他清楚地知道"一个时代结束了"，而他所坚守的，不过是"一个永远长不大的孩子"的乌托邦执望。

二、精神之父的追寻与失落

主人公马垃的不愿长大，部分是他暂时逃遁孤寂生活的内心企望，部分如同李贽式的绝假纯真的精神向度。事实上，马垃的问题不是长不大，而是他在两位精神导师的深切影响下的左右为难和进退失据。马垃的第一位精神导师是自己的哥哥马坷，马坷是中华人民共和国成立初期农业合作社时代出类拔萃的青年标兵。"哥哥不仅劳动出色，而且爱读

书……从哥哥那儿，马垃第一次听到了《红岩》中的许云峰、江姐、成
岗，听到了《林海雪原》中的杨子荣、少剑波，听到了卓娅和舒拉的故
事，还有小兵张嘎和王二小……哥哥真是个讲故事的能手，他能把那些
发生在遥远的战争年代的人和事，讲得惟妙惟肖、栩栩如生，使马垃很
长一段时间里觉得自己就生活在那些人物中间。"①红色经典里的民族英
雄与共产主义信仰成为马坷短暂一生的终极确信。他红红火火地立于时
代潮头之上，却在一九七六年这个极具隐喻义的年代为抢救几袋稻种而
牺牲在冲天大火中。马坷的死，尽管令人痛惜，却不得不承认他的离去
恰逢其时。彼时，在"社会主义接班人"的自豪和英雄情结的鼓荡下他
携带着求仁得仁的精神愉悦离开了这个让他无比热爱和眷恋的尘世。

马坷和他所爱恋敬仰的时代从此终结。

马垃的第一位"精神之父"在现世中从此消逝。

马坷的牺牲，令马垃心生愧疚。因深受红色英雄故事的熏陶，在马
垃的内心深处，他一直急切地盼望着哥哥能够成为英雄。但当哥哥真的
永远离他而去的时候，无以名状的恓惶和空虚笼罩了他。直到马垃考上
沿河师范遇到逯永嘉后，他悬浮的情感才重新得到稳妥的安放。

与马坷不同，逯永嘉是上世纪八十年代资本勃发期的改革者和试练
者。他的文化偶像和人生信仰置换成了西方的尼采、凯恩斯和哈耶克等
人。启蒙主义以及酒神精神在逯永嘉身上得到全面的彰显。在资本的原
始积累阶段，他雄心勃勃而又精于商业资本的运作和增值，可以毫不费
力地完成身份和职业的转化，并获得巨大声名和财富。更为重要的是，
逯永嘉并不只是个人主义的信奉者，他积累财富的最终目的是建立一个
类似摩尔在《乌有乡消息》中构形出的"理想国"——这个国度里居住
的人民来自世界各地，人与人之间平等、自由、不分主义，完全没有家

---

① 刘继明：《人境》，作家出版社，2016年6月第1版，第55页。

国的限制。这样的理想之地，我们其实并不陌生。早在千年前，桃花源中"不知有汉，无论魏晋"，"黄发垂髫并怡然自乐"的美好画面激荡着一代又一代在红尘中挣扎的倦客之心。但无论在东方，还是在西方，它终究仅存于"世外"或只能成为"乌有"，在现世的坚硬逻辑下，这一切同属心造的梦幻。

"当我们书写的时候，我们梦想的东西，在生命看来，不过是我们放到白色纸页上的这个已经死亡的、发出来模糊的欢快声响的涂写。"[1] 然而，令人无限唏嘘的是，原来古今中外的文人墨客不约而同地做着同样的涂写，心怀同样缥缈的梦幻。静夜扪心之时，我们又不得不承认，有时候，为了避免太过板滞功利的人生，现代人的灵魂深处是需要这种涂写和这份虚无的。

逯永嘉建构"理想国"的远大抱负深深地吸引着马垃，他将逯老师视为第二位精神之父。正是在逯永嘉的深切影响下，马垃完成了"从一个懵懂少年到具有独立意识的现代青年知识者的蜕变"，他终于从满脑子革命英雄情结的"红小兵"长成了崇尚个人奋斗的"八十年代新一辈"的知识青年。此后，马垃成了逯永嘉的忠实追随者，他们在商品经济的春潮中开疆辟土，缔造出自己的商业王国。遗憾的是，他们的财富传奇并未能持续上演。恰在此时，马垃的第二位精神之父因身体欲望的过度放纵而染上了可怕的艾滋病。不加节制的肉体欲望带来了严酷的惩罚，无论逯永嘉的精神多么强悍，都无法阻止其内部机体的溃烂消亡。

有意味的是，艾滋病与西方社会的相伴相生曾经是我们批判资本主义腐朽的有力明证之一。携带而出的，还有道德伦理的沦陷与精神家园

---

[1] ［法］米歇尔·福柯：《声名狼藉者的生活　福柯文选 I》，汪民安编，北京：北京大学出版社，2016 年 1 月第 1 版，第 210—211 页。

的荒芜。逯永嘉在个人情爱生活中毫无婚姻伦理的责任意识，他轻松拆解了加诸性爱之上的孝义伦理与子嗣绵延。"他差不多隔段时间就换一个女朋友。他的'女朋友'不分年龄、职业和地区，有县百货公司的售货员、县化肥厂的女工、县广播站的播音员，也有沿河师范的女生；大的跟他年龄相仿，小的不满二十岁，但无一例外都长得很漂亮、性感。据说逯永嘉跟女性交往，见面三次必上床，否则就分手。"[1]逯永嘉和众多女性的关系简单直接，只是为了满足单纯的色欲和情欲。但刘继明在《人境》中刻意暴露逯永嘉和众多女性的私人关系并非为了迎合当下的欲望写作潮流，某种程度上，他在力避和矫正肉体原欲的过度描摹。譬如作家衷情礼赞的理想人物都或多或少地带有"禁欲"的色彩。刘继明凭借逯永嘉的情爱故事证明了改革开放初期我们确曾经历着西蒙娜·波伏娃所论述的"伦理学暗夜"期——"西方社会公开质疑上帝及其基督教伦理，中国则是质疑程朱理学及其世俗化的社会道德。两者的出发点都是大规模经济发展所导致的价值和道德困惑。"[2]

时至今日，这种困惑和迷惘依然缠绕着我们。逯永嘉以他的实际行动颠覆着传统婚恋的道德伦理，他如同狂人一样，企图冲决因循的惯例，但失去控制的泛滥情欲又反过来吞噬了他的生命。自由人欲与存在理性之间的悖论繁杂在逯永嘉的生命历程中清晰可见，而逯永嘉的"这一个"，同时接通了广大的无穷远与无数个。这也许才是逯永嘉滥情传奇的根本背景和叙事旨意。

---

[1]　刘继明：《人境》，作家出版社，2016 年 6 月第 1 版，第 12 页。

[2]　格非：《雪隐鹭鸶——〈金瓶梅〉的声色与虚无》，译林出版社凤凰出版传媒股份有限公司，2014 年 8 月第 1 版，第 160 页。

三、孤独者的困厄与抗争

逯永嘉不光彩的告别，宣告了又一个充满希望的传统在中国社会进程中硬生生的断裂。逯永嘉之死，对马垃来说意义重大。此前，在马垃三十多年的成长历程里，他一直生活在"父亲"们的教导与经验中。他对父辈的规训和建立的传统完全认同甚至膜拜。但如果打开文学史的视野就会发现，在启蒙主义的文化语境中，"父"与"子"的关系通常是紧张对峙的。"父"代表着压迫与陈旧，"子"代表着反抗与希望，并且早已形成一种内在的文学常态和历史惯性。巴金的《家》、老舍的《四世同堂》、路翎的《财主底儿女们》均演绎着代际之间的激烈冲突。而刘继明在《人境》中则改写了现代文学传统中的"父子"关系，尽管马垃幼年即失去了血亲之父，但他拥有的精神之父则宽厚、慈爱和诲人不倦。刘继明在《人境》中接通了传统文学中父慈子孝式的亲情模式，而无意承继现代文学的惯性设置。也许，作家真正的意图是想阐明失去"父"的传统的"子"该往何处去的现实问题。

精神之父或传统之根的失掉让马垃成了一只断线的风筝，他成了精神意义上的"孤儿"。在强烈的困顿和茫然之后，马垃结束了游子般的漫游，重新回到曾经慷慨接纳和养育过他的乡村神皇洲。正是在这片埋葬着亲人的土地上，他第一次以自己的眼睛观照世界和自身，涌动出强烈的探求生命价值和存在意义的热望。开启新型的生态农业合作化模式成为他成熟后做出的重大抉择。这一次，他无须听凭"父"的指派，他为自己的未来生活做出了最具个人意志的决定。在创痕遍布的乡村，作为"同心合作社"的负责人，马垃殚精竭虑地操持着合作社的内外事物。尽可能地团结起一切可以团结的力量，欲图实现天、地、人、物的和谐共处与长远发展。可贵的是，意识到自身断线风筝般的处境后，马垃并未沦为虚无堕落的"多余人",而是以行动的壮举相信现状的可以改变。这是一种来自生命深处的激情呐喊,也是一种不乏悲壮色彩的拼力抵抗。

然而创业道路上的诸种艰难纷至沓来,有的是马垃能够以一己之力应对的,但更多的问题和困难则让他感到了无能为力。彼时,无人能够和他站在一起分享艰难。即使是他的忠诚追随者谷雨也不得不在现实面前妥协而另谋出路。此外,那些曾经真诚支持马垃的老人们则非死即伤。在这场抵御资本神话,重建乡土中国的遭遇战中,由于"父"辈们的文化乌托邦纷纷败落,无家可归又拒绝时俗的个人注定只能成为历史的孤独弃儿。

不独马垃如此,慕容秋也同样如此。曾几何时,作为人文知识堡垒的象牙塔庇护着理想主义者的梦想。但现在,一切都已经发生了变化。象牙塔喧哗而躁动,它不再呵护有梦者的酣眠,更不负责他们的灵魂栖息。马垃和慕容秋的双重主线,清晰地折射出从乡村到都市、从基层民众到知识分子的全面颓败。其实,他们的失败绝非意外,这样的结局早已写定。在一个传统坍塌、价值失衡的世代里,任何想重建或拨转的努力,都如螳臂当车般天真和滑稽。

对马垃而言,他更严重的问题是,他本以为知道该往何处去,但其实他根本不知。两个精神之父,两种文化传统,造成了他的焦灼无措和进退失据。这既是马垃的生之宿命,也是时代留给每个现代人的严峻疑难。刘继明在《人境》中正面直视中国现实,试图书写出理想主义者的残酷生存处境并揭示出他们的精神孤苦。

马垃在本质上依然是一只断线的风筝。但剥开来看,哪一个觉醒的人类又能逃脱断线风筝的困厄?

"一切都化为了泡影⋯⋯真像做了一场梦⋯⋯好像全都未曾发生过

一样。"①马垃的"同心合作社"解散了，他的创业根据地失去了。理想主义者马垃注定是一个孤独的个人，一个仿佛知道来路，却不知道去路的无家可归者。困守在行将消失的神皇洲的马垃如同莎士比亚笔下的李尔王——"一个背弃了自身的生活世界，同时被自身的生活世界所背弃的孤独无着的老人。"②可是事情又绝非如此简单，马垃的理想主义和积极践行并非一无是处。在短暂的创业过程中，他让满目疮痍的乡土重新焕发了生机，他以博大而无差别的爱拯救了小拐儿和唐草儿，他能够运用现代文明和先进理念解决乡土社会的现实难题……马垃别样人生的追寻与挣扎闪烁着动人的光芒，恰是这些光芒充当起"我们的星与罗盘"的使命，让孤独的鲁滨孙们在荒凉的大海中看见日渐远离的希望大陆，喻示着孤独者重回人群和人间的可能。如此来看，马垃即使失败，也还是一个悲剧性的英雄。刘继明赋予马垃超拔的力量与庄重的品格。在他的世界中，没有狭隘的私欲，没有精神的虚无，他带着良知和使命，以逆向而行的姿态埋头奋斗，张扬一种崇高理想的诗意人生。所以，希望依然存在，历史远未终结。总有那么一天，"中国将有能力重新讲述'正剧'，讲述光荣与梦想，庄严与崇高。"③

　　姑且不论刘继明在《人境》中对未来中国的设计路径和思想理念是否具有现实性，单是他勇敢而尖锐地揭示乡土中国的凋敝和学院研究的溃败就表明他是有所担负的作家。《人境》的写作扎根在中国经验中，作家笔下的中国故事与中国现实紧相关联，他的痛苦无言，他的存在难局与我们每个人的内心是如此之近。马垃的寂寞和孤独在于他主动而用心地体察现实的世界，觉醒的灵魂经受着无情的拷打。也许，不管我们

---

① 刘继明：《人境》，作家出版社，2016 年 6 月第 1 版，第 296 页。

② 李敬泽：《庄之蝶论》，《当代作家评论》，2009 年第 5 期。

③ 黄平：《"大时代"与"小时代"——韩寒、郭敬明与"80 后"写作》，《南方文坛》，2011 年第 3 期。

是认同还是反对，不管是习惯瞒与骗的巧滑者还是铁屋中的颓败者，掩卷《人境》的那一刻都会感到久已生疏的惊与惧吧？

　　——这种惊与惧，远比作者试图"通过这部作品向逝去的岁月告别"①的时代祭别情绪更令人入迷与深思。

---

① 《故事还没有真正地结束：〈人境〉研讨会纪要》（二），http://chuansong.me/n/1203
　　219351169。

历史记忆、神秘命运与救赎意识

——论白先勇小说的书写向度

作为民族苦难和历史悲情的见证者，白先勇小说的核心主题是讲述民族历史的沧桑巨变以及随之而来的祸福无常、生命流离的人生悲剧。在深情缅怀往昔岁月的同时，作家亦倾力呈现大时代结束之后，被神秘命运所掌控的弱小人类的生命哀歌。基于宗教情结的深浓及对人性的坚定期许，白先勇以一颗悲天悯人的仁爱之心体恤着他笔下的各色人物，并在佛教的含容博大中寻找到人类的救赎方式和灵魂的安妥之地。白先勇小说的书写向度接通了中国古典文学劝善止恶的精神文脉，彰显出独特的美学意蕴和文化姿态。

一、沧桑流离的历史书写

降生于二十世纪的中国人似乎注定会生活在悲苦与磨难之中。彼时，具有几千年辉煌文明的国家面临着列强的无情蚕食，人民遭受着流离之痛。在历史的荒原上，古老的中华民族在新的世代中历经着沧桑巨变，体味着国家民族的分裂之苦，承受着万千生灵转瞬即逝的悲哀。这一切，奠定了时代悲情的底色，同时也触痛着每一个善感而具有良知的国人的内心。作为民族苦难和历史悲情的见证者，白先勇将饱受痛苦炙烤的灵魂转化为文字，在今昔比照中，哀悼着大千世界的无常和生命的消逝。

白先勇曾说过："没有一个人能在时代、时间中间，时间是最残酷的。"人类命运在时代与时间中的沉浮引发的历史感怀，成为白先勇小说写作中的显著特色。"白先勇的小说以不同方式展开怀旧的叙事，这些故事都指向一种无可奈何的衰败的历史，那当然是回忆性的叙事中已经有了结局的衰败，在小说的叙事中，它仿佛是一种命定的没落。"①这种探求民族历史的独特维度及其内蕴的凄绝精神是白先勇铭记历史，鉴往知来的叙事策略。

无论是《台北人》，还是《纽约客》，其中的人物都寓言式地印证了民族历史的沧桑巨变以及随之而来的命运无常、祸福相依的人生遭际。即便那些曾经功成名就的社会宠儿也会在历经过"烈火烹油"的生命富丽后无可挽回地走向凄清和寂灭。只有在记忆中，才能重温昔日的安富尊荣，而残酷的现实和无情的时间留给人们的则是家国颓败、美人迟暮、英雄落寞、生命衰朽的现状。在《台北人》这部小说集中的十四个短篇小说里，白先勇通过贫富不等、境遇不同的各色人物揭示出今昔对比的巨大落差。

譬如钱夫人昔日拥有美貌与富贵，而现在则衰老落寞。年轻时锦衣玉食的生活如春梦般短暂难觅，过往的一切全变成了断壁残垣（《游园惊梦》）；李浩然在大陆时是威风八面、声震敌胆的铁血将军，然而他的晚年生活则潦倒落寞，痛苦难言（《国葬》）；曾经为缔造国家民族的新生而拼搏奋斗的革命元老孟仰在退居台湾后屡遭排挤和打击，昔日热闹

---

① 陈晓明：《"没落"的不朽事业——白先勇小说的美学意味与现代性面向》，《文艺研究》，2009 年第 2 期。

的门庭冷落寂然，而他也在悲凉中凄然逝去（《梁父吟》）；撤退到台湾的华夫人虽然还能维持在大陆时养尊处优的生活，然而她的青春美貌却随着时间的流逝一去不复返。虽然她竭力地想挽留住她的容颜，挖空心思地打扮，却依然难掩老态。衰老一日更重一日地侵蚀着她的肉体和灵魂（《秋思》）。

尤其值得一提的是《岁除》中的赖鸣升。晚年的他不仅老态毕现，而且穷困潦倒："他那一头寸把长的短发，已经花到了顶盖，……黧黑的面皮上，密密麻麻，尽是苍斑，笑起来时，一脸的皱纹水波似的一圈压着一圈。……他身上穿了一套磨得见了线路的藏青哔叽中山装，里面一件草绿色线衣，袖口露了出来，已经脱了线，口子岔开了。"[①]而能够安慰他的，也只有尘封在岁月深处的"台儿庄之战"以及与营长姨太太的风流往事。总之，不论是曾经叱咤风云的英豪，还是昔日颠倒众生的红颜，都在历史的变幻和时间的无情流逝中失去了青春、理想、富贵与荣耀。所以这些人本能地想抓住过去，以便获得支撑的力量度过余生的荒凉岁月。白先勇借小说中的人物来表达他对荒谬历史的体认，痛感时间的无情与人生的虚幻。在他的文学世界中，可怜而无助的人类如同无根的浮萍一样，徒然挣扎在尘世的网罗中。不管他们曾经有过多么辉煌的过往，终究还是要面对失落一切的怆然现实。

与年华老去、富贵云散的人生困苦相较，盘桓在人类内心的孤寂、灵肉的挣扎和惨遭放逐的精神痛楚则更为沉重和令人颓唐。不管是迁徙异域、必须直面残酷竞争的"纽约客"，还是流徙漂泊到陌生环境中的"台北人"，均被无常的命运抛出了既定的运行轨道。历史之根的突兀断裂强行扭转了人生的方向，所有的人物均被空虚而悲怆的命运裹挟着，或孤独或茫然地前行。白先勇认为"流浪的中国人，不仅是历史失落，

---

① 白先勇：《台北人》，桂林：广西师范大学出版社，2010年，第62—63页。

更是人性失落。他借助历史来描写心灵，着眼点主要是探索'放逐'对人的本体的巨大影响"①。而这些惨遭放逐人物的悲剧命运则与中华民族的政治历史与文化抉择紧密相连。

典型的为《冬夜》里的余嵚磊和吴柱国二人。他们在年轻的时候都曾亲自参加过一九一九年的五四爱国运动，激情澎湃而又真心实意地为国家民族的新生奋斗过，呐喊过。然而随着战事的失败，他们都成了无家可归的人。吴柱国在国外迫于职称的压力出版着自己并不想写的著作，用历史上的盛唐气象来安慰现实的荒凉。余嵚磊则拖着残缺的跛腿，挣扎在贫困的经济境遇中卑微地谋生。他们在追忆风云激荡的往昔岁月时，满怀着骄傲和自豪。然而那样的岁月早已成为过往，永远不会重现了。他们现在都是遭到时间、历史和文化放逐的可怜人，在漂泊和压抑中，无言而痛苦地活着。

在深情书写父辈们的传奇历史的同时，白先勇的小说亦倾力呈现大时代结束之后，子辈们的事业理想与生活遭际。为了寻求更好的生活，他们中的许多人或主动或被动地选择出国留学。在历史的颓败中，开启新的放逐历史。《芝加哥之死》里的吴汉魂从台北来到美国，经过六年的苦苦奋斗才终于获得了博士学位。然而他为此付出的代价却是巨大的——慈母辞世时不能奔丧，亲密爱人的黯然离开。不仅如此，独自漂泊在异国的他还要面临经济窘迫的困境，遭受灵与肉的撕扯之痛。这一切，致使原本怀着雄心壮志的吴汉魂变得越来越脆弱和孤独。拿到学位的他感觉不到成功的喜悦，反而被凄凉寂寞深深地裹挟。

此时，他深刻地意识到自己既不属于台湾，也不能融入美国，而是一个永远也无法进入中心的漂泊者。他以及那些流落到国外的中国人

---

① 吴福辉：《背负历史记忆而流离的中国人——白先勇小说新论》，《文艺争鸣》，1993 年第 3 期。

既被家国放逐，也遭异国他乡的贬斥。现实困境和精神绝望彻底压垮了吴汉魂，他最终选择了自沉密歇根湖来结束晦暗的生命。与之相似的还有《谪仙记》里的李彤，由于父母双亡的家庭变故，留学海外的她从此一蹶不振。从先前活力四射、骄傲美丽的公主一下子变成了浑浑噩噩、懒散度日的颓败者。在李彤短暂的生命行程里，政治剧变与个人劫难如影随形，无法承受的人伦惨剧和巨大的历史创伤让她体验到生命的残酷与狞厉。最终，她厌倦了漂泊，弃绝了生命，与吴汉魂一样选择了自杀身亡。

欧阳子曾在解析《台北人》的文章中论述道："潜流于这十四篇中的撼人心魄之失落感，则源于作家对国家兴衰、社会遽变之感慨，对面临危机的传统中国文化之乡愁，而最根本的，是作者对人类生命之'有限'，对人类无法永葆青春，停止时间激流的万古怅恨。"[1]其实，不仅《台北人》如此，《纽约客》里的人物也无一例外地遭到放逐。生活的漂泊，文化的陌生，理想的缥缈，年华的老去，造成了人物心灵和情感的创伤。他们在失落和无依无靠中陷入"前不见古人，后不见来者，念天地之悠悠，独怆然而涕下"的灵魂孤独中。于是，希望被失望取代，乐观被悲观所侵蚀，生的愉悦被死的阴影所笼罩。

二、神秘悲苦的命运书写

白先勇小说的核心主题是书写人类的悲剧性命运。在他所建构的艺术世界中，随着历史洪流的跌宕回旋，人的命运也随之被改写和扭转。当灾祸如同洪水般无情地吞噬生命之时，白先勇痛苦地将其归结为佛教

---

[1] 欧阳子：《王谢堂前的燕子——〈台北人〉的研析和索引》，转引自《白先勇文集·台北人》，广州：花城出版社，2000年，第196页。

的"诸法因缘生"和"果报说"。也就是说,世间每一件事物都是因缘和合、相互依存的。罪孽的产生是前世或今世的业力造成的——这是作家对人类悲剧性生存遭际的形而上思考,同时也是他对生命悲剧的无奈体悟。白先勇小说中的人物命运仿佛都被一种超自然的力量掌控,这种力量强大而神秘。同时,这是一种宿命的悲剧,它不可抗拒,也无从逃脱,只能任其蚕食人的肉体与灵魂。

白先勇通过神秘而又悲苦的命运书写,意欲勘探的是政治劫难和男女情爱合力作用下导致的生命哀歌。在作家看来,人类悲剧性命运的成因多源自情爱世界的变幻莫测。因此,"冤孽"式的情爱书写在白先勇的小说中体现得尤为突出。在世俗社会中,爱情神圣而令人向往,是冲决陈腐理念,对抗荒诞命运的精神依凭。而在佛教的观念中,美好的爱情也不过是镜中花、水中月般的泡影。人生如同一场虚幻不实的假象,爱情也是假象之一种。但生活在此岸世界的芸芸众生难以参透真相,所以注定要经受爱与恨、灵与肉的冲突之苦。

"我们常碰到'冤''孽'等字眼,以及'八字冲犯'等论调:会预卜吉凶的吴家阿婆称尹雪艳为'妖孽'。金大班称朱凤肚里的胎儿'小孽种'。丽儿的母亲戏称她'小魔星',又说王雄和喜妹的'八字一定犯了冲'……娟娟唱歌像'诉冤一样','总司令'拿她的'生辰八字去批过几次,都说是犯了大凶'。朱焰第一眼就知道林萍是个'不祥之物'。蓝田玉'长错了一根骨头',是'前世的冤孽'。"[1]在这些遭受命运诅咒的人物中,《孤恋花》中的娟娟尤为可怜。她的母亲是个疯子,父亲则是个禽兽不如的人,他无耻地奸污了自己的女儿,当娟娟怀孕后,父亲为了撇清关系故意当着乡邻的面诬赖她偷人。离家后独自谋生的娟娟

---

① 欧阳子:《王谢堂前的燕子——〈台北人〉的研析和索引》,转引自《白先勇文集·台北人》,广州:花城出版社,2000年,第209页。

又不幸地遇到了黑道人物柯老雄。最终，不堪忍受残酷性虐的娟娟用黑铁熨斗杀死了柯老雄，而她自己也在命运的捉弄下走向疯癫。娟娟的一生，凄厉而惨烈，令人阅之而生恐怖之感。她单薄的身子仿佛注定要承载人间的无数罪孽，在灵与肉惊心动魄的搏杀后，是生命的毁灭与癫狂。

同样为情所困并终被毁灭的还有《玉卿嫂》中的玉卿嫂与庆生。不可否认的是，玉卿嫂对庆生是有感情的。然而他们之间并没有牢固而坚实的感情基础。玉卿嫂用金钱和关爱囚禁着年轻的庆生，她对性的渴求和贪婪索取令庆生逐渐感到恐惧与厌倦。随着时间的推移，庆生喜欢上了年轻漂亮的戏曲演员，与玉卿嫂的关系逐渐陷入了僵局。玉卿嫂在绝望与愤怒中亲手结束了庆生的性命，而她自己也惨烈地殉情而死。由此可见，玉卿嫂与庆生的畸形情爱关系是他们悲剧命运的主因，而主导这一切的，则是佛教所谓的"刀头舐蜜"式的欲海冤孽。

如果说异性恋情是"冤孽"式情感，总以悲剧作为收束，那么触碰情爱禁忌的同性之爱面临的境遇则更为不堪。身为同性恋者，他们注定要成为社会边缘群体中的一员，承受着来自亲人和社会舆论的双重压力。由于自身的情感阅历及对同性之爱的懂得与体恤，白先勇在其短篇小说集《台北人》和《纽约客》中都有对同性恋题材的书写。其中《月梦》《满天里都是亮晶晶的星星》《青春》和《Danny Boy》中的吴医生、朱焰、老画家、云哥等人物都因为同性恋者的身份而痛苦不堪，他们违背世俗的爱情亦无一例外地充满悲剧色彩——不是伴侣的死亡就是自身的毁灭。死亡不由分说地终止了他们饱受非议的爱情，似乎也只有死亡才能帮助他们摆脱命运的拨弄。此外，作家唯一的长篇小说《孽子》则集中讲述了好几对同性恋者"冤孽"式的爱情纠葛。白先勇曾说："《孽子》你看了，它不是一本普通讲同性恋的书，不止于讲同性恋，也不止于讲普通亲子，而是讲人的命运。"①更确切地说，《孽子》讲述的是形形色色的同性恋者所遭遇的不幸命运。文本中，阿青、小玉、阿凤等青春鸟们携带着命定的劫难集聚在一起。他们只能在黑暗的王国中自成一体，彼此安慰着度过生命中的漫漫长夜。然而即便如此，深藏在心底的自卑和孤独时时绑缚着他们，噬咬着他们微渺而细小的欢乐。

值得注意的是，除了情天欲海对生命的煎熬之外，白先勇也揭示了亲情缺失导致的生命悲剧。由于传统儒家文化的影响，中国人是极其重视家庭中的人伦亲情的。国与家的守护构成了儒家文化的核心理念。所以，来自亲人的伤害与背叛，往往意味着沉重的打击和灾祸。弗洛伊德曾言"人永远不能使自己从毁灭他人或毁灭自己的悲剧性的抉择中解脱出来"。在白先勇的小说中，所有遭受骨肉血亲伤害的人物都承受着精神上无可疗救的创伤，在痛苦、伤心、迷惘中走向颓靡与浑噩。

譬如《游园惊梦》中的钱夫人与夺去她情人的亲妹妹月月红，窦夫人与夺去她丈夫的妹妹蒋碧月构成了紧张的冲突关系。被伤害、被算计后久久不能释怀的桂枝香悲愤而又无可奈何地说出了"亲妹子才专拣自己的姊姊往脚下踹"的话语。而钱夫人也认为自己的妹妹是她生命中难言的隐痛。但这样的心灵痛楚，唯有独自吞咽和默默忍受。无独有偶，白先勇在长篇小说《孽子》中用大量篇幅讲述了父子、母子、兄弟之间的尖锐对峙。比如小玉的生身父亲欺骗了他的母亲，他回到日本后，绝情地抛弃了陪伴他的女人，对小玉母子不闻不问；阿青的母亲因为生产时遇到了子宫崩血，差一点丢掉了性命，于是母亲自小便不待见他。认为他是前世的冤孽，投胎向她讨命来了。从此不肯给儿子母亲的柔情和关怀。随着母亲后来不负责任地与人私奔，母子之间的关系降到

---

① 刘俊：《文学创作：个人·家庭·历史·传统——访白先勇》，《东方丛刊》，2007年第 1 期。

了冰点；老鼠和乌鸦本是亲兄弟，老鼠自小便没了爹娘，他在乌鸦家里长大。老鼠没有得到过哥哥的关爱，反而整天被乌鸦拳打脚踢地肆意虐待，像个奴隶一般艰辛地生活着。

在长篇小说《孽子》中，血缘亲情本该具有的温暖消逝不见。取而代之的，是亲人间剑拔弩张的对峙与激烈冲突。由于命定的宿世情缘，他们凑在一起，互相折磨地过着凄惨的日子，无可避免地造成一幕幕人伦惨剧。

三、立于人世的救赎书写

白先勇坦诚自己的宗教感情是佛教的。在《谈小说批评的标准》中曾说："了解人生的恐怖而生悲悯之情——这才是大师们剖析人性罪恶的宗旨。我想那些伟大的小说家，与宗教家的情怀毫无二致，面对着充满罪恶的人心，一颗悲天悯人的爱心，不禁油然而生。"在白先勇的小说中，他确实与宗教家一样，用一颗悲天悯人的仁爱之心注视着他笔下的各色人物，并给他们改过自新，消除罪孽的机会。

例如，《金大班的最后一夜》中的吴喜奎年轻的时候是个张牙舞爪的母大虫，然而后来她幡然悔悟，决然地从孽海中抽身而出，成了虔诚的佛教徒。她在家中设了佛堂，供奉了两尊翡翠罗汉，终年吃素念经，连半步佛堂都不肯出。醒悟后的吴喜奎向善向仁，用慈悲的情怀待人待物。在宗教的救赎下，她获得了新生。同样，《国葬》中昔日威震四方的司令刘行奇自感杀孽太重，为了获得灵魂的安宁，他在晚年的时候选择出家为僧，成了身披玄色袈裟、足蹬芒鞋、脖子上挂着一串殷红念珠的老和尚。这些饱受心灵折磨之苦的人物不约而同地皈依了佛教，通过对人生真谛的"悟"和虔诚的修行来达到救赎的目的。

纵观白先勇的小说创作，不难发现他的大多数作品都触及了死亡。他对死亡母题的持续性书写源于作家对人类命运的哲学省思和宗教情结。在德国哲学家海德格尔的论述中，他认为"死所意指的结束意味着的不是此在的存在到头，而是这一存在者的一种向终结存在。死是一种此在刚一存在就承担起来的去存在的方式"①。死亡是人类不可避免的生命现象，亦是一种生命的大哀。死亡的存在既是领悟宗教的必要条件，也是获得救赎的另类途径。正如死亡内在于生命之中，救赎也并不意味着因外在的力量使生命个体得救，而是因信得救。

譬如《梁父吟》中的朴公，他认为戎马一生、杀人无数的好朋友王孟养生前杀戮了太多生命，死后必然会受到神灵的惩罚。于是他替朋友在菩萨面前许了愿——代他手抄一卷金刚经，并商定"七七"那天举行佛教仪式来超度亡魂。而长篇小说《孽子》中阿青的母亲在临死前心心念念的是祈求儿子去庙里向佛祖求情，以便达成消除她一生罪孽的心愿："你阿母是活不长的了，阿母死了，你到庙里去，替你阿母上一炷香，哪个庙都行。你去跪在佛祖面前，替阿母向佛祖求情。你阿母一辈子造了许多罪孽，你求佛祖超生，放过阿母，免得你阿母在下面受罪。你阿母一生的罪孽，烧成灰都烧不干净！死，你阿母是不怕的，就是怕到下面罪受不了——"②因为心有敬畏，相信冥冥中的天道，所以阿青的母亲在行将告别这个世界时企望通过皈依佛祖来消除罪孽。

其实，追根究底，这些自认为"造了许多罪孽"的人又有哪个是真正穷凶极恶的人呢？他们犯错的因由不过是为了活下去而做出的挣扎和妥协。即便是那些曾经在战争年代犯下杀孽罪责的军官或士兵们，也

---

① [德] 马丁·海德格尔著：《存在与时间》，陈嘉映等译，北京：生活·读书·新知三联出版社，2006 年，第 282 页。
② 白先勇：《台北人》，桂林：广西师范大学出版社，2010 年，第 78 页。

是在国家面临危急之时，怀抱着为国为民尽忠尽责的初衷而走向战场。在"天地不仁，以万物为刍狗"的时代历史中，罪与罚、美与丑、善与恶混沌纠结在一起，正义与邪恶的论辩都具有充分的理由律。只有在历尽沧桑、饱经忧患之后，曾经迷惘的人们才能以敬虔的态度对待天地神明，以端正豁达的心态自审其罪。

白先勇笔下的死亡叙事彰显出他对人类命运的真切关怀，经由死亡，作家探寻的是人类的救赎之道。在佛家的含容博大中白先勇为他笔下的人物寻找到灵魂的栖居地。这些遭受命运拨弄的红尘男女在认清"生本不乐"的人生真相后，参透了功名利禄的虚幻，从而随缘任运，淡泊达观地笑对困厄的人生和死亡的到来。由此可见，白先勇的写作路径接通了古典文学劝善止恶的精神文脉，是一种立于人世，自觉担负责任良知的文学。

宗教的慈悯情怀决定了白先勇笔下的人物虽在尘世中犯下诸种错误却并没有十恶不赦、罪大恶极的人物。白先勇用宽广的爱意心肠，体恤着这些受困于生活和命运中的人物，满怀悲情地讲述他们的生老病死与爱恨情仇。作家对无力掌控历史、社会、时间、命运的人类怀着深深的同情，并对人性的仁善充满坚定的期许——"虽然人生有许多痛苦，有许多不可预测而叫人遗憾的事，但偶尔一下的喜悦，人性蹦出一点光辉，常使我对人性肯定，使我对人性有信心，虽然人也有恐怖的一面，但人也有所以为人的尊严。"[①]正因为持守这样的信念，白先勇虽叙写了人生之罪孽、世事之艰难、命运之难测但却从来不肯让人性陷入完全而彻底的黑暗。他的写作，总是会留下重建的希望和抵抗命运的倔强，以此来抚慰泅渡在此岸与彼岸的弱小人类。

白先勇的小说中时常会有"人性蹦出一点光辉"的细节描写。如在

① 蔡克健：《访问白先勇》，PLAY BOY（中文版），1998年第7期。

《金大班的最后一夜》中，世故精明的金兆丽对舞女朱凤真诚的提携和帮助。在她的关爱下，朱凤从一个畏手畏脚、濒临失业的小舞女逐渐变成当红舞女。最令人感动的是，当她得知朱凤怀上孩子后，便慷慨地将手上的"一克拉半的火油大钻戒卸了下来，掷到了朱凤的怀里"[1]。而在《孤恋花》中，"总司令"对娟娟和五宝的同性之爱和无微不至的细心照料也给这个悲惨的故事涂抹上一丝温暖的色调。作家想要阐明的是，人与人之间，并不只是互相践踏和伤害，还有彼此的理解和呵护。除此之外，《花桥荣记》里的房东太太、小吃店的老板娘对卢先生的超度；《那片血一般红的杜鹃花》里的舅妈对王雄的祭奠等，都是人性光辉迸发的时刻。

　　总之，白先勇对人性的限度知情并懂得，他不肯对笔下的人物过分地苛责，而是怀着佛教的悲悯之心体恤着他们，并用大慈大悲的佛法之爱来救赎他们。在他骚动不安又向善向美的灵魂里，他愿意相信仁善的力量，更愿意为自己、为人类寻找到生命灵魂的安妥之地。

---

[1]　白先勇：《白先勇文集第 2 卷——台北人》，广州：花城出版社，2000 年，第 58 页。

清朗而凝重的吟唱

——论回族作家马瑞芳和阿慧的散文写作

二十世纪九十年代以来，散文写作经由余秋雨的积极践行倡导，使得"文化大散文"成为炙手可热的散文创作路径。客观来说，这种宏阔的、有史学追求的散文样式确实在一定程度上矫正了那种格局狭小、矫情造作、自言自语式的"小女人写作"。但问题是，成为潮流的"文化大散文"一时间跟风者众，他们在史实与慧悟并未充盈的情况下眼红心热地跑进了历史的后花园。在这个残破陈旧的后花园里写作者们沿着别人踩踏出来的路线翻翻检检一番后，便成竹在胸地枯坐书斋，开始了纵横五千年，评判千古风流人物的写作。这些文章大多摆出阔大张扬的架势，内容不乏史料的拼凑，结尾则多为空洞的议论。唯独缺少了散文内里最应珍重的真纯性情和自由灵动。总之，"文化大散文"的写作者们怀着勃勃的野心，目光始终注视着远古的、伟大的人物和事件。早已远离了人间烟火的人生，感受不到大地的体温，触及不到柔软的情思。

正因为虚假、空泛、苍白的散文见得太多，所以召唤贴近现世人生、抒写朴拙大地、折射人心之思的散文便成为必然。其实，随笔散文的回潮并不是当下的新创举，而是一个遮蔽再发现的过程。早在"五四"时代，众多的散文家们便将这种吸养文化、畅论人生、沟通万物的性灵写作奉为圭臬。他们不仅创作出一篇篇耳熟能详的佳作，而且撰写理论文章指导推动着随笔散文的写作。周作人曾在《关于身边琐事》一文中认为笔记随笔"原以识小为职"："固然有时也不妨大发议论，但其主要的还是记述个人的见闻，不怕琐屑，只要真实，不人云亦云，他的价值就有了。"

遗憾的是，此后十几年间狂飙突进的时代风潮和宏大激切的文风联袂绞杀了这一散文创作路径。弥漫着哲思和雍容之气的随笔散文迹近消失，这是令人痛惋的。好在随着时代的发展，生活的迁变，审美的多元，随笔散文的写作重受推崇，越来越多的读者期待看到亲切可感、涵养心灵的散文作品。

基于这种阅读诉求，我欢喜着回族女作家马瑞芳和阿慧的随笔散文。打开她们的作品，会不由自主地被作家们清朗却不失凝重的生之吟唱所吸引。这些文字发散出来的心音体感令人心动神伤。在描绘故乡童年、追忆亲朋好友、记述自然风光的一系列作品中，彰显出生命的重量、信仰的庄重和人性的斑驳。因为伊斯兰文化的根系深植在她们的血脉深处，所以她们笔下的世界充满了慈悯：敬畏着大自然的万事万物，体恤着人心的幽微，哀伤而不绝望地对待历史的混乱和黑暗政治的戕害。在她们的散文写作中，作家们歌哭着生的喜悦和死的悲哀，用宽恕、温润的情感面对莫测的人心和多变的世事，在广博的文化视野中接通天人宇宙的和谐关系。

2005 年，作为一名大三的中文系本科生，我有幸聆听了马瑞芳教授在山东大学开设的《红楼梦》研究选修课。彼时，正是先生在中央电视台《百家讲坛》栏目中开讲《聊斋志异》的时候。作为知名学者和作家的马瑞芳没有端着名人的傲慢架子，她在课堂上讲课的风格犹如她散文的文风——幽默俏皮，活泼灵动，间有泼辣豪爽的言辞，令座无虚席的教室言笑晏晏，一派欢然。课下，广受欢迎的先生难得休息，请她解惑的学生总是抓住宝贵的课间与老师面对面地交流文学，不是探讨《红楼梦》的宝黛钗就是《聊斋志异》的花妖狐媚，或许还有更多上到宇宙之大、下到苍蝇之微的林林总总问题。个子不高的先生站在层层围绕的学生中间，微笑蔼然地一一作答。

而阅读阿慧，知晓她的文字却是不久以前的事。因为关注回族文学，渐渐知道豫中平原上有一位小学教师李智慧在业余时间用阿慧的笔名默默而又痴迷地侍弄着她的文学园地。人到中年的她可被划分到大器晚成型作家之列，随着她的散文近些年来屡获全国性的大奖，她的名字和作品也为读者所熟知。然而让我讶异的是，这两位年龄不同、人生际遇不同，甚至很有可能互不相识的作家却神奇地让她们笔下的散文作品无论在内容题材还是在精神蕴藉中有诸多的涵容汇通之处。也许，母族文化根系的绵长延伸和同为女性的慧心卓识促成了她们笔下散文似曾相识的面相。

执着而坚忍的民族信仰，宽厚而仁慈的心肠，恒常而炽热的爱国情操是马瑞芳和阿慧笔下回族老人共同的人格操守。这种抒写在今天这个普遍缺失信仰，到处物欲横流的实利时代显得尤为珍贵。马瑞芳发表于1981年的散文名篇《祖父》和阿慧发表于2010年的《大沙河》即是具有典范性的代表之作。《祖父》用欲扬先抑的手法追溯了医术高明的祖父在动荡时代始终秉持清洁的民族信仰，不屈服邪恶势力。后来，祖父因痛恨日本侵略者亵渎穆斯林的宗教信仰，不幸抑郁而终的悲情故事。可贵的是，这样的伤情故事并没有但全文的基调并不消沉颓唐，而是充满着马瑞芳式的慧识和昂扬。尤其祖父近乎神奇的医术和那颗切盼祖国早日结束战乱，人民平安度日的赤子之心的勾勒，使文本透溢出哀而不伤的风致。文章的结尾，马瑞芳克制的情感似火山喷发般涌流出来：

　　祖父，封建家长的祖父，您曾何等绝情，竟忍心虐待嫡亲孙女！可是，您一定懂得爱。在艰苦泥泞的人生道路上，您钟爱为人类造福的中医事业；在弱肉强食的旧世界，您笃爱自己孤立无援的回回民族；在风雨如晦的年月里，您热爱古老文明的祖国。

　　祖父，哦，断我母乳的祖父，我爱您！

　　在平实而又庄重的叙述中，流露出对祖父高尚情操的由衷赞美，排比句式的选用，高度凝练并概括出祖父的人生事业以及心存的爱国之念。

　　阿慧的《大沙河》则用饱蘸情感的笔墨从容舒缓地讲述了姥爷在风雨如晦的时代大开大合、大起大落的人生传奇。他用坚忍的心性丈量着生命，从一无所有的码头苦力转变为拥有烟草公司的成功商人。成为富商的姥爷并没有为富不仁，相反，他用累积的财富暖老温贫。不仅斥巨资救助家乡的灾民，无偿安葬倒毙在清真寺里的孤寡老人，甚至在逃难回家的路上还不忘接济陌生的黄包车夫。姥爷的性情温良和顺，但是面对日本侵略者的诬蔑和刺刀威胁时，姥爷的表现却是刚烈而强硬的。因看不惯日本暴徒的横行无忌，不愿做奴隶的姥爷毅然决然地带着家人离开上海回乡务农。回到家乡后，一无所有的姥爷几经辗转，最后成为乡间的收粪工。面对人生的浮沉跌宕，清明睿智的姥爷显得从容安详。他不抱怨，不怨恨，因为拥有坚定的宗教信仰，姥爷对他人，对世间的一切生灵常怀善意。姥爷不是伟人，但他的一生却因良善而获得了众人由衷的爱与敬。

　　众所周知，回族是一个以血性和刚烈著称的民族。他们的祖先从异域跨越万水千山的间阻，历经刀霜雨剑的无情淬炼终于在古老的中华大地上落地生根。其间的心酸和波折、孤独与惨烈也许只有他们那个民族才能够体察和铭记。动荡的岁月，为了生存，他们隐忍缄默，可一旦民族尊严和宗教信仰受到亵渎和辱慢之时，他们便会爆发出蛮强的血性。祖父和姥爷的一生忠实地践守着回族穆斯林热血男儿刚性的一面。而广大的回族女性则在漫长的民族发展史上以韧性著称。苦难袭来，她们通常不会踏地顿天地哭闹，也不会绝望到放弃生命，而是安顺地承受厄运，用自己的坚忍托起哺育后代、照拂他人的重大职责。

马瑞芳笔下那个孕育了七个子女的母亲像地母一般无私宽厚地将生命奉献给她的儿女们。同样，阿慧笔下的奶奶和妈妈等众多女性在波诡云谲的岁月中用柔弱的双肩挑起生活的重担，大山般沉重的负累也许会让她们前行的脚步有些踉跄，但她们紧咬牙关，拼尽心力地为自己所爱的人擎起一片无雨的天空。年轻丧夫、老年丧子的奶奶一生可谓备尝坎坷，是个道地的苦命女人，可她却以顽强的毅力活到九十六岁的高龄。她的信念朴素执拗：没有真主的口唤，咱谁也不能寻无常！好好活着成为这个苦命女人的恒常坚守。而作为教师的妈妈更是将博大温婉的母性之爱发挥到极致，她不仅要做好传道解惑的教师工作，还要照顾亲生和非亲生共十一个孩子的吃喝拉撒，其间的辛苦和操劳自是不言自明的。

作为女性，马瑞芳和阿慧对女性的际遇和心境有着贴骨入髓的体察。她们将礼赞的颂歌恭谨地呈送给那些默默奉献、宽厚赐予、不求索取的温厚母亲们。作家们在庸常甚至琐碎的过往捡拾大大小小的事例，将一腔浓得化不开的深情徐徐道来，使情与事、景与人如盐着水般地自然融合，委婉地表述出回族女性的柔美温厚。

敬畏自然，珍重生命，悯老怜孤是当代回族作家散文抒写的重要维度。宗教精神的浸润，让她们对世间的万事万物持有悲悯的情怀。翻开马瑞芳和阿慧的散文集，这样的事例与情怀显而易见。譬如，马瑞芳笔下的张海迪用慈母般的态度对待小狗的温情画面（《聚会海迪家》）；奶奶总是热情地用水饺款待美国女博士，老太太的贴心关切和惦念饱含着善意的体恤（《美国女博士和中国老太太》）；父母去世后，子女们将老人遗留下的贵重衣物送到回民区散发的善举（《遗产》）等。

　　而在阿慧的散文写作中，葆有这种高洁情怀的人物更是不可胜数，尤其值得注意的是，这些高洁人物往往是与作者朝夕相处的普通人，但因为他们精神世界的丰盈，从而使他们平凡的生活焕发出迷人的色泽。例如，开垦荒地时，祖孙二人面对那颗无名人头骨的痛惜和尊重（《西洼里的童年》）；姥爷对拖走羊腿的母狗持宽容态度，他对家人们说："别打了，狗也是命！就让它吃吧！"（《大沙河》）；对生命的珍视让文中的"我"对作为食材的兔子们生命的消逝而愧疚难安，她感叹道："一个动物不该是另一个动物的地狱啊！"所以，她果断地关闭了生意兴隆的饭店（《大盘兔》）。在马瑞芳和阿慧看来，自然界的一切生灵都需要珍重，那生育万物、带着血脉的土地；那只为幼崽觅食而格外凶狠的黄鼠狼；那一脉相承的三代山羊来来往往的生之历程；那头任劳任怨劳终生的老驴；那群忙忙碌碌运送蚁卵的蚂蚁；那些立于天地间的树木花草，全拥有着美好的生命，都是应该得到珍视的。她们的散文在尊生命、敬自然、寓情于景的写作方式中，充满深情地吟诵出人与自然万物的谐洽关系。恰是这一创作理念，使她们笔下的春秋世代不再遵循弱肉强食的丛林法则，所有的人、事、物均扎实而稳妥地存在着，生活着。在作家们洁净而安静的文字后面，跳动着鲜活善感的生命之心，构筑了一个价值充盈的精神高地。

　　散居在中原大地上的马瑞芳和阿慧钟情于自己的民族，她们钦佩那些为民族发展进步事业做出贡献的同胞父老。祖父、姥爷、奶奶、父

亲、母亲、兄弟、姐妹、拉面馆的女老板、回族秧歌的组织者马义民、
金阿訇……他们所做的事情无论大小多寡，均用扎扎实实的行动证明了
他们对本民族的眷顾爱恋之情。难能可贵的是，作家们关注母族，却不
宣扬狭隘保守的民族主义。她们歌颂各族人民平等互爱的和合关系，谨
记兄弟民族的真挚情谊。马瑞芳在参观西宁清真大寺时了解到它的建成
是回、汉、藏三族同胞共同努力的结果，其间感人的故事，让她禁不住
流下了热泪。作家们相信，族别不同，文化宗教信仰不同并不能成为各
族人民交往的厚障壁，在平等和尊重的前提下，人与人，族与族，甚至
国与国之间都可以和平共处——这不仅增加了散文本身的重量和厚度，
同时亦不失为一剂缓释现代文明冲突的良药。

当然，每个优秀的作家都有卓异的写作面目，马瑞芳和阿慧的散文
面貌并不是严丝合缝地完全契合，面对广阔而繁复的时代世相，两位回
族女作家的散文面貌亦有殊异的一面。

教授、学者和作家的身份使得马瑞芳熟识许多学海中人，他们的性
情学识、人格魅力、生活趣事构成马瑞芳随笔散文的重要组成部分。她
的《学海见闻录》不若惯常模式化的名人记事写作，不是浅显地罗列
名人们在专业上的成功和虚妄的高大形象，而是剑走偏锋，颇似旁门
左道地开凿了另一条贴近他们的幽静小路。作者似顽皮的小女孩，毫
不客气地摘下名人们头顶的光环，从人物的一言一行里，从一箪食一瓢
饮的日子中摄取那些让她感到兴味的事例来全面复活名人们活泼、生动
的容颜。神圣之光的消泯，并未降低这些人物的魅力，他们在生活中手
忙脚乱的出错和稚拙笨重的一面更让读者感到亲切欢然。原来他们和我
们一样，也需日日柴米油盐地过活，也为鸡零狗碎的事务烦恼，某些我
们掌握的生活技能他们却有束手无策的茫然。但可爱真实的芯子却在这
种洒脱散漫的语言中被剥离出来，给读者留下会心的微笑和甜蜜的阅读

情味。

马瑞芳的学者散文表露出作者对历史的回眸，对生命的理解，对社会的明察及对人生的慧识。这些文章在晓畅明白中洞见古今，颖悟生命。但作者没有走晦涩炫才的骈俪一路，也不牵强地掉书袋，她巧妙地将学者品格和学者风范潜隐在作品内里，不端学者的架子，不摆学究的面孔，因此她的学者散文呈现在读者面前的依然是活泼灵动、平易近人的样貌。读完她的散文，确实有好读又增智的感慨。那种潇洒自如的理趣、情韵、史见纷至沓来，给读者多方面的启悟。当然，马瑞芳早期散文中还存有特定时代的印痕，政治性的巨型话语时时有所显现。好在作者并不是杨朔式的突兀拔高，而是随着情感和事件的积蓄真实地剖白。当理想、仁爱、真纯成为虚假的代名词时，马瑞芳的散文多少与当下年轻的读者群存在着某种程度的隔膜和代沟也是不争的事实。

阿慧的散文风度蔼然，她笔下的人物都是作者生活中熟悉之至的亲朋好友，这些人物背负着时代命运的暗影，在寻常的日子里也免不了苦涩的隐痛。这是一群质朴的沉默乡民，在冷暖自知的生活中艰难求生。阿慧爱恋着他们，文辞净洁地描述着他们生的喜悦和死的安详，在看似小事小情的人世浮沉中潜隐着作者宏阔的慈悯之心和对生命价值的积极寻觅。阿慧以敞亮温润的心灵面对百态人生，以纤细善感的感官触摸生活的底蕴。如《皂角树下的女人》将三代女人的婚姻爱情编织进历史风习的迁变中加以表现，社会风习与个人沉思的叠合，陈腐文化的因循与女性婚恋的困境构成了作品浓郁的文化批判精神。而对自然万物善意的触摸和抚慰则发散着现代的厚生意识。阿慧的随笔散文总是在寻常平凡的外表下蕴含着庄重的精神容量，以慈悯的情怀看待世间万物，进而实现对生命的整体关怀。当然，面对人心的幽暗，人性的复杂，阿慧并不回避，她表达着哀怨的失望和微小的不满，可是最终，宽恕原谅成为她的选择。

当前，阿慧已经构建出独属自己的七宝楼台，她站在那里张望徘徊，面对更高的山巅，更开阔的美景，不知她是否已经做好了艰苦攀爬的准备。"无限风光在险峰"，险峰自然不是谁都可以到达的，既定经验需要检视，旧时的老路更需开凿，毅力、决心、勇气、学识、阅历似乎一个都不能少。作为读者，我们期待她的攀登，因为我们惧怕她的枯竭，更因为她值得期许。

人间之事与灵魂之深

——李进祥小说创作论

人到中年的李进祥在文学的旷野上已跋涉多年，可贵的是，在他身上看不到多数作家显现出的自我重复和保守疲敝，相反，在近几年的文学写作中，李进祥表现出毫不懈怠的探索精神。他的写作不仅着眼于一个少数民族的生存际遇，而且揭示出现代生活中多元价值理念的众声喧哗，进而指出个体民族与全人类共同面对的精神疑难。为了更好地呈现灵魂的内部风景，作家在叙事结构上进行了卓有成效的创新，这使得他的艺术视野陡然开朗，博大而广袤的精神空间日益显明。

一、世情社会的描摹

李进祥是一个对时代历史、对人类的世俗生活有着强烈探求欲望的作家。他的写作高度介入当下的现实生活，打破了文学与时代、社会的疏离，以强烈的现实主义精神书写剧变中的"中国故事"。在作家早期的文学创作中，他以一条默默流淌的"清水河"作为写作根据地，精心建构了一个根植于回族人生活空间的市井世界，呈现出乡土中国在现代性变革中正在发生的剧变。清水河两岸的西部村庄偏僻而贫瘠，居住在此的平民百姓如同上古时代桃花源里的居民一样远离繁华喧嚣的都市，但他们却未能过上"不知有汉，无论魏晋"的逍遥生活。波诡云谲的世事迁变和天灾频仍的自然灾祸裹挟着他们的生命，清水河边的回族民众在历史与现实的轮番重击中蹒跚行走，他们的世俗生活很难获得富足恬淡，更缺乏宗法传统的温情庇护。

在清水河系列篇章中，无论是痴恋土地、辛勤劳作的传统乡农，还是进城寻梦、忍辱负重的新型农民工，这些人物的生活阅历与生命故事虽然不尽相同，但在寻求理想人生的历程中都受尽了命运的捉弄，都要遭遇苦难的迎头痛击。譬如《天堂一样的家》里的马成和林娴儿、《换水》里的马清和杨洁夫妇、《屠户》中的马万山等人物都是从农村出走，进城谋求别样生活的人。最初，他们都想凭借勤苦的劳动过上一种有尊严的日子，但外来者的身份和制度文化的碰撞让他们在别人的城市中四处碰壁，遭遇艰险。五光十色的城市并未给他们带来预想中的富裕、成功、体面和清洁。相反，城市向他们张开了狰狞的血盆大口，毫不留情地吞噬他们的肉体和尊严。在《换水》这篇小说的结尾，马清成了残疾，而他的妻子杨洁则因为出卖肉体而染上了重疾。更为不幸的是《屠户》里的马万山，为了融入城市，他付出了儿子惨死的沉重代价。李进祥通过这些人物的遭遇撕开了日常生活的悲剧面目，无奈而悲哀地揭示出这些乡村人物的城市生活经历不过是尊严、理想甚或生命被逐渐剥夺戕害的过程。

城市生活遍布伤痛，那么退守故乡会好吗？就像马清说的："咱回家，清水河的水好，啥病都能洗好！咱回家！"但事实证明，这不过是马清一厢情愿的美好想象而已。在《一路风雪》《狗村长》《宰牛》《你想吃豆豆吗？》等小说中，乡村在现代化的迅猛高歌中颓败不堪，昔日纯朴良善的农民早已被生活的巨兽赶出了与天地一体的农耕乐园。记忆中从容、恬淡、安宁的日子一去不复返，每个人的现实生活和内心坚守都在经受严峻的考验。

乡村生态环境的恶化及吃苦耐劳精神的贬值令农民们的生活陷入无序与混乱之中，被投入变化旋涡中的他们变得躁动迷离，惊慌失措。为了生存和世俗的成功，他们中的大多数人弃置了曾经信守的道德伦理，人性与人心中的善美被贪婪欲望吞噬。诚如李进祥所言："这些年，我有些惊恐、有些悲哀地看到，回族，这个崇尚苦行苦修、安贫守旧的民族，也开始了变化、分化。"①正是这样的变化与转型，制造出种种人生悲剧。惶急、挫败与家破人亡早已屡见不鲜，而有尊严，能饱暖，拥有珍贵情感的幸福生活似乎永难达到。

与大多数回望故土、描摹前现代社会偕顺的生态关系和人伦情感的田园牧歌式写作路径不同的是，李进祥更乐意去呈现当下时代农民们心灵的贫瘠与精神的破败。例如在《遍地毒蝎》中，作家以忧戚的心态揭示出乡村日常生活得以维系的伦理正在溃败的现实——"瘸尔利感受到了这种怨气，这种怨气让他担心，更让他担心的是蝎子。最初，他怕晚上有人来偷蝎子，架着双拐满院子转悠，影影绰绰地看到墙头上爬着人。等他架了拐子过去，人影又不见了，他分不清是自己花眼了，还是墙头上真爬了人。瘸了腿待在家里这两年，他有好几次都看到过墙头上有人影。也许是村上的小混混欺他腿残了，趁夜来偷鸡摸东西，也许还是冲着他婆姨来的。"②传统的仁义文化生态在商品经济大潮中变得脆弱不堪。金钱、物质、欲望作为新的"意识形态"肆虐侵蚀着农民的心灵。

值得注意的是，李进祥小说中对人世苦难的关注并非只是客观描摹

---

① 李进祥：《写有信仰的文字》，《文艺报》，2014 年 3 月 28 日第 002 版。
② 李进祥：《换水》，桂林：漓江出版社，2009 年，第 79 页。

底层人物面临的物质艰窘，他更注重揭示乡村人物心灵世界所遭受到的
精神磨难，并赋予苦难丰厚的哲学意蕴。在作家的体认中，苦难是信仰
者必须承担的使命，也是达于至善的唯一道路。因为"承受苦难就是承
担责任，承受苦难就是赎回堕落的罪。假如没有人生重重的苦难，救赎
就显得毫无意义"①。作为信仰者，清水河边的回族民众在俗世的生活中
必然要承受肉身与灵魂的双重试炼。

比如短篇小说《黄鼠》中的苏阿訇便是一个夹在世俗生活与神圣信
仰中的受难者。在大饥馑面前，是恪守宗教规约还是保全性命的巨大疑
难尖锐地凸显出来。在饥饿刚刚显露的时候，苏阿訇拼尽全力阻止了乡
亲们试图吃下不洁食物的企图。但是，随着灾情的蔓延与加重，在人吃
人的惨剧即将发生的危急时刻，苏阿訇毅然决然地选择了生命至上。他
亲自为饥民们宰杀黄鼠，并给予他们精神的慰安。当人们度过灾荒之
后，才发现苏阿訇已经不见了。虽然苏阿訇并没有违反宗教规约，但内
在的宗教修为依然令他愧悔不已。从表面上看，苏阿訇的自认其罪与自
行消失似乎是令人费解的无意义行为，实际上，他是自觉背负人类罪责
的受难者。究根结底，苏阿訇也是一个弱小而无助的人，他在生命伦理
和宗教伦理的夹缝中左右为难，没有办法去安顿、整合重压下的灵魂。
恰是这一原因，剥夺了他的安宁，所以才不得不以远离人群的方式自证
其罪。

在时代疑难与精神疼痛中，作家换了一副手眼和腔调，重新讲述
底层民众的生命故事与伦理困境。由此，李进祥笔下的西部乡土世界不
再是温情缱绻的怀旧祭器，而是紧贴时代发展脉搏的乡村"自然史"的
记录。

---

① 刘再复：《灵魂的对话与小说的深度》,《华文文学》,2010 年第 4 期（总第 99 期）。

二、灵魂之深的探勘

"伟大的作家作品，总是在讲述一些人物生命故事的同时，描绘了'灵魂内部绽开的风景'，这一风景即是人类内心精神层次之间的碰撞与融合，是一种'黑暗灵魂的舞蹈'，作家的使命，就是去揭示这种精神的层次，并以不懈的心魂之思在精神矛盾中去追求自我认识。"①作为一位深度勘探人类灵魂世界的作家，李进祥静观默察的书写对象不仅包括清水河畔的回族民众，而且也含纳了更为广阔的都市人群甚至是异国他乡的百态众生。纵观他近些年的写作，可以发现作家不仅着眼于一个民族的世情心史呈现，而且传达出多元文化时代人类的灵魂世界所遭遇到的命定疑难，从而指出了个体民族与全人类共同面对的精神困境。

细究起来，李进祥笔下的芸芸众生普遍经受着心灵的困惑和灵魂的孤独。瓦尔特·本雅明认为小说诞生于"离群索居的个人……小说显示了生命深刻的困惑"。孤独与困惑是李进祥进入现代人类精神肌理的一把密钥，同时也是他对存在的独到解析。在《四个穆萨》《讨白》《黄鼠》等小说中，作家不避艰险地书写了神圣信仰与世俗生活、恐怖杀戮与安顺度日、固守教规与敬畏生命的一系列精神困惑。在历史暴力或天灾人祸中，这些悖论性的恒久疑难遍布在生活的内里，成为日常生活中无法摆脱的满腹心事，而渺小的人类则在这种孤苦的境遇中痛苦徒然地挣扎。

在《四个穆萨》这部小说里，无处不在而又绵延不绝的困惑和孤独感笼罩着每一个人。文本中，一个叫作穆萨的作家饱蘸着浓情和体恤之心书写了三个分别生活在叙利亚、阿富汗和中国的穆萨，他们的生活

---

① 叶立文：《"复述"的艺术——论当代先锋作家的文学批评》，《文学评论》，2012年第 4 期。

被战争、灾祸或平庸的日常所损毁，生命陷落到无解的痛苦里，灵魂也在这种无解的痛苦中承受煎熬。这个短篇小说将人物置身在矛盾的张力场中，在存在的残缺和伦理的失范中勘探人性的驳杂与畸变，同时也彰显出李进祥对被侮辱与被损害的生命个体的哀叹和感怀。而在《讨白》中，作家勘探的是一个有信仰的民族在神圣使命和安顺度日之间的抉择与彷徨。战争时期，为了让广大穷苦的回族民众过上好日子，马亚瑟和锁拉西在马主席的带领下参加了反对马鸿逵反动统治的革命行动，然而在革命事业遭到破坏，马主席也牺牲生命的情况下，锁拉西却选择了退却和逃离。继承马主席遗志的马亚瑟在时隔十二年后在一个叫作马家大山的偏僻小村庄里找到了锁拉西。此时的他早已娶妻生子，过上了安宁平静的日子。为了完成马主席惩治叛徒的嘱托，马亚瑟最初想杀死锁拉西，但他又清楚地知道锁拉西是一个正直诚恳的人，他当初的逃离不过是为了实现"安安静静地过几天日子"的生活祈愿。他与叛徒，是有本质区别的。

在此，作家抛开了对神圣事业和世俗生活惯性的、单向度的认知，贡献出属人的迷思。在《讨白》里，李进祥不愿阉割人类的肉身局限直奔彼岸的灵魂家园，而是在现世的凡俗生活中探讨个体生命与信仰之间的错综纠葛。作家试图让读者看到一个民族在社会历史的进程中所具有的生命样态和面临的心灵困境，从而为读者提供一个理解人生、理解人类内心经验的新视角。

令人称道的是，李进祥笔下的生存图景与我们当下的生存境遇有着惊人的同构性。他的写作，在介入现实，保持对时代慎思的同时，充满了对广大民众内心世界的知情与体悟。

在长篇小说《拯救者》中，李进祥通过一个险象环生、步步升级的劫持事件的讲述，深入而细致地展示了人物丰富的内心世界。小说中，作家通过网络上形形色色的围观者及旁观者的议论将劫持事件渲染到极热，但具体到劫持事件中人物的心灵深处，却又透射出强烈的凄清意味。不论是即将失去独生儿子的老白，还是寂寞恐惧的空巢老人老范，不论是为了救下兄弟而铤而走险的劫持者姬武，还是不得不开枪射杀救命恩人的狙击手陈先勇，他们都饱受命运的摧折和戏弄，内心悲苦也得不到纾解，于是悲剧便成为不能更改的宿命。

总之，这些来到桃花源景区中游玩的观光者们虽然身份不同、阶层各异，但他们每个人都携带着生活的重负，陷溺在或生存或精神的愁城中无力自拔。他们来到极富隐喻义的"桃花源"中，期望获得肉身与灵魂的救赎。然而，可悲的是，自始至终，他们都未能走出各自的悖论性处境，依然被生活或命运劫持与伤害。在小说的结尾处，李进祥借旁观者"我"的口吻绝望地宣布，拯救之路已经完全阻塞："他们到那里去，有的要拯救朋友，有的要拯救婚姻，有的要拯救爱情，有的要拯救孩子，还有的要拯救家园，结果却是，谁都无法拯救别人，也无法拯救自己。"①

更重要的是，在《拯救者》中，李进祥提示我们，不能单纯地从"现实主义"的立场上去理解这部小说，虽然作家叙述了一个通俗而紧张刺激的故事，但他更想探寻和揭示的是众声喧哗时代里人心的隐秘与人性在极端环境中显示出的高尚或卑微。小说对社会病象进行了全景式的描摹，对人类的精神之殇进行了深入的揭示。《拯救者》因其本身的普范性和典型性，可以被看成是现代人心灵世界的病象报告。

三、故事与形式的遇合

"文学变革的轨迹并不只是观念性的，重要且有效的是，它由文本

---

① 李进祥：《拯救者》，宁夏：黄河出版传媒集团，2016年6月第1版，第247页。

的艺术形式来形成最有本体性、实在性的谱系。"[1] 新时期开启后，先锋文学以其艺术的新变和精神上的自由独树一帜，成为当代文学史上非常重要的文学现象。格非、马原、洪峰、余华、苏童等人的创作实绩拓延了文学叙事的丰富性，颠覆了读者的阅读经验。此时，作家们极富创意地裁剪了"写什么"与"怎么写"，并将二者艺术地缝合在一起。这种"有意味的形式"的出现，证明了当代作家叙事的多维及精神体量的丰厚。但同样有意味的是，当代文学思潮迭涌的热潮对宁夏文学影响甚微。整体上，大多数宁夏作家承继的是"五四"文学中现实主义文学的流脉。在题材的选择上，乡土文学则占据着压倒性的优势。鲁迅式的乡土启蒙或沈从文式的乡土乌托邦写作伦理成为固化模式，保守性与封闭性造成了文学叙事形式的简化及叙事技巧的贫乏。但一个不能忽视的常识是，经典的文学作品无不要求内容与形式的高度契合。事实上，宁夏当代文学叙事技巧的贫乏一定程度上阻滞了其作品向经典的艺术殿堂行进的步伐。

李进祥显然意识到了这个问题，他新近的作品彰显出规避叙事艺术简化的诸种努力。在《拯救者》构思之时，李进祥便明确表示要对创作进行新的调整："写一部与自己以往不一样的作品……这部小说不光是突破了我以往的写作题材，更重要的是，叙述方式、叙述语言也有很大的变化。"令人惊喜的是，他的努力与慧心取得了可喜的成效——《拯救者》不但内容宏阔厚重，而且在叙事营构上取得了突破性的进展。细读文本，我们可以毫不费力地看出作家成功汲取了先锋文学的艺术养料，表现了对存在的某种无解的疑惑，达到了"哲学寓意的熟练生成，以及叙事形式的自觉彰显"[2]。

---

[1] 陈晓明：《"歪拧"的乡村自然史——从〈木匠和狗〉看中国现代主义的在地性》，《文学评论》，2017 年第 1 期。

[2] 张清华：《在命运的万壑千沟之间——论东西，以长篇小说〈篡改的命〉为切入点》，《当代作家评论》，2016 年第 1 期。

与巴赫金在论述《陀思妥耶夫斯基诗学问题》中所论述的相似，《拯救者》与陀氏小说一样——"有着众多的各自独立而不相融合的声音和意识，由具有充分价值的不同声音组成真正的复调"。为了更好地呈现大巴上被劫持者的心理状貌和存在境遇，李进祥让所有的人物都站出来讲述他们自己的个体故事，单独打量每一个个体的困境，而且每一个人物故事既和社会现实紧相关联，同时他们的行动又都具有充足的理由律。作家对每一个人物的设置都有清晰的定位，章节之间既有相对的独立性，一章就是一个完整的故事，同时章节间又如套盒般叠加在一起，每一个人物故事都不是孤立事件，而是经纬交叉，互相嵌套。尤为独特的是，小说独具匠心地将众多网民作为"围观者"参与到劫持事件中来。李进祥用四章的篇幅来记录这些"围观者"的发言，这些昔日的"看客"群体借助网络这一强大的载体，七嘴八舌地发表自己的见解，他们的"喧哗和躁动"影响着事件的走向，事实上，他们也是劫持事件的参与者和肇事者。

在深度追踪劫持事件的前因后果的过程中，在抽丝剥茧、往复回环的叙事进程里，在一个密闭的空间和有限的时间里，作家引领着读者深入到人性最敏感的区域，发现各式人物的精神病灶，同时也将读者带入到一种令人不安的困境中，体悟到当下生活和我们自身存在已经发生了不可挽救的朽坏和崩溃。

《拯救者》这部小说在写法上加强了故事性，甚至是戏剧性，而且就小说的故事层面看，《拯救者》提炼的是我们这个时代光怪陆离的世相生活，但伴随故事而来的则是生命的危殆情境和对存在的发现。李进祥"正是想通过这种方式，将人生诸问题推向极致、置于绝地，以见出其中的利害，测得人性的斤两，甚或还能照出其他种种人生和社会的病相"①。这种极端叙事，营造出紧张、惊险的气氛，撕开了被庸常生活遮蔽的某些东西，将真实的人性揭露出来，譬如记者付云的野心勃勃、司机魏天亮的临阵脱逃、厌世者光头的冷漠自私、红夹克的软弱无能、长发女人的愚顽执迷等逐渐显露。在讲述这些人物生命故事的同时，揭示出他们灵魂内部的复杂图景，并且在体察个体心灵创伤的基础上指出这些人物各自的欲念是支配其行动的缘由，但也正是每个个体的有意或无意识的言行，促使劫持事件朝着任何人都无法控制的方向演进，最终酿成了人伦惨剧。

偶然性和荒诞性是《拯救者》对存在的读解。小说中被劫持的人质在机缘巧合下进入桃花源景区并在偶然间被劫持，而且桃花源被发现的过程也是偶然的——不过是作为摄影爱好者的"我"在一个瞎子的指引下找到了桃花源，并将拍到的照片发到了网上。至此，潘多拉魔盒被开启，多米诺骨牌式的悲剧发生。令人不胜感慨的是，一心求死者最后却幸运地活了过来，而不愿放弃生的希望的老白儿子却丢失了性命，李进祥用黑色幽默的方式揭示出存在的荒诞。小说中一切追求真相的努力，最终都以混沌与暧昧作为收束。作者试图告诉我们，在某种意义上，荒诞才是存在的真相，它随意拨弄着人类的命运，而我们对此则无能为力。

"先锋文学主要指的是以挣脱规范束缚、超越传统藩篱、推崇文艺形式创新为旨趣的文学创造精神及以此为号召的文学思潮。因此表面上看，先锋文学的诉求重心多在形式创新，实则仍有文艺价值观和意识形态的内在关怀。"②在李进祥笔下，叙述不只是一个单纯的技巧问题，同

---

① 於可训：《方方的文学新世纪——方方新世纪小说阅读印象》，《文学评论》，2014年第 4 期。

② 吴俊：《先锋文学续航的可能性——从吕新〈下弦月〉、北村〈安慰书〉说开去》，《文学评论》，2017 年第 5 期。

时也是作家表达关怀意识的重要通道。《拯救者》书写了我们时代的生存细节，揭示出这种存在的艰难以及人物所遭受的磨难。李进祥发现了生命之间的关联性和荒诞性，并以理解之同情的心态关注着他们的生死歌哭。人何以至此？谁能拯救我们？李进祥为人类的存在发出了旷野的呼告。作家与他书写的弱小人物一起，在生命的深渊中永不止息却又徒劳无功地寻觅着存在的真相。

总之，李进祥作品的迷人之处是他大胆而勇敢地批判与嘲弄了我们时代居之不疑的信念。他的文章对现代人的颓败、对惯性的认同全是反拨的，但因为文字的柔和、讲述的温婉、静观默察的方式和知性的光辉化解了蕴含在文字中的酷烈与痛彻——这也许是作家的刻意而为，他更愿意与理想的读者一起秘密交流或会心一笑。

论当代回族文学的死亡叙事

生命的悲剧之一是死亡，而每个生命个体从诞生伊始即向死亡迈进是不争的事实。死亡是生命的终结，同时也是文学艺术历久弥新的书写母题之一。不同时代、不同民族、不同作家的死亡叙事呈现出殊异的艺术追求与审美向度。从中国古代文学直到现当代颇为宏富的文学作品里，可以辨识出中国精英文学的死亡叙事带有鲜明的孔孟思想的印记。这些作品极端强调死亡的社会功用和伦理价值，而对死亡本身的思考则存在严重的欠缺，对生命价值的追问停留在浅表，甚少有作品能够做到抚慰人生，超越死亡，终达灵魂关怀的高度。与主流汉文学相较，中国当代回族文学的死亡叙事则出现了异质性的书写向度。回族文学以伊斯兰教为底子，消解了主流汉文学死亡叙事中极端化的价值承载。死亡叙事不再是一种创造手段和价值预设，而是回归到生命本身，在现实生活和彼岸世界的双重维度中彰显死亡的生命价值和终极意义。

一、主流汉文学的死亡叙事

传统的儒家文化大力张扬舍生取义的死亡价值观。在儒家文化谱系内，只关注人类的现世生活，人生的全部问题都是生的问题，都致力于建设一个美好的道德秩序。如孟子宣称的"舍生而取义"；司马迁则在《史记》中提出了著名的死亡价值论——"重于泰山"与"轻于鸿毛"。这两种意义决然不同的死亡价值论取得了中国主流汉文化的认同，千百年来影响着绝大多数中国人对死亡的认知。英雄们的生命价值在死亡中彰显，但他们的生命之悲则被一种英雄气概和道德伦理所抵消；小人物和弱者的个体生命消亡则沦为"轻于鸿毛"的价值论定。及至明清时期，古典文学名著《三国演义》和《水浒传》将这种死亡价值论发扬到极致。为了道德伦理的胜利，为了兄弟情谊的确证，死亡叙事成为不可或缺的维度。而死亡场景的描写，往往也是作家意兴阑珊的创作兴奋点。在《三国演义》的三大战役"赤壁之战""彝陵之战"和"官渡之战"中，作者对英雄们的杀伐征战充满了狂热的膜拜，而对普通将士譬如被赵子龙接连斩杀的韩德的四个儿子——韩瑛、韩瑶、韩琼、韩琪的悲惨丧命则缺乏起码的同情心和怜悯感。

同样，在《水浒传》的文本中，砍瓜切菜般的滥杀行为被作者当成津津乐道的英雄气概大加赞颂。武松在血洗鸳鸯楼中，将马夫、侍女等无辜者一律斩杀；杨雄和石秀对潘巧云的虐杀过程被作者津津乐道地叙写出来——潘巧云因注重肉身的欲望而成为十恶不赦的淫妇。英雄好汉们由此获得了屠戮她生命的权利和虐杀的自由。在作者的理念中，潘巧云的死，是钉在耻辱柱上的死，是"轻于鸿毛"的死，不值得给予丝毫的同情。总之，在《三国演义》和《水浒传》中，暴力杀戮和残酷镇压异己力量绝不会影响英雄们高大伟岸的形象，反而成为他们勇猛无畏的确证。无论作者，还是文本中大书特书的英雄们，都对暴力杀戮心向往之，都对生命缺乏起码的尊重。与英雄壮士们重于泰山的死亡不同，普通小人物或带有人性缺憾的人物之死则得不到作家的同情。他们的死亡，要么被视为草芥，不值一提；要么则死得狰狞丑陋，蕴含着陈腐的教化观念。其典型作品为《金瓶梅》里的食色众生。兰陵笑笑生将书中的男男女女一个接一个地送入死亡的深渊。主人公西门庆的暴亡场面异常恐怖，而作者希望用死亡的惩罚来警示世人的创作意图也明白无误地表现出来。

《金瓶梅》之后，诞生了一大批艳情小说和雅正的才子佳人小说。这些小说在叙写男女之爱，两性之欢的同时，亦不忘加入劝善惩恶的教化之语。这种叙事模式和好人长寿、坏人暴毙的写作伦理逐渐成为风尚，在古代小说的写作中大行其道。在具体的写作实践中，作者为遵从伦理道德的人物安排了子孙繁茂、家业兴盛和寿终正寝的美好结局，而对那些逾越道德伦理的人物则安排了家业凋零、后继无人和暴毙而亡的酷烈结局。概而言之，传统文学对死亡的书写剥离了个体生命的真实感觉，是个人、肉体、思想的不在场，只被家国伦理和道德伦理所统辖。

现代小说的发端，缘起于救亡图存的神圣使命。它从诞生伊始，便由于与政治的联姻而与传统小说的"小道"划开了清晰的界限——不再是不登大雅之堂的"街谈巷语"和"家长里短"，而是担负着庙堂之忧的工具之一。个人的生死被纳入国家的统摄之中，生与死的价值，不容置疑地要以民族—国家的宏大价值体系来评估。从晚清的"新小说"始，人物的生死完全被放置在国家民族建构的语境中。文本中的人物都担负着传达理念、启蒙救国的重大责任。女作家王妙如作于1904年的小说《女狱花》虽然表层叙事呈现出呼唤妇女解放的女性主义思想，但深层意旨依然是为国家民族的建构而建言出力。小说中的主人公沙雪梅因误杀丈夫而入狱，她越狱后组织了激进的妇女运动，誓要杀光天下所有的男人，建立一个由女性主宰和统治的新世界。沙雪梅的激进和对生命的漠视令人惊悸。有意味的是，在晚清时代，诸如沙雪梅式的、真诚推崇暴力革命的人物在现实中比比皆是，最具代表性的人物便是女革命者秋瑾。她提倡"铁血主义报祖国"为了誓愿的完成，自己及他人的生死被置之度外，牺牲人命被视为必然付出的代价。

左翼文学的死亡叙事是一种预设的政治伦理。只要是革命者、受侮辱与受损害者，天然便成为正义的一方。这些人物的死亡总能引动作家深切的同情和强烈的悲悯感。比如蒋光慈在《野祭》的文本中让陈季侠爱上之前并不爱的、已经牺牲的革命者章淑君；在另一部以革命者命名的小说《菊芬》中，主人公菊芬虽然在暗杀国民党官员的行动中英勇地牺牲了，但她却赢得了革命作家江霞的衷心爱恋和崇拜之情。在蒋光慈的小说中，爱情、革命、死亡三个要素成为他结构故事的基本元素。三者之间既尖锐对峙，又密切融合。而且，男主人公的爱情总是与女主人公的革命热情纠缠在一起。往往女主人公为革命献出生命的同时，也是她们赢得男主人公纯洁爱情的时刻。死亡换来了爱情，也使革命的事业后继有人的创作模式一时间甚为风行。

中华人民共和国成立以后，文学中的死亡叙事依然是意识形态化的。死亡审美被固定化和单一化，直至后来的抽象化和概念化。为了民族的解放事业献出生命是光荣的，也是评判生命最终意义的标准。于是，在"十七年"文学和"文化大革命"时代，一系列的英雄人物用各自的忠诚表达着他们对祖国的挚爱，对人民的深情。《敌后武工队》的刘太生，《红岩》中的江姐，《红旗谱》中的朱老巩，《雨后青山》中的盘健山，《欧阳海之歌》中的欧阳海等人物的死亡都获得了"重于泰山"的历史裁决。他们用自己的行为彰显着"生的伟大，死的光荣"的时代召唤。新时期开始后，死亡叙事依然问题重重。

"从 20 世纪 70 年代末 80 年代初开始，文学中的死亡叙事随着整个社会思想的开放而呈多元化的审美趋势，崇高意境的英雄主义死亡叙事仍然是文学表达的主流形态，而日常生活化的非英雄主义乃至反英雄主义的死亡叙事也时有可见，表现出来的死亡观念与审美趣味也良莠不齐。虽然有自然健康的死亡传达，但也有不少病态的与颓废的死亡表现，这也为社会健康的死亡意识的构建提供了不健康的文化基础。"[1] 余华的《现实一种》《河边的错误》《活着》《兄弟》等作品集中地为读者呈现了一个阴郁冷酷的死亡世界。在这些作品中，余华对死亡的叙述总是伴随着令人惊惧的暴力和血腥场面的细细描摹。应该说，余华的死亡叙事是当代作家中为数不多的自觉跳出政治理性和简单化、粗暴化的书写向度的作家。他从人类与生俱来的恶的根性中审视人性，探查文化痼疾，以期引起疗救的注意。但遗憾的是，作家对死亡的书写，依然缺乏整全悲悯的观照。与鲁迅一样，余华也知道等在人类前面的是躲不过去的"坟"。所以，他们对死亡的审视，停滞在"坟"前，不肯再做进一步地追问。而他们的目光，也始终注视着现世的生存，并从世俗的角度来关注暴力下的恐怖之死。

总体而言，中国主流汉文学的死亡叙事存在过度化的理念色彩，是被社会、文化、政治、道德等理念架空的抽象化死亡。不管是英雄、壮士之死，还是恶人、淫人之死，都要死亡承担激励民族、教化人生的预设目的。致使中国文学在很长的时段内只局限在"重于泰山"和"轻于鸿毛"这两种维度内往来徘徊。它导致的现实是遗漏或者遮蔽了两极之死外的日常生活中恒常的死亡地带——普通人群有关死亡的痛苦而又隐秘的心路历程。关乎大众日常生活、身体在场和切入灵魂尊严的死亡却得不到真正意义上的呈现。在当下的死亡叙事中，这种缺失非但没有得到有效的修正，反而呈现出日益狭窄化的倾向。从为民族国家的集体事

---

① 施津菊：《中国当代文学的死亡叙事与审美》，北京：中国社会科学出版社，2007年，第2页。

业的光荣之死过渡到当代欲望化暴力化的恐怖之死，中国文学的死亡叙事甚少从死亡本身和终极关怀的广阔层面来进行审美观照。对存在之痛，复杂人性和灵魂的漠视导致了中国文学在死亡叙事上精神格局的狭小和超越性不足的弊端。

二、回族文学死亡叙事的书写向度

早在五四时代，鲁迅、钱穆、张爱玲、闻一多等人均撰文探讨中国人的宗教信仰问题，而且他们多以宗教情结的有无来区分东西方文化的差异。中国文学与那些伟大而直抵灵魂的西方文学相比照，在死亡叙事上的格局狭小是不争的事实。因为缺乏宗教情怀，中国文学在死亡叙事中太斤斤计较现世的利欲，太过执着地让死亡成为一种理念，一种狭隘的国家民族的祭器而存在。中国现代文学的开端，并不是文学意义上的起航。它从一开始就与救亡图存捆绑在一起，主动背负起"启蒙"与"救亡"的包袱。彼时，主流作家们的全部精力在于寻求救治岌岌可危的民族与启蒙老中国的儿女。所以，彼岸世界，灵魂存续的问题从来也不是作家们关注的焦点。中国主流汉文学的死亡叙事以死亡为终结，他们在死亡面前停止了叩问人生的努力。死亡是一切的收束，灵魂的有无，彼岸的渴慕在主流汉文学中被忽略或弃置。但这一缺憾，在中国当代少数民族文学的死亡叙事中得到有效的矫正。因绝大多数少数民族具有虔诚的宗教信仰，所以他们的作品中也不缺乏宗教情结的彰显。尤其是当代回族文学在伊斯兰教文化的强力影响下，从终极关怀的维度来叙写死亡，无差别地呵护尘世中每一个虔诚信主的穆斯林。

回族穆斯林遵循信安拉、信经典、信天使、信前定、信后世的六大基本信仰，由此决定了穆斯林的生死观念和道德伦理。虔诚的穆斯林认为宝贵的生命是仁慈的真主赐予的，人活一世后，最终又将回归到真主的怀抱中。现世的生活无论平顺还是坎坷，都要认真踏实地度过。即使人生遇到巨大的磨难、痛苦和挫折也不能成为消沉堕落或自杀轻生的借口。生命存续期间，真主要求信徒乐观勇敢，安顺敬畏地活着。回族穆斯林民众要在世俗生活中修身养性，恪守主道。唯有如此，等到死亡降临的时刻，后世天国的大门才能开启。

在回族穆斯林眼中，死亡不是生命的彻底终结，而是连接世俗世界和神圣世界的桥梁。经由死亡，他们将进入真主为穆斯林们建造的天国乐园："敬畏者得在他们的主那里，享受下临诸河的乐园，他们得永居其中，并获得纯洁的配偶，和真主的喜悦。"[1] 俗世中的穆斯林无论高低贫贱，只要敬畏真主或者为守教护教而牺牲性命的人都可以获得进入乐园的资格；而那些作恶多端又不信仰伊斯兰教的人死后将永在火狱中承受煎熬。奖善与惩恶的彼岸存在极大地缓解了回族穆斯林对死亡的恐惧，有效地避免了弱小人类在面对世俗利诱中的人性堕落。"两世并重"的虔信赋予回族穆斯林豁达开阔的胸襟，为他们承受不幸、恪守主道增添了勇气和信心。回族文学对现世与彼岸、尘世生活与神圣乐园的衷情书写，折射出对死亡的达观认知。穆斯林们坚信，只要活着的时候谨守教规，那么死亡便不再是可怖可惧的事情，而是复命归真的美好归宿。在当代回族作家笔下，生是一种在世的修行，而死则意味着天堂的开启和生命的焕然新生。世俗世界的死是神圣世界的生，从而让现世中的人对生命有了紧迫感和敬畏感。如何让短暂的生命焕发出神圣的光芒才是回族文学彼岸追索的意旨所在。

牺牲之美是回族作家死亡叙事中的重要维度。在伊斯兰文化中，牺牲不只是尘世生命的终结，更意味着穆斯林向天国乐园的进发。回族

---

[1] 《古兰经》，马坚译，北京：社会科学出版社，2003年，第35页。

文学在宗教的背景下叙写死亡，以皈依宗教的超迈气度来实现与社会现实、世俗生活的对抗，包含着对精神境界的执着追求和生命的终极关怀。在张承志的许多作品中，他以慷慨豪迈的笔触礼赞了崇高的牺牲精神。一代代的伊斯兰教信仰者在悲壮的殉教行为中传达出死亡的庄重肃穆以及人格的不容亵渎。如《终旅》中的回族青年，《西省暗杀考》中的民族先贤，《心灵史》中与清政府顽强抗争的哲赫忍耶教徒等。为维护主道而献出生命成为回回人最大的荣光，殉道之美鲜明地划开了尘世生活与神圣乐园的分界线，勇猛血性的死亡带来了灵魂的飞升。它从肉体的牵绊中挣脱，得以进入幸福的天国乐园。回族文学的死亡叙事由此呈现出一种难以言说的、惊世骇俗的"美"。这种具有终极意义的美不单单只是通常所谓的诗意的生存，而是一种具有了超越此岸，直达彼岸的神性之美。张承志作品中显示出来的神秘与果敢，血性与尊严，全部来源于作家内心深处对神圣世界的依赖和虔信。

普通人的死亡在回族文学中得到了应有的重视。与主流汉文学不同的是，回族文学并不认为普通个体的消亡轻于鸿毛。当代回族文学死亡叙事中的主人公大多为普通的小人物，从物质方面来衡量，多属于底层行列。但"他们通过死亡体现英雄主义精神，同时完成对现实生活的超越。在现实生活中，他们也许过得并不顺畅，也曾苦闷、迷茫，可是在与自然界、社会黑暗的不计生死的抗争中，'人'的精神力量被唤醒了，意识领域中表现出强烈的对物质重压的反弹，从而达到对心灵的皈依，在求'真'的价值范畴内表现出精神至上的理想主义"①。回族作家在世俗的生活中体悟死亡，以伊斯兰教的仁慈和温厚表达着对众生的生死歌哭，无差别地为世人带来心灵的慰安。值得注意的是，回族文学的死亡

---

① 王天兵：《20世纪80—90年代中国小说死亡叙事研究》，吉林大学博士论文，2008年。

叙事具有主流汉文学极为稀缺的忏悔意识和恕道精神。即便是"恶人"形象，也具备忏悔意识，历经痛苦的心灵炼狱后，他们大多能够在宗教精神的烛照下走出迷途，最终获得真主的宽恕。在查舜的小说《穆斯林的儿女们》中，反面人物杜石朴在"破四旧"的运动中曾做过毁坏清真寺的举动。他的行为，严重地伤害了穆斯林民众的宗教情感。从政治迷狂中清醒过来的杜石朴，将自己的行为认定为"糟糕的事情"，自知犯下了大罪。带着愧悔之心生活的他寻觅着赎罪的可能。后来，为了挽救落水的麦尔燕，他勇敢地献出了自己的生命。在《穆斯林的儿女们》中，作家悲悯地看待世间万物，理解并体恤人类灵魂的普遍缺陷以及心灵的呼告和挣扎。对死亡的透彻感悟，并没有使穆斯林们放弃现世生活，而是怀着虔敬的心态豁达坚忍地面对生命中的风雨。

与汉文化对死亡话题颇为避讳不同，当代回族文学热衷探讨死亡问题，并体现出一种浓烈的精神价值向度。这些作品通过平凡人物对死亡的感悟来达到个体自救，表现出对永恒信仰的执着坚定，从而实现了对死亡的挑战与超越。不贪恋物质享乐，只享受生命过程，在脆弱悲苦的人生中保持生命的价值和尊严是石舒清死亡叙事的核心质素。小说《眼欢喜》中通篇都在探讨死亡的问题。作家试图告诉读者，死亡终将来临，俗世只是人生的一个驿站，物质丰裕或位高权重也不过是眼欢喜罢了。在死亡的无涯面前，这一切都将抛下。只要在世时认认真真地活着，那么死亡来临时，就没有什么是不能释怀的。因为在彼岸世界，在真主建造的乐园中，人生将翻开新的篇章。与之相较，另一篇小说《上坟》则通过尔里妈对死亡的参悟来揭示生命的真谛。尔里妈的一生接连历经了丧夫之痛和丧子之悲。她的精神之痛是巨大的，命运的磨难也是毁灭性的。然而她却没有堕入虚无和绝望的深渊，在亡人聚集的坟院里，她明悟了生死都是生命的必然过程。俗世的磨难，正是真主对信徒的考验，而逝去的亲人，则会回归到真主的乐园里。正是在坟院里的静心虔思，以及对伊斯兰教的坚定信仰让尔里妈摆脱了痛苦和怨恨，在镇定从容中体悟生死，获得自救，而她的生命也因之具有了超越性。与此相似，《清水里的刀子》中的马子善老人在埋葬妻子的坟院中思索着死亡的神秘莫测。他认定坟院才是每个人永久的归宿。坟墓不仅是生命的此世终点，更意味着后世生命的开启。在此生与彼岸之间，生发出世俗与精神、肉体与灵魂的冲突与谐和。

　　从悲剧性的死亡中提炼人生的意义，倾听灵魂辩驳的声音，进而完成人格的升华也是回族文学死亡叙事的题旨之一。在历史、文化、政治、战争的相互挤压中，在不幸时代的不幸人生中彰显人类高贵不屈的灵魂是解读霍达《穆斯林的葬礼》的关键所在。小说为我们讲述了一个玉器世家在两场民族大灾难中上演的人生悲剧、事业悲剧和爱情悲剧。作品以"葬礼"命名，又以"葬礼"开端和结束，很显然，霍达对死亡的关注格外用心用力。在文本中，死亡成为挥之不去的阴影，将人物牢牢地掌控。但不管是梁亦清、韩新月、韩子奇这些家族内部人员的死亡，还是没有血缘关系的老姑妈和奥利弗的死都不是空洞被动地死，而是携带着精神的昂扬进取与生命的向上向善的有价值的死亡。梁亦清本是个不求闻达，只求安顺度日的散淡之人。然而，他后来却知难而上，接下了费时费力的"郑和航海图"的琢玉工作，而促使他承接这份工作的原因只是因为郑和是回回历史上流芳百世的民族英雄。民族自豪感与对祖先的敬慕让梁亦清迸发出杰出的艺术创造灵感，可是在宝船即将完工的时刻，他却因操劳过度而倒了下去。但他高超的技艺和高尚的艺德则在言传身教中开花结果，成为徒弟韩子奇立身处世的根本。韩新月的葬礼是霍达大书特书的部分，这位风华正茂的少女在初饮爱情美酒之时被恶疾一步步带向死亡的深渊。然而作者不愿让这位倾心塑造出来的美好人物陷于一团黑暗的终局，而是安排她逝世于象征吉庆的开斋节的特殊日子，以此说明韩新月在彼岸世界中获得了进入天国乐园的资格。奥利弗的死，则让梁冰玉意识到爱情的可贵。她自此打开了关闭的心扉，积极迎接生命中最美丽的爱情之花的绽放。

可以说，《穆斯林的葬礼》中每个人的死亡都是意义重大的，在生与死的对比中，在悲剧人生与奋斗不止的命运较量里，悲壮的生命伟力得以彰显，人类的尊严得到表达。尤为可贵的是，霍达在探讨人生悲剧的成因时，鲜明地揭示出除了战争和社会环境因素外，每个个体也要承担罪责。但这些罪责的承担者却不是有意为之的，他们大多是怀抱着善良的愿望在符合人性的前提下无意识犯下的错误。

在文本中，似乎每一个人都有不得已的苦衷。即便是梁君璧也有可以原宥的理由——她拆散儿子天星和荣桂芳的恋爱是出于一个母亲，一个讲究门当户对观念的旧人对幸福婚姻的理解；而她对韩新月爱情的干涉，则出于一个虔诚的穆斯林教徒对宗教禁忌的维护和恪守。同样，梁冰玉与韩子奇在灵魂孤寂、相知相惜的情况下自然产生的爱情从人性自由的角度而言也没有什么过错。因此，每个人都有错，而每个人又都无错。文本的繁复，生命的驳杂，宗教的禁忌彼此交汇，作家霍达沟通了宗教与人心、现世与彼岸、生存与死亡等宏大命题。从这个维度来说，《穆斯林的葬礼》超越了伊斯兰教的规约，更超越了世俗的道德伦理，放弃了中国传统小说中"万恶淫为首"的陈腐道德说教。而是接续了《红楼梦》的伟大传统："它超越了人际关系中的是非究竟，因果报应，扬善惩恶等世俗尺度，而达到通而为一的无是无非、无真无假、无善无恶、无因无果的至高美学境界，从而自成一个区别于中国传统戏曲小说模式的艺术大自在。"①深究起来，这种"大自在"其实有着独属于它的

---

① 刘再复，林岗：《罪与文学》，北京：北京中信出版社，2011年，第191页。

核心认同，即对个体生命尊严与个体情爱自由的充分肯定。这种人本主义和主情主义的宣达才是霍达在《穆斯林的葬礼》中奉为圭臬的艺术追求，它同时也接通了西方自文艺复兴以来对个体自由和人性解放的充分尊重和发扬。

此外，回族文学的死亡叙事通常伴随着神秘体验的书写。伊斯兰教与神秘主义具有密切的联系。尤其在生命遭逢大困厄、大艰险的时候，真主便会通过显示迹象来引导他的信徒，帮助穆斯林战胜困厄艰险，从而有效地缓解现世的焦虑，让他们更加虔诚地敬畏真主，坦然地等待死亡的召唤。在《古兰经》的记叙中，真主是世间万物的主宰，只有虔信主道而又善于体悟者才能参透真主的神秘迹象。这一论定，得到广大回族作家的认同。在石舒清营构的文学世界里，宗教性的神秘体验是他艺术创作的突出特质，尤其在死亡来临时，人性与神性得以接通。神秘体验的出现，遏制了俗世众生对死亡的恐惧，一切显得安详而从容。比如《疙瘩山》里的小姚能够预知死亡的到来："他躺了片刻，就说，不行了，你们两个谁给我念讨白吧，……讨白刚念完，小姚就无常了。"[1]

无独有偶，《盗骨》中的柳阿訇的归真也具有神秘性。在凶残的官府想要杀害他的当天，柳阿訇适时地归真了，从而使官府杀戮他的愿望落了空。而村里人之所以百折不回、不怕牺牲地去盗柳阿訇的金骨，也是因为田阿訇梦中一再受到柳阿訇的神示。石舒清的文学作品近乎痴迷地叙写着来自宗教的神秘体验，他用清澈空灵的语言探讨着死亡的问题，虔敬的作者因为明悟了真主的安排，寻觅到了安妥灵魂的家园，所以在直面死亡时，没有绝望和哀号，而是以达观和悲悯的态度来书写死亡。与石舒清一样，张承志的诸多作品在死亡叙事中也具有神秘化的倾向。他笔下的人物因为感受到神示的奇迹而受到灵魂的洗礼，享受着超

[1] 石舒清：《清水里的刀子》，银川：宁夏人民出版社，2008 年，第 81 页。

脱世俗苦难的圣洁精神体验，并在神性的光辉中超越死亡，获得至高自由。例如《西省暗杀考》中一辈子想要殉教的伊斯儿老人因种种原因并没有实现这个愿望，但等他归真与妻子合葬的时候，人们却发现他妻子的身上盖着淋漓湿透的血衣，更令人惊奇的是，故去多年的女人竟颜面如生。真主的神迹震撼了所有人，也让活着的人更加虔诚地恪守主道。

总而言之，当代回族文学的死亡叙事在神圣体系的参照下与主流汉文学的死亡叙事相较具有明显的异质性。"两世并重"的信仰赋予回族文学坚忍的品性。回族作家在这些作品中勇敢地面对现世人生的磨难，正视人性中的高贵与阴暗，坦然豁达地追索死亡的问题。回族作家们坚信，等在前方的不是"坟"的寂灭消泯，而是乐园天国的神性之光的照彻与彼岸生活的开启。

边地叙事中的人世与心史

——"70后"作家张好好长篇小说探析

"70后"作家张好好出生于新疆的阿勒泰市布尔津县，在这个西北的边地小城，张好好度过了她的青少年时期。尽管长大成人后的作家离开了长养她的这片热土，但壮阔苍茫的西北边域、变幻无穷的四时风光、独具特色的民情风物以及俗世中热闹喧嚣的日常生活成为张好好的写作富矿。她的两部长篇小说以上世纪五六十年代到当下时代的历史为经，分属老少两代家庭生活为纬，夹杂周围的种种人事纠葛与个人心史，编织出带有浓郁抒情风格的自传体叙事诗。

"从 20 年代的乡土文学到 80 年代的寻根文学，从延安文艺到怀乡文学，现代文学的主流总召唤着原乡情结。掩映在这原乡情结之下的，则是国家政治的魅影。感时或是忧国，乡土曾经幻化成各种面貌，投射文人政客的执念。"① 在张好好的长篇小说《布尔津光谱》和《禾木》中，作家深情地回眸故乡血地，在浓烈的原乡情结影响下，探究流民创痕与男女情愁。在时间与空间的灰烬中，挖掘往昔岁月的断壁残垣，进而剖析人性肌理，追问存在真谛。经由她的童年经验和对心灵世界的探幽寻微，已被美化的与不该记取的，荒凉的与温热的，隐秘的与张扬的，生

---

① 王德威：《如此繁华》，上海：上海书店出版社，2006 年，第 148 页。

的欢欣与死的寂灭，繁复而有序地浮出时间的地表。

一、西域边地的时间简史

"混沌未开，就是我们的童年，朴素的衣着，勤劳的家务劳作，分享辛劳的手工业劳动者的父亲和母亲的快乐和忧伤。生活的重担，也压迫在我们小小的心灵上。然而，欢快总是很多。放声大笑，深夜里去到院子里看满天的星星，觉出天地的阔大和神秘幽邃，和小动物们一起长大，心里涌动着纯净的爱，那是大自然赋予我们的素养。"①西北边地小城的童年生活，牵引着张好好的心绪和思索，这也注定她的文学作品会沉溺于儿童记忆。儿童用纯真的、尚未被世俗教化的眼睛打量世间的一切。西域边地的自然风光和民情风俗成为她的情感皈依与写作母题，在其不同的年龄段和创作时期，小说的主旨和情感基调虽然呈现出不同的书写维度与精神旨归，但童年经验作为生活原型和重要题材在其创作中的重要性显然是不可忽视的。动物的灵性，流民的历史，世事的变迁，少年的成长记忆，交织在一起。凭借作家对日常生活绵密而扎实的现实主义书写，读者得以窥见西域边地小城中一代人的成长岁月及他们心灵中所潜藏的精神谱系。

在长篇小说《布尔津光谱》里，张好好匠心独运地借用了尚未出生即因计划生育政策而被堕胎的爽冬的视角书写布尔津小城里海生一家的日常生活。作者让这个死去的、五个月大的胎儿以及小说中的大灰猫成为整个家族式生活史的参与者和解读者。作为一个被剥夺出生权的魂灵，爽冬理解父母的苦衷，没有满怀恨意地评判人类，而是用善意和温

---

① 张好好：《潜心写作，让生活慢下来》，《中华读书报》，2017 年 4 月 19 日第 011 版。

柔的态度对待世间的一切。他像一个自由的精灵，来往穿梭于家庭和布尔津的广阔原野里，在他的认知系统中，认为"世界上没有哪一个地方能够比布尔津更美了"，而父亲海生、母亲小凤仙和三个姐姐组成的家庭也是幸福和美的。虽然他知道他的父母和许多人一样都是异乡人，携带着各自的血色历史逃亡到布尔津小城中的不幸的人。但只要他们落脚到布尔津，就可以被博大宽容的边地小城接纳并过上温馨美好的日子——

"海生决定周日一早赶去六道湾给小凤仙带些吃食。六点天刚亮出白蔷薇的颜色他就起来了。在院角的小厨房里，他把头天晚上炒好的羊肉、咸菜盛到大玻璃罐头瓶里。又去地里摘顶着花的黄瓜，西红柿发出蜇人的清香，豆角正壮大，已渐白。小凤仙离不开辣椒，地里的尖椒打着螺丝卷，半红艳着，海生多拧了些下来。这些够小凤仙他们吃一星期。"①这些被主流社会和中原大地所弃置的失败者在布尔津小城中默默地翻开生命的崭新乐章，在一种稳妥、宁静、亲近自然中生儿育女，扎根边城。曾经的伤痛历史虽然给每个生命个体打上了深深的烙印，但现世生活的坚忍性和恒常性更具当下性与吸引力。生存在这里的人们将苦难稀释，将为了活下去而艰辛的繁重劳作看成理所必然。他们最高的生活理想便是能够吃饱穿暖与平安度日。在爽冬稚嫩拙扑的目光中，布尔津小城犹如世外桃源般美丽，人与人，人与大自然，一切的一切，都是那么的和谐圆满。

然而在张好好的另一部长篇小说《禾木》中，爽冬眼中的世外桃源遭到了无情的拆解。这部小说不再讲述婴儿眼中的小城民众生活史，而是以一个睿智小说家的痛彻之思，把"讲故事的人"换成了一个历尽沧

---

① 张好好:《布尔津光谱》，上海：上海文艺出版社，2015 年 8 月第 1 版，第 101 页。

桑、成熟稳重的中年女性。让她作为内地与边地世界的体悟者和阐释者，给古老的、日渐败坏的西域边地及当代中国的城镇化发展历程做一恰切的注脚。小说中的"你"和"你"的故乡面临的是"一个败坏的时代就这样到来了。清新的小城败坏起来，不亚于中原大地沤烂的加速度。所以，别假想乌托邦的存在，你不迷信故乡"①。

爱和美突然变成怨与丑，爽冬眼中和睦恩爱的夫妻，早已由天作之合转换成天作之祸。在《禾木》中，关爱妻子、勤劳忠恳的木匠海生变得庸弱卑微，他"下海"后的小包工头的事业屡遭失败的打击，而在远离家庭，苦闷忧郁的情况下，他的生命中出现了另一个女人娜仁花。父亲与娜仁花在禾木中相恋并生下了私生子，他们的越轨行为令曾经温柔体贴的小凤仙转变成一个头发花白、动辄怒气冲天的怨妇和悍妇。相濡以沫的夫妻渐渐水火不容起来。与此同时，随着商业浪潮的涌动推进，边地小城的生态环境日益恶化。天、地、人偕顺的关系不复存在。人被欲望和贪婪所掌控，洁净高蹈的精神被践踏，人类与飞禽走兽及草木山川建立起来的类似于亲情般密切的情缘消逝无痕。边地中的每一个人或主动或被动地卷入到急遽变化的潮流中，他们在惊慌失措中追赶着时代的步伐。为了追逐金钱实利，甚至不惜将自己的良知囚禁在牢笼中，在醉生梦死中浑浑噩噩地度日。

由此可见，张好好的长篇小说《禾木》承继了十九世纪以来写实主义小说的正宗，下笔繁复而细腻。作家明白无误地指出平凡琐碎的日常生活其实早就四面楚歌。时代变换，不论内地的繁华都市，还是西部的辽阔边地，原来都是如此令人失望和危机四伏——"人类进程的关键的一百年，文明到来得这样迅疾，大地的腐烂来得太快了些。"②作家忧惧

---

① 张好好：《禾木》，呼和浩特市：内蒙古人民出版社，2017年版，第35页。
② 同上，第3页。

甚至不乏愤慨地揭示出我们时代人心的朽腐，以及人类对大自然犯下的深重罪责。她用寓言般的文字提示读者，只要我们不迷醉于日常生活，不回避良知的拷问，就能发现日常世界中令人惊心动魄的地方。

"不容忽视的一点是，虽然张好好的两部'小长篇'存在着文化想象资源以及书写原型等方面的共同性，但作家实际完成的这两个文本之间，却存在着明显的差异。"① 诚然，《布尔津光谱》是作家回望故土家园，将童年记忆、家庭生活经过诗心和童心的调和，所建造起的乌托邦愿景，目的是在回望中达到情感抚慰功能和发现生活与存在的真谛。但随后创作的《禾木》，则是长大成人的张好好通过自己的生活阅历和深入省思后所描述的人类生活的"进化史"和对大自然的"掠夺史"。她更愿意用解剖刀般的目光去书写日常生活的粗粝贫乏、普通民众的仓皇贪婪，尤其是神性大地面临的重重危机。由此，《布尔津光谱》中诗意、恬淡的叙述笔调与《禾木》呈现出的层层解剖、深入勘探的批判反思形成了鲜明的对比，两部小说一张一弛，呈现出繁复的思想与审美意蕴。

二、市井人生的文学存照

在张好好的长篇小说书写里，她在家长里短的讲述中回到了伟大平庸的尘世，以普通民众的日常生活为中心，力图在文字中留住边地小城在往昔岁月里的市井存照，更试图在消费主义时代里记录下边地社会的发展史。在《布尔津光谱》和《禾木》中的市井社会里，作家除了讲述饮食男女的尘世情缘外，还有对古今世道人心的洞悉与善解。在纯净通透的语言、简洁深邃的对话和寻常故事的娓娓道来中，张好好"是要

---

① 王春林：《以"罪与罚"为中心的箴言式写作——关于张好好长篇小说〈禾木〉兼及"小长篇"的一种思考》，《当代文坛》，2017 年第 2 期。

通过一个从故乡走出去的女人的经历和思索来写人类发展史。人类发展史，多么宏大的主题！的确，就是如此宏大的主题"[1]。作家和巴尔扎克一样，意欲为我们所处的时代和社会变迁提供一份可靠的记录或证词，并坚定地提出了对商业文明的质疑与忧惧。

立足于变化中的边地小城，张好好在其长篇小说中精心建构了一个根植于中国人生活空间的市井世界。此市井空间既包括西域小城，当然也连接着迅疾发展的内陆城市，但她倾力塑造的人物大多为生活在西北边地中的引车卖浆者——木匠海生、裁缝小凤仙、烧饭的董师傅、做皮靴的林师傅、少年丧命的宝年、美丽痴情的梅、图瓦女人娜仁花、哈萨克女教师、石灰窑的老杨、养蜂人老水、淘金子的戚老汉、砖厂老板……在张好好的文字中，她将普通小人物的吃喝拉撒、爱欲生死一一复现。这些立于人世的众生，有的家世显赫，命运多舛；有的操劳一生，悲苦谋生；有的为爱心伤，甘愿赴死；更多的则选择随波逐流，淡然度日。在这群处于社会结构中的小人物身上，作家不但为他们寻找到痛切的家史，而且察觉到平凡生命内蕴的传奇，从而体悟并赞叹人类生生不息的创世与灭世力量——在严峻混乱的时代背景下，他们卑屈却又坚忍无畏地找寻生命存活的通途和心灵的慰藉。以坚忍、强悍甚或暴烈苟活于边地；而在消费主义隆隆的车轮下，他们不惜抛弃人伦亲情，以强盗般的罪恶行径掠夺大自然的一切，彰显出人类在现实主义律令下的残暴与无情。

当然，这些市井小民的坚忍和残暴都有其情非得已的前因后果。在一段特殊的历史岁月中，不管是生活在布尔津这座小县城，还是散落在禾木褶皱中求生的他们，都既是灰暗历史的亲历者，又是政治劫难的受

---

[1] 贺绍俊：《为了洁净，一起出发》（代序），呼和浩特市：内蒙古人民出版社，2017年版，第1页。

害者。这些流民携带着各自的生离死别，深藏着失败的精神伤痕，小心翼翼地度过余生的岁月。

譬如小凤仙和董师傅都在狂谬的时代中失去了亲人和故乡，生活逼迫着他们必须出走。即便已经落脚在西域小城，这些曾经的政治受难者依然要在担惊受怕中辛苦度日："从前海生在家里悄悄做桌子板凳，也是要在单位里开小型批斗会的。小凤仙在院子里种的小白菜，被红小兵全部揪扯出去，扔在地垄边被太阳晒蔫，她却不能靠近把它们栽回土里。这些事情真像一场大梦啊。当时甚至以为是要捉去枪毙的。"① 过去的历史与现在的世界密切相连，历史的梦魇依然在当代人的生活中重复流淌。"这些小说中的人物都被困在一张休戚与共的大网之中，动弹不得。他们是社会和历史的产物——它们的威力远比个人强大，同时深受时势的影响——对此他们仅有片段认知。"② 这群远离故乡的流民是一群吓破了胆子的可怜人，日常生活稍有风吹草动，他们便风声鹤唳起来，而内蕴在他们身上的温柔与暴烈也就不难理解了。

说到底，因为人的存在，所以就要面对种种苦难，苦难才是人类历史和生活的本质。在张好好的长篇小说中，她的市井世界里固然有质朴、美丽、温情的人性美和人情美，譬如人们对青木失身于矿场老板的事件所抱有的宽谅态度："那个矿上的老板是个坏人，青木还年轻，现在遇到了好人家，我们都不要为难她。"在古风犹存的边地小城，这样的同情、仁慈和体恤并不鲜见。与此同时，张好好也没有回避人世中那些破碎、粗陋、苦难甚至卑劣的存在状态。作家直面市井人生苦涩艰难而又藏污纳垢的本然状貌，与诗意的远景回眸相较，后者显然更为真实

---

① 张好好：《布尔津光谱》，上海：上海文艺出版社，2015 年 8 月第 1 版，第 177 页。
② ［英］特里·伊格尔顿：《文学阅读指南》，范浩译，开封：河南大学出版社，2015 年版，第 75 页。

与复杂。

在《布尔津光谱》和《禾木》中，最触动读者心怀的恐怕就是个体生命的泯灭与消失。那些曾经鲜活的生命，在命运的劫难与生存的艰难面前，如尘埃落地般悄无声息地选择了死亡。例如美丽痴情的梅在未婚先孕又惨遭抛弃的情况下服毒自杀；不堪忍受生活重负的窑工老杨在妻子疯癫、儿子众多的境况下的上吊而死；还有患小儿麻痹症的少年在家人的嫌弃调笑下决绝地跳入额尔齐斯河的溺亡。除了这些为爱、为尊严、为亲情的失掉而主动赴死的人之外，更多的，则是被动而意外地遭遇死亡。如哈萨克女教师的女儿，待嫁的未婚新娘，戏水淹死的宝年……死亡以猝不及防的方式出现并重复上演。活着的人，尽管会悲痛哀悼，为逝去的亲人痛哭流涕。但过不了多久，一切又会重回正轨，人们仍然一如往常般生活。这是生命的悲哀，也是生活的常情。显然，张好好在其小说中触及了人类死亡的沉重命题，但"沉重"没有使她的作品变得笨拙、滞涩，凭借语言和形式的诗意捏合，她举重若轻而又聪慧灵敏地述说了生的欢欣与死的悲哀。

值得注意的是，在张好好的思维视阈中，人类社会的世俗生活是不能没有动物和植物存在的。在西域边地长大的张好好实际是大自然的女儿，一望无际的草原与沙漠，咆哮奔腾的额尔齐斯河，大雪皑皑而又狂风呼啸的原野，以及大灰猫、黄毛大狗、亿万只草虫伴随着她长大。现在，当这一切日益远去之时，她将这些挪移在文字里。作家对大自然的情感，或者说她寄托在大自然身上的情感，有如血缘亲情般的密切关系。在生态恶化，原野枯萎的当代，甚少有像张好好这般具有强烈的乡野情结和动物情结的作家。在她眼里，大自然中的一切都绝非如它们的外表那么简单，她对大自然的了解超出了常人的维度，那只在《布尔津光谱》中通灵的大灰猫代表着某种力量或能量——非人的、外来的、他者的、智慧的。它和大自然中的一切都是古老优美世界的一部分，是极富魅力而可珍惜的生命。只不过，被利欲蒙蔽了身心的现代人类难以切近和理解世界的本真。

"中国传统文化，虽是以人文精神为中心，但其终极理想，则尚有一'天人合一'之境界。此一境界，乃可于个人之道德修养中达成之，乃可解脱于家、国、天下之种种牵制束缚而达成之。个人能达此境界，则此个人已超脱于人群之固有境界，而上升到'宇宙'境界，或'神'的境界、'天'的境界中。"①张好好以个人的立场，深入西部边地的世俗人生，探察生命的秘密，揭示人类与大自然共同的命运。对幽微人性的剖析，对生命终极价值的关怀，对世间万物无差别的爱与痛惜构成了其作品的深邃与迷人。

三、心灵世界的审判与救赎

在张好好的小说创作中，西北边地的布尔津和禾木，不仅仅是地理学意义上的，而且还是一片承载洁净精神的心灵疆域。在她看来，唯有洁净的事物和灵魂才是值得用心书写的。为了充分地达到这一写作目标，张好好有意采取了一种具有先锋色彩的、类似复调小说的叙事方式。在她的两部长篇小说里，作者给读者展示了心灵世界的阔大和幽深——灵魂的冲突，思想的对抗，责任的困境以及人性的忏悔。小说中那种无处不在的自我追问，既诗意充盈，又充满心灵的冒险。某种程度上说，张好好的作品都是关于个人心史的剖白与追问。作家通过对内心世界的勘探，重新理解人类与大自然的关系，并试图在破败的现世图景中用"洁净"的力量来慰安心灵和救赎世界。

---

① 钱穆：《民族与文化》，北京：九州出版社，2015 年版，第 43 页。

为此，她动情地宣称："人人逐利那是危险的，是万劫不复的。我必须解剖，我的，父亲的，母亲的，我必须公正，不得掩藏那罪与罚。"罪与罚，善与恶，人类复杂而幽深的内心世界是她小说的真正"主人公"。这样的叙事自然是危险而有难度的，它的哲理性、对话性、超验性并不符合多数读者的阅读习惯。但同时，这也恰恰是张好好小说叙事的特异和迷人之处，是她从事文学这种职业的初心与信仰。

在《布尔津光谱》与《禾木》中的芸芸众生里，生活着许多有罪的人。在或长或短的人生历程中，他们一面犯下种种错误，一面又通过忏悔或自省来自证其罪，在自我谴责中寻求内心的安宁。典型的便是《禾木》中的父亲和离开故乡的"你"。当年的父亲因为欲望和冲动而背叛了母亲与家庭。作为丈夫，他是不忠的；作为父亲，他是缺席的；作为情人，他是庸弱的。如果用世俗的眼光和伦理道德来衡量，父亲无疑是被谴责和被鄙弃的人物。但是，作家并没有如此简单粗暴地对待这一人物，而是在理解中写出了父亲在情感与责任的"悲剧性两难"中进退失据的可悲可悯。正因为父亲想成为世俗意义上的"好人"，想担负起他的责任，所以他才在冲突中犹疑而自责。主观上，他竭尽全力地想保全两个家庭、两份情感以及他的儿女们。但客观上，他的这一想法无疑是幼稚和不可能达成的。罪与罚，善与恶，如此的错综纠结。为此，他沉默、自苦地活着。以心灵的受难来减轻俗世的罪责，缓释现实的苦痛。

而那个无处不在的"你"，也在清醒地审判着人类和自身所犯下的丑与罪，并时时在辩论与忏悔中呈现自我灵魂的黑暗和不堪。从孩童时代的懵懂，到人到中年的沧桑，从边疆小城到中原大地，文本中的"你"经过自我审判和不止息的思索，意识到人类对大自然的残暴和无止境的贪婪索取。虽然"你"用有限的力量阻止着暴行的发生，将即将被杀戮的动物重新放生。可同时"你"也清醒地知道，"你"是人类中的一员，"你"的救助是多么的微不足道。在人心坚硬、罪感麻木的时代，"你"的言行举止被大多数人指认为泼妇和疯子的行径，而背后的伪善和机巧也令他们厌恶。当然，除了犀利地揭示他人之罪，"你"也毫不留情地解剖自我之罪。在此，张好好勇敢而诚挚地回到了内心，通过审视与自省，看到自我灵魂的残缺——"你"为了追求世俗的成功，也曾受"诱惑"的引诱而遭受屈辱；"你"远走高飞，不停奔波，没有陪伴女儿的成长岁月，更不是一个合格的母亲；而"你"作为父母的女儿，也没能走入他们的内心，更没有给他们足够的理解与怜惜。

直到若干年后，"你"通过对每一个鲜活生命的深切的体恤、耐心的思忖和慈悲的打量，才能穿越浅表的事象，触摸到冰山下隐藏的全部秘密，并最终确信只有"对美和善的信仰，对大自然的感恩，能够挽回这大地和江湖溃烂的局面"。"你"理解了父亲、母亲、娜仁花以及一切挣扎在道德伦理与个人幸福困境中的弱小人类；"你"温柔敦厚地爱着大自然的山川草木，怜爱生灵的坚毅和无欲；"你"真实而勇敢地表达了此时此地人心与存在的朽腐，毫不隐瞒地表达了自己的愤怒和疏离。但同时，"你"对世界依然保留着信心与希望，确信良知和洁净的力量。由此，我们可以看到张好好的写作由自我到人心进而到更广阔的世情与天道的精神纵深。作家不避卑微而幽暗的人性，更满怀对人类的温柔惜重。在《布尔津光谱》和《禾木》中，张好好潜入心灵世界开辟文学的广阔疆域，写出了西域边地的灵魂，清晰地确立了属于自己的写作向度：向美向善，善爱天下弱小，洁净而自尊地活着。

胡兰成曾说："中国的文学是知性的风吹水流花开，生命的光明喜乐顽皮，而都是正经，所以虽写忧患疾苦亦有个解脱，只觉天地与人事的大信都在眼前。这才是开太平之世的文学。"[1]因为深情地爱着人间的

---

① 胡兰成：《中国文学史话》，北京：中国长安出版社，2013 年版，第 189 页。

优美，张好好的写作没有延续现当代作家普遍持有的悲观主义，她不忍或不愿让她笔下的人物和大自然陷入"没有光的所在"，在绝望、虚无和溃烂中归于寂灭。相反，在一个失信的时代，她坚信洁净的救赎力量，相信人心会在大自然的怀抱中逐渐复归美好与纯净。作家用一种我们久已生疏的理想主义阐明正义、爱、仁慈、希望、良知等神圣而永恒的事物是能够战胜贪婪、麻木、愚昧、绝望和虚无的。为此，她孤绝而坚定地站在弱小的一边，吟唱着洁净与仁慈的永恒。

洁净的生活，诗意的栖居，对大自然的珍重，对人类的知情与体恤是张好好艺术殿堂中供奉的长明灯。她的写作，具有沧桑、灵慧的美感，在对心灵世界的开掘和探索中流淌着古典主义情怀和理想主义的信念。在破败中，在混沌里，重申爱与善与洁净的救赎力量。

图书在版编目（CIP）数据

喧哗中的谛听／乌兰其木格著. -- 北京：作家出版
社，2019.1
（中国少数民族文学之星丛书）
ISBN 978-7-5212-0372-1

Ⅰ. ①喧… Ⅱ. ①乌… Ⅲ. ①中国文学 – 当代文学 –
文学评论 – 文集 Ⅳ. ①I206.7-53

中国版本图书馆CIP数据核字（2019）第031551号

喧哗中的谛听

作　　者：乌兰其木格
责任编辑：史佳丽　李亚梓
特约编辑：杨玉梅　郑　函
装帧设计：孙惟静
出版发行：作家出版社有限公司
社　　址：北京农展馆南里10号　　　邮　　编：100125
电话传真：86-10-65067186（发行中心及邮购部）
　　　　　86-10-65004079（总编室）
E-mail:zuojia@zuojia.net.cn
http://www.zuojiachubanshe.com
印　　刷：中煤（北京）印务有限公司
成品尺寸：152×230
字　　数：210千
印　　张：17.75
版　　次：2019年6月第1版
印　　次：2019年6月第1次印刷
ISBN 978-7-5212-0372-1
定　　价：39.00元